"맞소. 난 악당으로 태어났죠.
당신은 스스로 악당이 됐고."

- 영화 <프로페셔널> 중에서

파괴자들

정혁용

장편소설

다산
책방

차례

1. 파도   7

2. 초대장   18

3. 악마   32

4. 마을   47

5. 쿠크리   60

6. 계약   68

7. 할로윈   83

8. 금고   96

9. 죄책감   107

10. 점심   118

11. 형제들   133

12. 장의사   145

13. 재즈   156

14. 이레나   160

15. 매듭   172

16. 지옥   182

17. 왕국   192

18. 아링   203

19. 낮술   213

20. 냉장고   224

21. 실마리   239

22. 아미고 델 디아블로   245

23. 유산   252

24. 배럿   263

25. 전투   267

26. 집사   285

27. 가족   291

28. 마리   309

작가의 말   317

I.   파도

전화가 온 것은 월요일 오후였다.

"부탁이 있어."

안부 인사도 없는 첫마디였다. 하지만 목소리로 알 수 있었다. 옛 동료의 전화. 순간, 긴 침묵이 흘렀다. 5년 만의 전화여서도, 부탁의 전화여서도 아니었다. 거절할 수 없다는 것을 알고 있는 탓이었다. 동료도 알고 있을 것이다. 침묵 사이에 고개를 들어 잠시 하늘을 봤다. 소나기가 내릴 것 같은 여름 하늘이었다. 먹구름이 가득했다. 보고 있자니, 동료와 헤어지던 그날의 하늘도 이랬다는 생각이 들었다.

그때 우리는 노천카페의 낡은 의자에 앉아 있었다. 커피 잔은 이미 비어 있었다. 각자 힙플라스크 안의 술을 잔에 따랐다. 나는 조니워커블랙, 동료는 바카디151이었다.

"이제 어디로 갈 거야?"

동료가 물었다.

"글쎄."

내가 답했다.

"대책 없는 사람이네."

"뭐, 그렇지."

한동안 침묵이 흘렀다. 나는 의미 없는 시선을 맞은편 풍경에 두었다. 다우디 알리 살람 모스크가 눈에 들어왔다. 여기라면 카불 공항까지는 걸어서도 갈 수 있는 거리다.

"부탁이 있으면 전화해. 세 번까지는 괜찮아."

이제 그만 자리를 정리하자는 의미로 내가 말했다.

"목숨을 구해준 값이라 이건가?"

동료가 별다른 표정 없이 나를 보며 물었다.

"그럴지도."

나 역시 별다른 표정은 짓지 않았다.

"세 번이라……."

동료가 내 말을 음미하는 듯 잠시 말을 끊었다.

"내가 램프의 지니를 구해준 줄은 몰랐네."

동료가 작게 웃으며 말했다. 나 역시 희미하게 웃었다. 이 친구와는 언제나 유머 코드가 맞았다. 수준이 낮아서. 가방을 둘러멘 후 자리에서 일어섰다.

"전화해."

동료의 얼굴을 내려다보았다.

"아니면 핸드폰을 세 번 문지르든가."

물론 우리는 알고 있었다. 설령 부탁할 일이 있어도 절대 부탁하지 않을 것임을.

동료나,

나나.

그런 동료에게서 전화가 온 것이다.

"어디로 가면 되지?"

무슨 부탁인지는 묻지 않았다. 어차피 들어줄 거라면 물을 필요가 없다.

"지금 어딘데?"

당연히 그리 대답할 줄 알았다는 듯 동료가 물었다.

"서울."

"주소를 문자로 보낼게. 도착하면 전화해. 마중을 나가지."

동료의 말에 잠시 뜸을 들였다.

"해야 할 일이 있어. 이틀 정도 걸릴 거야."

"알았어. 그리고 한 가지 더."

이번에는 동료가 뜸을 들였다.

"아링이 죽었어."

딱히 대답할 말은 찾지 못했다. 한동안 하늘만 올려다봤다. 여전히 먹구름이 가득했다.

"주소를 문자로 보내."

"알았어."

전화가 끊겼고, 문자가 왔다. 경북 장송군 소울리 산 66-6.
문자를 잠시 바라본 후 핸드폰을 주머니에 넣었다.

시간은 동해안의 해변 도로를 지나고 있었다. 창가는 바
다였다. 검푸른 파도가 폭우처럼 창으로 들이칠 것 같았다.
바다와 맞닿은 먹구름은 수평선을 지운 채였고, 하늘과 바
다의 경계를 알 수 없었다. 보고 있자니 동료와의 과거가 떠
올랐다. 기억의 편린들이 파도로 밀려와 포말로 사라졌다.

기억이란 묘한 것이다. 가까운 것이 흐릴 때도 있고, 먼
것이 선명할 때도 있다. 대개의 기억은 왜곡되거나 굴절된
채로 남고, 동료와의 기억은 선명한 쪽이다. 많은 일들이 있
었고 그만큼 묻었다. 지우지는 못했다. 잊히는 기억이 대
부분이지만 어떤 기억은 잊으려 해도 잊을 수가 없다. 마음
에 상혼으로 남은 기억은 지워지지 않는다. 그래서 묻는다.
애써 묻을 뿐이다. 아마, 동료도 그랬을 것이다. 그날 카페에
서 헤어지면서 우리는 같은 생각을 했을 것이다. 두 번 다시
만날 일은 없을 거라고. 우리는 서로에게 그런 존재였다.

3시 20분. 소울리 버스 정류장에 내렸다. 어느 사이 사라진 먹구름 대신 8월의 여름 햇살이 거리를 채우고 있었다. 지면의 열기가 머리까지 올라왔다. 터벅터벅 얼마쯤을 걸었다. 커다란 포플러가 한 그루 있어, 그늘에 들어가 담배를 물고 주위를 둘러봤다. 왕복 2차선 도로 맞은편에, 휴전 직후에 세운 것 같은 낡은 주유소가 하나 있었다. 간판만은 오늘 아침에 단 듯했다. 아마, 예전에는 주유소가 두 개였을 것이다. 간판을 바꾼 걸 보니. 주유소 오른쪽에는 마트가 딸린 단층의 농협 건물이 있었다. 넓은 주차장에는 다섯 대의 차가 주차돼 있었다. 담배 두 대를 더 피울 동안 카트를 밀고 나오는 사람은 없었다. 풍경은 그게 다였다. 나머지는 산과 밭, 띄엄띄엄 보이는 민가와 길을 따라 굽이치는 2차선 도로가 전부였다. 8월의 더위만이 그늘 밖에서 넘실대고 있었다.

잠시 풍경을 바라보다 핸드폰을 꺼냈다. 도착하기 20분 전에 문자를 보냈지만 동료의 답신은 없었다. 기다릴 만큼 기다린 것 같아 전화를 걸었다. 받지 않았다. 할 수 없이 주소를 검색했다. 택시로 15분 거리. 지도에 목적지를 입력했다. 잡히는 택시는 없었다. 몇 번을 다시 시도했다.

포기.

걸어서 가기로 했다. 지도에 뜬 이동 시간은 한 시간 17

분. 젠장. 이 날씨에 그 시간을 걸어서? 고비사막의 낙타들
도 어려울 것 같았다. 내가 낙타가 아니란 것도 문제였고.
하지만 동료의 말이 떠올랐다.

"부탁이 있어."

잠시 멈칫했다. 그래도 역시, 평소 성격처럼 하고 싶었다.
포기.

버스를 타고 다시 돌아가고 싶었다. 근사한 이유도 있었고.

"정말이지 가려고 했어. 그런데 택시가 없더라고."

정말이지 근사한 이유였다. 내게만 근사한 이유라는 게
문제였고. 상대도 납득해야만 이유가 된다. 상대가 이해 못
하면 핑계가 되고. 핑계를 대고 싶진 않았다. 담배를 끄고는
다시 한 대를 새로 물었다. 봄가을과 달리 여름 햇살은 친구
로 지낼 수 없다. 하지만 할 수 없이 한 걸음을 뗐다. 그때 염
소 울음소리가 들렸다. 돌아보니 열 살 내외로 보이는 아이
하나가 검은 새끼 염소의 목줄을 잡고 나를 보고 있었다. 때
묻은 흰 티, 때 묻은 흰색 반바지, 때 묻은 얼굴의 아이였다.
쇼트커트에 가까운 짧은 머리는 여기저기가 자라서 튀어나
와 있었다.

"아저씨! 누구 찾아왔어?"

암갈색의 맑은 눈이었다.

"동료."

아이 앞이라 담배를 발로 비벼 끄며 말했다. 대답은 건성으로 했다.

"동료가 누군데?"

말해주면 찾아줄 듯한 태도로 아이가 말했다.

"말해줘도 모를 거야."

역시 건성으로 대답했다.

"그걸 아저씨가 어떻게 알아?"

당돌한 표정으로 아이가 말했다. 어쩐지 조금 화가 난 것도 같았다.

"옆의 염소는 집에서 기르는 거냐?"

대충 말머리를 돌렸다. 적당히 상대해주고 자리를 뜰 생각이었다.

"유니콘이야."

당연한 걸 묻는다는 얼굴로 아이가 말했다.

"좋은 이름이네. 염소 이름치곤 좀 그렇지만."

아이의 대답에 잠시 염소를 바라보다 말했다. 아이들이란 상상도 현실로 믿으니까. 현실조차 상상이었으면 하고 바라는 게 어른이고.

"염소가 아니야. 유니콘이라고. 그리고 얘 이름은 염소야."

아이의 말을 듣고 있자니 뭔가 좀 헷갈렸다. 한동안 아이와 염소를 번갈아 본 후 물었다.

"그러니까 네 말은, 염소인데 이름이 유니콘이 아니라, 유니콘인데 이름이 염소라는 뜻인가?"

아이가 고개를 끄덕였다.

"흐음."

감탄사를 내뱉었다. 달리 무슨 할 말이 있겠는가?

"유니콘은 흰색에 말처럼 생겼고 이마에 뿔도 하나 있다고 하던데? 하지만 이 친구는 지나치게 염소처럼 생긴 것 같지 않아? 뿔도 보이지 않고."

아이의 상상력을 깨뜨리는 것은 어른이 할 짓이 아니다. 알고는 있지만 덜 자란 어른인 내가 어떻게 고칠 수 있는 태도도 아니다.

"유니콘이라잖아?"

아이가 소리를 지르며 말했다.

"뿔도 있단 말이야."

아이가 나의 정강이를 차며 말했다. 앞이 벌어진 다 낡은 운동화 밖으로 발가락 세 개가 보였다. 나이치고는 꽤나 매서운 발길질이었다.

"만져보면 알 거 아냐? 이마를 만져보면."

아이가 화난 얼굴로 나의 왼손을 잡아끌고는 염소의 이마 위에 올렸다.

"만져지잖아. 뿔이 만져지잖아."

항변하듯 아이가 말했다. 아이가 너무 진지해서 머리를 만지는 척했다.

"혹인 것 같은데?"

역시, 아이의 상상력을 깨뜨리는 건 어른이 할 짓이 아닌데…… 싶었다. 하지만 뭐, 난 덜 자란 어른이니까.

"뿔이라니까."

아이가 다시 한번 내 정강이를 걷어차며 말했다. 거의 울 것 같은 표정이었다.

"알았다. 아무튼 얘는 유니콘이고 이름은 염소라는 거지?"

부드러운 목소리로 아이를 보며 말했다. 아이가 울 것 같은 표정을 멈추고는 언제 그랬냐는 듯 웃으며 대답했다.

"응 맞아."

"검은 유니콘이라……."

다시 한번 염소를 바라보았다.

"알았다. 이 유니콘의 이름은 염소고 넌 염소라는 이름의 유니콘과 함께라는 걸. 그러니까 이름이 염소일 뿐, 사실은 유니콘이며 이 유니콘의 이름을 네가 염소라고 지어줬다는 걸 말이야. 그래서 넌, 염소처럼 생겼지만 사실은 유니콘이며 이름이 염소일 뿐인 이 유니콘과 여기서 뭘 하고 있는 거지?"

순간, 아이는 무슨 말인지 알쏭달쏭해하는 것 같았다. 역시, 어른이 할 짓은 아닌데 싶었다. 아이는 내 말을 이해하려고 노력하는 표정이었지만 이내 포기했는지 말머리를 돌렸다.

"동료를 찾는다며?"

"그래서?"

먼발치의 풍경으로 눈길을 돌리며 대답했다.

"내가 찾아줄게."

다시 아이를 보았다. 쓴웃음이 나왔다.

"주소는 있어."

"동료 이름이 뭐야?"

내 대답을 무시한 채 아이가 물었다. 애한테고 어른한테고 종종 당해서 이제는 새롭지도 않다. 무시 말이다. 아이가 떨어질 것 같지 않아서 대답했다.

"안나."

아이인 네가 알 리가 없다는 듯 내가 말했다.

"안나 아레피나."

아이의 얼굴에 어두운 빛이 떠올랐다.

"안나?"

"아는 이름이야?"

양미간을 찡그리며 내가 물었다. 아이의 불안한 표정 때문에. 아이는 대답하지 않았다.

"아는 이름이야?"

다시 한번 물었다. 옆에서 염소가 메에, 하며 울었다.

"안나는…… 안나는…….''

아이가 갑자기 울먹이기 시작했다.

"이틀 전부터 보이지 않아."

그렇게 말하고는 아이가 울음을 터트렸다.

2.   초대장

아이를 따라 걸었다. 바짝 마른 황톳길은 자갈이 많아 울퉁불퉁했다. 간혹 큰 나무 밑을 지날 때, 나뭇잎이 흔들리는 소리와 함께 바람이 불었다. 지나는 행인은 없었고 밭을 매는 아낙, 경운기를 타고 지나는 농부, 다 낡은 스타렉스를 끌고 어디론가 가는 운전자가 보였다. 우리를 유심히 보는 것은 아니었지만 흘깃 보는 눈길에는 의심과 경계심이 묻어 있었다. 타지인에 대한 본능적인 거부감 같았다. 그렇게 30분쯤 걸었을까. 뒤에서 경찰차 한 대가 슬그머니 다가와 우리 옆에 섰다. 선글라스를 낀 운전자가 창문에 팔을 걸친 채 나와 아이를 번갈아 바라보았다.

"어디로 갑니까?"

남자가 말을 마치고는 담배를 꺼내 불을 붙였다. 40대의 대머리로 계급장을 보니 경사였다. 태워줄 생각은 아닌 것 같았고. 보조석에는 순경 계급장을 단 20대 후반의 호리호리한 청년이 앉아 있었는데 어쩐지 경찰복을 입은 박수무당

같은 분위기를 풍겼다. 대머리를 잠깐 보다 다시 걸음을 뗐다. 대답할 이유가 없어서. 대머리의 얼굴에 얼핏 황당한 표정이 떠올랐다 사라졌다. 차가 천천히 다시 다가와 내 옆에 섰다.

"내 말 안 들려요?"

짜증이 묻어 있었다.

"들립니다."

"왜 대답을 안 해요?"

"그럴 의무가 있습니까? 불심검문이라면 당신 소속과 신분부터 밝혀야 할 텐데요?"

대머리가 대답 없이 비웃음만 짓더니 차에서 내렸다.

"소울리 파출소 신대호 경사요. 신분증 좀 봅시다."

대머리가 신분증을 들이밀며 말했다. 이름 한번 거창했다. 큰 호랑이라. 작명가가 들었다면 이름이 너무 세서 팔자에 액이 많다고 할 것 같았다.

"거절하겠습니다."

대머리가 허, 하며 감탄사를 내뱉었다.

"당신 지금 장난해?"

"장난은 친구와 하는 거죠. 제 기억이 맞는다면 그쪽은 제 친구가 아니고. 거절할 수 있는 제 권리를 행사할 뿐입니다."

"뭐? 권리?"

"경찰이 강제할 수 있는 권리는 없을 텐데요?"

그때 아이가 말했다.

"대호 삼촌. 저택 손님이에요."

대머리는 아이의 말에 대답은 않고 한동안 나만 바라보았다. 할 말은 많지만 무슨 말부터 해야 할지 모르겠다는 표정이었다.

"저택 손님이라…… 가죠. 어차피 얼마 안 남은 것 같으니."

내 신발 앞에 대머리의 담배가 떨어졌다. 내 첫인상이 무척이나 마음에 든 듯했다. 대머리의 말뜻은 이해하지 못했고.

"안나에게 안부 전해줘."

얼굴은 나를 보고 있었지만 아이에게 들으라는 말 같았다. 아이가 고개를 끄덕였다. 대머리를 태운 차가 천천히 시야에서 멀어졌다. 양아치에게 경찰복을 입혀놓으면 딱, 저런 태도가 나올 것 같았다.

다시 길을 걸었다. 굽이치던 도로는 수목이 늘어선 작은 산으로 향했다. 아스콘 포장이 된 도로가 끝나고, 봉고차 한 대가 겨우 지날 정도의 비포장길이 나왔다. 길 위에는 잡석이 깔려 있었다. 중턱부터 꼭대기까지 양쪽으로 돌망태로 만든 옹벽이 있었다. 상단부의 돌망태가 어쩐지 아귀가 맞지 않아 불안해 보였다.

　정상에 도착했다. 오른쪽에 작은 초소가 있었고, 여기서부터 사유지입니다. 외부인 출입금지, 라는 푯말이 있었다. 초소에는 떡대 둘이 있었는데 어른이 아이 옷을 입은 것마냥 초소에 꽉 끼어 있는 것처럼 보였다. 떡대 둘은 꼬마와 나를 힐끗 보고는 시선을 돌려 언덕 아래를 응시했다. 들어가든 말든, 같은 표정이었다. 사유지라는 푯말은 왜 꽂아놨나 싶었다.

　언덕 아래는 분지였다. 50여 채의 집이 보였다. 맞은편 산중턱에는 홀로 자리 잡은 건물이 있었고, 병풍처럼 둘러싸인 산에는 태양열 전지판이 가득 들어차 있었다. 길은 외길이었다. 분지로 내려와 마을을 지났다. 건물은 길 양쪽으로 데칼코마니 모양으로 늘어서 있었는데 빨간 벽돌로 지은 직사각형의 지극히 단조로운 2층 건물들이었다. 모양도 모두 같았다. 여름임에도 열린 문이나 창이 없었다. 사람이 살기나 하나? 싶을 정도로 인기척이 느껴지지 않았다. 널린 빨래나 지나는 행인, 골목에서 노는 아이들 같은 생활의 냄새는 더더욱 없었다.

　아이를 따라 산 중턱에 자리 잡은 건물로 향했다. 가까이 가서 보니 건물은 생각 이상으로 컸다. 아니 웅장한 쪽에 가까웠다. 앞에는 축구장 넓이의 잘 다듬어진 정원과 연못, 뒤에는 풀장과 테니스장이 있는 8층 건물이었다. 건물 외양은 직사각형으로, 옥상 중앙에 돔 형태의 지붕을 얹은 한 층이 더 있었는데 어림잡아 가로가 50미터 세로가 40미터쯤 되어 보였다. 한 층이 600평 정도라는 얘기였다.

출입구는 이오니아 양식의 대리석 기둥 네 개와 박공지붕으로 멋을 냈고 건물 사방은 회랑으로 연결되어 있었다. 회랑의 벽면에는 그리스 신화가 부조되어 있었으며 회랑의 지붕은 기하학적 문양이 섬세하게 수놓아져 있었다. 건물 외부는 전부 대리석이었는데 건물 높이와 돌 사이 이음새를 보아 전체가 석조 건물은 아닌 듯했고 마감재로 사용한 것 같았다.

관리는 잘되어 있었는데 돌의 색깔로 봐서는 지은 지 꽤 오래돼 보였다. 그러나 낡았다는 느낌은 전혀 없었고 오히려 유서 깊은 건물로 보였다. 다만 한 가지, 유독 눈에 띄는 것이 있었는데 박공지붕에 새겨진 글자였다. 보통 이 정도의 저택을 지을 정도라면 가문의 문장을 넣기 마련이다. 글자를 새기는 경우는 거의 없다. 있다고 해도 문장 밑에 라틴어 명언을 넣는 정도일 것이다. 하지만 이 저택에는 글씨가 새겨져 있었다. 그것도 러시아어로 로마노프라고.

'러시아인이 한국에 지은 건물이라!'

러시아인들은 대한제국 전후로 들어왔다가 러일전쟁 패배 후 대개 본국으로 돌아갔다. 그리고 1920년. 적백내전에서 패한 백군의 오스카 루드빅 스타크 해군 소장이 2,000여 명의 해군 수병과 9,000여 명의 난민, 대량의 군수품을 30여 척의 군함에 신고 원산항으로 왔다. 일본은 병약자 5,300여 명을 받아들였다. 그중에 망명귀족이 섞여 있었던 것은 아닐까? 건물 이름이 멸망한 왕가에 대한 충성을 의미한다면 아무래도 귀족일 가능성이 높았다. 왕가의 이름이 있다면 제 가문의 문장을 쓰지 않은 것도 이해가 된다.

"5만 원."

이런저런 생각에 빠져 있는 내 옷자락을 아이가 흔들었다. 아이는 나에게 오른 손바닥을 내밀고 있었다.

"길을 안내해준다며?"

내가 물었다.

"그러니까 5만 원."

아이가 당연하다는 듯한 얼굴로 말했다.

"그런 얘기는 안내해주기 전에 해야지."

"지금 말해주잖아."

역시 당연하다는 듯한 얼굴.

"미리 알려주는 게 거래의 규칙이지. 예의고."

"여기서는 해주고 알려주는 게 규칙이야. 어른이 아이 돈 떼먹는 건 예의가 아니고."

보기보다 맹랑한 녀석이었다. 지갑에서 5만 원권을 꺼냈다. 아이가 휙 낚아챘다.

"들어가서 오른쪽 첫 번째 방으로 가면 돼. 거기 사람들이 안나의 방을 알려줄 거야."

아이는 뒤도 돌아보지 않고 길을 내려가기 시작했다.

"염소 잘 끌고 가라."

당했다는 기분이 들어 아이의 뒤통수에 대고 소리쳤다.

"유니콘이라니까."

아이가 돌아서더니 고함을 꽥 질렀다. 그러고는 5만 원권을 흔들더니 혀를 한 번 쏙 내밀었다. 어쩐지 또 당한 기분이었다.

건물 입구에 들어서자 로비가 눈에 들어왔다. 맞은편에는 양쪽으로 폭 4미터에 높이 3미터쯤 되어 보이는 계단이 유려한 곡선을 만들며 2층까지 이어져 있었고, 위에는 붉은 카펫이 깔려 있었다. 바닥의 대리석은 광채가 났고 천장은 2층까지 뚫려 있었다. 정면과 양쪽의 2층 복도는 금박을 입힌 난간으로 이어져 있었고 벽의 문들은 중후했다. 천장은 바로크 회화 양식의 종교화였는데 루벤스의 〈십자가에서 내려지는 예수〉를 흉내 낸 것 같았다. 보고 있자니 혼자 내려오기 힘들어 보이긴 했다.

　아이가 말해준 대로 오른쪽 첫 번째 방으로 들어갔다. 들어가 보니 방이라기보다 홀이라는 명칭이 어울리는 공간이 나타났다. 바닥에는 고풍스러운 카슈미르 양탄자가 깔려 있었고 곳곳에 놓인 테이블과 의자는 로코코 양식의 앤티크 가구였다. 아라베스크 문양의 천장에는 커다란 샹들리에가 곳곳에 매달려 있었다. 눈대중으로 봐도 200평은 되어 보였다.

　홀에 놓인 테이블에서는 서너 명씩 앉아 한담을 나누고 있었는데, 장소와는 어울리지 않게 남자들의 인상이 하나같이 험악했다. 그중에 반은 얼굴에 칼자국 같은 흉터가 있었고. 등이나 팔에도 그림이 잔뜩 그려져 있을 것 같았다. 고흐의 〈해바라기〉는 아닐 게 분명했고. 옷차림새는 천차만별이었는데 저택에서 일하는 사람들의 복장은 아니었다. 대개 노동자의 복장이었다. 어판장에서 방금 퇴근했다 해도 믿을 수 있을 것 같았다. 입구에 들어서자 그들은 잡담을 멈추고 나를 주시했다. 그러거나 말거나. 홀 맞은편 중앙 테이블에 홀로 앉아 나를 주시하고 있는 여자 쪽으로 걸어갔다. 아우라가 남달랐다. 여자의 뒤로 기다란 바가 보였다. 가로 10미터, 세로 3미터쯤 돼 보이는 술 진열장이었다. 주류상을 열어도 될 정도로 다양한 종류의 술이 보였다.

"어떻게 오셨죠?"

다리를 꼰 채 여자가 물었다. 앉은키였지만 168센티 정도 되어 보였고, 날씬하기보단 마른 쪽에 가까웠다. 모든 게 가늘었다. 목, 팔목, 허리, 발목까지. 머리칼은 회색으로 백발이 새치처럼 섞여 있었고 얼굴은 남자 주먹만큼 작았다. 얼굴은 30대 중반으로 보였는데 머리칼 때문에 확신은 어려웠다. 말투는 친절했지만 절대 호락호락해 보이진 않았다.

"사람을 찾습니다. 여기에 머물고 있다더군요."

바로 본론으로 들어갔다.

"저택의 손님에 대한 정보는 어떤 것도 말씀드릴 수가 없습니다."

사무적인 말투였다.

"옛 동료를 만나러 왔을 뿐입니다. 그 친구가 여기로 초대했고요."

"초대는 주인이 하는 겁니다. 손님이 아니라."

맞는 말이었다.

"전 그냥 동료를 만나러 왔을 뿐입니다. 만나서 얘기를 들은 후에는 바로 갈 거고."

"그건 댁의 사정인 것 같습니다. 제 알 바는 아니고요."

역시 맞는 말이었다.

"초대를 받으려면 어떡해야 합니까?"

"주인이 댁을 초대하면 되겠지요."

잠시 여자를 말없이 바라보았다. 역시, 맞는 말이었다. 들으나 마나 한 얘기였고.

"저분들은 초대장을 가지고 있겠지요?"

뒤를 돌아보며 물었다.

"직원들에게 초대장은 필요 없지 않을까요?"

적의가 느껴지지는 않았다. 하지만 어딘가 묘한 태도였다. 그때 등 뒤에서 발자국 소리가 들리더니 이내 한 사람이 내 옆에 섰다.

"형씨, 초대장은?"

190센티 정도의 키에 거구였다. 녹색 페인트를 좀 칠해주면 헐크로 보일 것 같기도 했고. 하지만 덩치의 취미 생활에 세수는 없는 게 분명했다. 관자놀이 주변에 구정물이 흐르고 있었다.

"어떻게 하면 받을 수 있습니까?"

되도록 얼굴을 보고 싶지 않았지만 대화의 예의라 할 수 없이 마주했다.

"그건 주인님이 결정하실 일이고."

덩치가 티셔츠 왼쪽 소매를 걷어 올리며 말했다. 팔뚝 위에 똬리를 튼 세 마리의 뱀이 혀를 내밀며 나를 노려보고 있었다. 혀도 눈빛도 마음에 안 들었지만 적어도 덩치보다 얼굴은 깨끗해 보였다.

"해바라기가 낫지 않을까요?"

덩치는 무슨 소리인지 몰라 당황하는 표정이었다.

"뭔 소리야 그게?"

"고흐 말입니다."

"그러니까 그게 뭔 소리냐고?"

덩치가 옆의 테이블을 주먹으로 내려치며 말했다.

"해바라기요?"

"너 지금 나 놀리는 거야?"

덩치의 얼굴이 빨갛게 달아올랐다. 거친 숨을 내쉬던 덩치가 뒤춤에서 회칼을 꺼내 테이블 위에 꽂았다. 내 생각이 틀렸다. 어판장이 아니라 횟집에서 일하나 보다.

"다시 한번 말해봐."

정말 다시 말하라는 뜻인지 긴가민가했다. 하지만 나란 인간은 초면에 상대의 말을 의심까지 하는 성격은 아니다.

"고흐요?"

덩치의 머리에서 주전자가 끓을 때처럼 뚜껑이 열리는 게 보였다. 그와 동시에 덩치의 손이 테이블 위에 꽂힌 회칼을 향해 움직였다. 그러나 유감스럽게도 손은 내가 먼저였다. 덩치의 손이 허공을 가로지르더니 빈 테이블 위를 텅 하고 내리쳤다. 나는 손등 바로 위까지 칼을 가져가서 멈췄다. 테이블에 앉아 있던 다른 남자들이 성난 표정을 지으며 일제히 일어섰다. 반대로 여자는 별다른 표정 없이 나와 덩치를 바라보고 있었다. 두려움도 공포도 없는 평상심의 눈빛. 적어도 이 남자들보단 한 수 위가 분명해 보였다.

"환영 인사를 해줄 생각인가 보죠?"

덩치의 얼굴에 시선을 고정한 채 물었다.

"작별 인사죠."

아무런 동요도 없는 여자의 목소리.

"작별 인사를 하기엔 이 칼은 너무 날카롭군요."

말을 마침과 동시에 덩치의 손등에 그대로 칼을 찔러 넣었다. 덩치가 비명을 지르며 다른 손으로 찔린 팔을 움켜잡았다. 재빨리 덩치의 손등에 꽂혀 있는 회칼을 수도로 날렸다. 칼날이 두 동강 났다.

"악수 좀 나누고 오죠."

그렇게 말하고는 남자들 쪽으로 천천히 발걸음을 옮겼다.

남자들을 처리한 후, 다시 여자 앞에 섰다.

"열한 명. 15초. 나쁘지 않네요."

여자가 손목시계에서 시선을 떼며 말했다.

"이제 초대장을 받을 수 있나요?"

"어쩌면."

여자가 자리에서 일어나 덩치의 손등에 꽂혀 있는 나머지 칼날을 뺐다. 덩치가 비명을 질렀다.

"다들 나가 계세요."

덩치는 다친 손을 부여잡고 널브러진 일행들을 추스르며 홀을 빠져나갔다.

"진작 좀 빼주시지 그랬습니까? 직원들 산재보험도 안 드신 것 같은데."

여자는 쓴 미소를 지을 뿐 대답이 없었다. 다시 의자에 앉더니 파우치에서 뭔가를 꺼내 테이블 위에 놓았다. 열쇠였다.

"6층 엘리베이터 맞은편 맨 끝 방에 머무르세요. 다른 방들과 달리 검은색 문이에요."

여자의 말에 잠시 열쇠를 바라보았다.

"안나에게도 이랬습니까?"

화제를 돌렸다.

"22초."

여자의 말에 잠시 생각했다. 내가 알던 예전의 안나라면 17초 정도였을 것이다.

"안나는 어느 방에 있습니까? 아니면 병원에 있나요?"

"왜 그렇게 생각하죠?"

"안나가 약속을 어겼다면 두 가지 경우밖에 없을 테니까.

죽었거나, 움직이지 못할 정도로 다쳤거나."

"4층 엘리베이터 맞은편 맨 끝 방이에요. 역시 검은색 문이에요."

여자가 담배에 불을 붙이며 말했다. 잠시 열쇠를 바라보다 주머니에 넣고 엘리베이터로 향했다.

"여기에서 열쇠를 받는다는 건 초대장을 받았다는 뜻이에요. 초대장에는 책무가 따르고요."

여자의 말이 등 뒤에서 들려왔다.

"그거야 댁의 사정이죠. 제 알 바는 아니고."

여자가 했던 말을 그대로 돌려줬다.

3.   악마

　방은 여느 호텔의 싱글 룸과 비슷한 구조였는데, 숙련된
메이드의 솜씨 덕분에 깨끗하게 정돈돼 있었다. 먼지 하나,
머리칼 하나 눈에 띄지 않았다. 창을 통해 들어오는 햇빛은
회색 암막 커튼으로 완벽하게 차단되었고, 방에는 작은 웅
접실의 간접 조명만 켜져 있었다. 테이블 위로 바카디151과
조니워커블랙, 얼음통과 온더락 잔이 보였다. 안나는 소파
에 앉아 나를 지그시 바라보고 있었다.

　"전화도 걸지 못할 상태가 아닐까 생각했는데?"

　소파에 앉으며 물었다. 온더락 잔에 얼음을 넣고는 조니
워커를 따랐다.

　"못 하는 상황이었어."

　안나가 잔을 들어 한 모금 마셨다.

　"언제부터 전화기 드는 게 술잔 드는 것보다 어려워졌는
지 모르겠군."

　따지는 건 아니었다. 딱히 할 말이 없어서였다.

"전화기가 없다면 술잔 드는 것보다 어렵겠지."

더 이상은 묻지 않았다. 안나는 나와 달리 핑계를 대는 사람이 아니다. 그녀가 그런 상황이었다고 하면 정말 그런 상황이었을 것이다. 한동안 말없이 술만 마셨다.

"안색이 창백하군."

내가 물었다.

"그런가?"

별일 아니라는 듯 안나가 답했다. 우리의 대화는 언제나 이런 식이었다. 연속성 없이 툭, 툭, 끊어졌다. 지금도 그렇고. 담배를 꺼냈다.

"아직도 못 끊었어?"

안나가 물었다.

"끊겠다고 한 적이 있었던가?"

"없었지."

"그러니까."

"그렇지."

다시 침묵. 둘 다 술을 몇 모금 더 마셨다. 시간의 공백이라는 높은 장벽이 서로를 가로막고 있었다. 월경하려는 멕시코인들이 봤다면 한숨을 쉰 후 돌아갈 높이였고, 트럼프가 봤다면 좋아서 환장할 높이였다.

안나와 알고 지낼 때도 딱히 많은 얘기를 나눈 것은 아니었다. 아무래도 좋을 얘기들. 해도 상관없고 하지 않아도 상관없는 얘기들. 우리는 동료였지 친구가 아니었으니까. 그곳에서는 대개 친구를 만들지 않았다. 언제 잃을지 모르기 때문에. 인간은 대부분의 일에 익숙해진다. 설령 사람을 죽이는 일이라도. 하지만 결코 익숙해질 수 없는 일이 있다면 친구를 잃는 일이다. 우리는 신참이 아닌 베테랑이었고 친구를 사귀기엔 그곳에서 너무 많은 시간을 보낸 사람들이었다.

"아프가니스탄 기억나?"

자리에서 일어난 안나가 커튼을 조금 젖히며 물었다. 한 줌의 햇살이 방으로 들어왔다. 저만치에서 웅크리고 있던 시간이 조금 움직였다.

"지웠어."

안나가 나를 잠시 바라보더니 커튼을 놓고 다시 자리에 앉았다.

"그런 건 죽은 친구들에게나 가능한 일인 줄 알았는데?"

안나의 말에 쓴웃음을 지었다.

"오늘이 '홈커밍데이'인 줄은 몰랐는데? 지루한 과거 얘기나 하자고 부른 건 아닐 테고. 부탁이 뭐지?"

술잔을 응시한 채 안나에게 물었다. 그래도 안나가 나를 물끄러미 바라보고 있는 눈길은 느낄 수 있었다.

"카슈미르, 체첸, 스리랑카."

안나가 독백처럼 말했다.

'콩고, 르완다, 수단.'

안나의 말에 속으로 생각했다.

"콜롬비아, 멕시코, 브라질."

안나가 말했다. 눈은 여전히 내 얼굴을 바라보고 있는 것 같았다.

"지웠다니까."

쓴웃음을 지으며 내가 말했다. 더 이상 얘기하고 싶지 않았다.

"그랬다고 생각했겠지. 하지만 그건 죽은 친구들이나 누릴 수 있는 행복이야. 조만간⋯⋯."

안나가 잠시 말을 끊었다.

"나도 누리게 될지 모르고."

안나 쪽으로 시선을 돌렸다. 확실히 안색이 창백했다.

"무슨 뜻이지?"

안나는 답하지 않았다. 대신 술을 잔에 따르고 단번에 들이켰다. 그리고 술맛을 음미하는 듯, 잠시 눈을 감고는 잔을 한 번 빙글 돌렸다.

"뇌동맥류야. 머리에 시한폭탄이 설치된 거지."

검지로 머리를 가리키며 안나가 말했다. 대답할 말은 찾지 못했다.

"죽음에 대해 생각해본 적 있어?"

안나가 물었다.

"생각해서 달라지지 않는 것에 대해서는 생각을 하지 않아."

내 대답에 안나가 희미하게 웃었다.

"너답네. 매사에 시큰둥하고, 관심 없고, 퉁명스럽고."

"그렇지 뭐. 그나마 기분 좋을 때."

그리 대답할 줄 알았다는 듯 안나가 작게 고개를 끄덕였다.

"전쟁터에서 책을 읽고 있는 인간도 흔치 않고."

"폼 좀 재봤을 뿐이야."

"폼은 나지 않았어."

"내가 하는 일이 그렇지 뭐."

술이나 마셨다.

"그건 어떤 병이지? 그러니까 뇌동맥류 말이야."

잔을 내려놓으며 물었다.

"내 경우에는 수술 불가야. 뇌의 너무 민감한 부분에 폭탄이 설치돼 있어서 해체가 불가능하지. 간헐적으로 극심한 두통이 와. 차라리 AK-47에 머리를 관통당하는 게 나을 정도야. 의식을 잃고 쓰러질 때도 있고. 그래도 한 가지 다행인 게 있어."

"뭐지?"

"폭탄은 폭탄인데 언제 터질지 모른다는 거지. 당장 터질
수도 있고 십수 년 뒤에 터질 수도 있고."

담배를 물다 아차, 싶어 그녀를 바라보았다.

"괜찮아. 폐암에 걸리기 전에 뇌동맥이 먼저 터질 테니
까."

"십수 년 뒤에 말이지?"

"그래. 어쩌면."

담뱃불을 붙이고 자리에서 일어나 커튼을 살짝 젖혔다.
황혼의 엷은 빛이 대기 중으로 산산이 흩어지고 있었다. 마
치 안나의 생명처럼. 전화를 할 수 없는 상황이 머릿속에 그
려졌다. 이틀 사이 몇 번인가 발작이 일어났을 테고 그 와중
에 핸드폰이 파손됐을 것이다. 의식을 차린 건 얼마 되지 않
았을 거고. 그런 상황임에도 동료를 맞이한다고 술자리를
준비했을 것이다. 어떻게든 찾아오리라는 것을 알고서. 커
튼을 닫은 후 자리로 돌아와 담배를 껐다.

"이런 죽음은 생각하지 못 했어. 아프리카나 남미에서 마
체테에 목이 날아가거나, 저격수의 총알을 한 발씩 맞아가
며 서서히 고통스럽게 죽을 줄 알았지. 아니면 마지막 남은
권총 한 발을 내 머리에 겨누거나. 하지만 이건 정말…… 상
상도 못 했던 일이야."

안나가 말했다. 그래서 아쉽다는 건지 좋다는 건지 알 수
없었다.

"요즘 아프가니스탄이 자주 떠올라."

안나의 미간에 주름이 졌다. 그곳에서는 일곱 번의 작전
을 수행했다. 아마도 중부 고르주의 게리베 마을 근처 산악
지대에서 행해진 정찰 임무를 말하는 걸 거라고 생각했다.
지웠다고 생각했던 과거가 잠시 떠올랐다.

모튼은 영국에 본사를 둔 다국적 민간군사기업이었다. 회
장과 주요 간부는 SAS, 델타, 데브그루 출신이었다. 간부들
이 작전을 나가는 경우는 거의 없었고 최전선이라도 해도
작전지휘만 했다. 그럴 만도 했다. 그들의 몸값이 대개의 작
전보다 더 비쌌으니까. 메이저리그 선수를 마이너리그 경기
에 내보내지는 않는다. 팀장들은 주로 그린베레나 포스리콘
등 미국 특수부대나 영국 해병 코만도 출신이었다. 하지만
안나는 달랐다. 그녀는 러시아의 알파 출신이었다. 알파에
여성은 없다는 게 정설이었지만 그래도 그녀가 알파 출신이
라는 소문은 사라지지 않았다. 팀원 누구도 확인하진 못했
지만 의심하지도 않았다. 팀장으로서의 그녀가 너무나 출중
해서 목숨을 맡길 수 있다는 확신이 들었기 때문이었다.

유럽의 민간군사기업이라고 해서 학연, 지연이 없는 건

아니다. 어쩌면 더할지도 모르겠다. 인종차별까지 더하면 퍼펙트게임이고. 게다가 최고라는 자부심은 우열과 편견이라는 땅에서 오히려 더 잘 자라기 마련이다. 안나는 1티어와 동급의 알파였지만, 러시아 출신이었고 팀원은 한국인, 중국인, 아프리카계 미국인과 파키스탄인, 구르카족 출신이었다. 고위험의 허드렛일은 대개 우리 팀 몫이었다. 팀의 정식 명칭은 시그마였지만 별명은 '안나의 애새끼들'이었다.

그날 정찰은 달랐다. 보통은 MH-6 리틀버드 한 대가 전부였지만 어쩐지 그날은 블랙호크에 심지어 아파치의 호위까지 받았다. 델타나 네이비실이 받을 만한 지원이었다. 그때 이미 안나는 눈치채고 있었는지도 모르겠다. 우리가 미끼라는 것을 말이다. 그 작전에서 비슈누, 와지드, 아폴로가 죽었다. 그들의 마지막 모습과 비명 소리가 눈과 귀에 떠올랐다. 5년 전의 일이다. 잊히지 않는 기억, 그래서 애써 묻은 기억.

"부탁이 뭐지?"

안나의 말을 받아주진 않았다. 들어준다고 해결될 문제도 아니고. 어떤 상처는 혼자서 안고 갈 수밖에 없다. 아니, 어쩌면 인생에서 마주하는 대부분의 문제가 그렇다. 안나 역시 알고 있을 것이다. 때로는 너무나 분명히 알고 있으면서도 회한의 말들이 새어 나올 때가 있을 뿐.

안나가 바카디를 3분의 1쯤 따르고는 단숨에 마셨다. 역시 러시아인인가? 싶었다. 러시아의 겨울에 얼어 죽느니 차라리 술에 취해 죽는 게 낫다는 걸까? 하지만 안나를 보고 있자면 많이 마신다기보다 죽기 위해 마시는 것 같았다.

"만약 내게 무슨 일이 생기면……."

안나가 잔을 테이블에 놓으며 말했다.

"마리라는 아이를 부탁해."

깊고 검은 눈이 나를 바라보고 있었지만 감정을 읽을 수는 없었다.

"염소를 몰고 다니는 아이인데……."

"누구인지 알겠군. 여기에 올 때 만났어. 그런데 뭘 부탁한다는 거지?"

낮은 목소리로 물었다.

"이 마을에서 마리를 데리고 나가 줘. 그리고 가능하다면 마리를 입양해서 키워주면 좋겠어."

가능하다면, 이라는 단어를 썼지만 의미는 꼭, 이었다. 안나를 하루 이틀 알고 지낸 건 아니니까. 안나의 파리한 안색이 진지함으로 바뀌어 있었다. 이런 부탁일 줄은 상상도 하지 못했고.

"양부모 입양은 가능할 거야. 친자녀 입양은 내가 독신남이니 불가능할 거고."

사실만을 얘기했다.

"마리가 성인이 될 때까지 교육하고 보호해주면 돼. 네가 법적으로 보호만 해줄 수 있다면 형태는 상관없어."

잠시 침묵. 안나의 눈빛은 여전히 진지했다.

"알았어."

이유는 묻지 않았다. 들어줄 거라면 물을 필요가 없다. 하지만 떠오르는 의문들은 막을 도리가 없었다. 뇌에 폭탄이 있다고는 하지만, 안나의 실력이라면 지금 당장이라도 마리를 데리고 마을 밖으로 나갈 수 있다. 하지만 왜, 안나가 지금 데리고 나가지 않는지, 무엇 때문에 여전히 마을에 남아 있는지, 안나와 마리의 관계는 무엇인지 같은 것들 말이다.

"램프의 지니를 구해준 게 맞나 보네. 이유를 묻지 않을 거라고 짐작은 했어."

"남의 문제니까. 내 문제만 18만 5,323가지나 있어."

안나가 빙긋 웃었다.

"재미없는 농담도 여전하네."

"우리의 유일한 공통점이었지."

나 역시 웃었다. 안나가 테이블 위에 놓인 메모지와 볼펜을 내 쪽으로 밀었다.

"계좌번호를 써줘."

안나의 말에 건네받은 메모지를 잠시 바라보았다. 망설임
이 올라왔다. 돈을 받고 부탁을 들어준다면 그건 들어주는
게 아니다. 거래인 거지.

"양육비가 꽤 들 거야. 네가 돈을 모으는 사람도 아니고.
그러니까 내 말은, 들어가 살 램프 하나만 있으면 되던 인생
은 끝났다는 거지."

망설임을 눈치챘는지 안나가 설명을 덧붙였다.

"취미가 남의 인생을 끝장내는 거라는 걸 진즉에 알았어
야 했는데 말이지."

여전히 메모지에 시선을 둔 채 말했다.

"5억을 먼저 넣어줄게. 5억은 여기 일을 마친 후에."

생각보다 금액이 컸다.

"바로 이체할 생각인가?"

"일처리는 깔끔한 게 좋잖아?"

"그건 곤란해."

"왜지?"

"그 금액이 한 번에 입금되면 은행을 통해 세무서에서 추
적이 들어올 거야. 사업자 계좌가 몇 개 있으니까 2,000만
원 밑으로 해서 매일 나눠서 입금하는 게 좋겠어. 나머지는
내가 알아서 처리하지."

안나가 싱긋 웃으며 나를 바라보았다.

"세법도 알아?"

"알기는 무슨. 세무서를 상대하느니 탈레반을 상대하는 게 낫다는 걸 아는 정도지."

"어쩐지 좀 듬직한데."

듣고 있자니 어색했다.

"너답지 않네. 칭찬을 다 하고. 병원 한번 가봐. 아마 머리에 뇌동맥류인지 뭔지가 있다고 할 거야."

메모지에 은행 계좌를 네 개 적었다. 안나는 메모지를 물끄러미 바라보기만 했다. 메모지를 받아 든 안나가 작게 접어 주머니에 넣었다.

"놈들이 올 때까지는 한 달 정도의 시간이 있어. 폭풍 전의 고요인 거지."

안나가 말머리를 돌렸다. 놈들이라는 단어만 귀에 들어왔다.

"놈들? 아링의 죽음과 관계있는 건가?"

안나의 부탁은 들어주겠다고 했다. 이제는 내 문제를 물어볼 차례다.

"아마도. 전투 중에 죽었겠지."

"언제 죽었지?"

"작년 이맘때쯤."

"어떻게 알았지?"

안나나 나나 옛 동료들에게 안부 전화를 걸 사람들은 아니다.

"이곳의 일을 소개시켜 준 게 나니까."

"네 병 때문에 너 대신?"

안나가 고개를 끄덕였다.

"아링에게는 돈이 필요했고."

용병들 사이에 일거리를 소개해주는 건 흔한 일이다. 하지만 결과가 궁금해서 전화하는 경우는 거의 없다. 나쁜 소식을 듣느니 아무 소식도 듣지 않는 편이 낫기 때문이다.

"이곳에 와서 알았겠군."

"같은 일이 다시 들어왔으니 어느 정도는 짐작했지. 와보니 확실했고."

술을 한 모금 마셨다.

"무덤은?"

안나가 나를 말없이 물끄러미 바라보았다. 용병에게 무덤이라니. 물은 내가 바보라는 생각이 들었다.

"혹시나 싶었어."

다시 한 모금 마셨다. 아링과는 약속한 게 있다. 서로가 지키지 못할 걸 알면서 한 약속. 역시나 지키지 못하게 됐다.

"아링 일은 미안하게 됐어."

안나가 잔에 술을 따르며 말했다.

"우리 일이 그렇지. 네가 미안해할 일도 아니고."

"일거리를 소개시켜 준 건 나야."

"언제부터 자책이 취미가 된 거야? 몸이나 챙겨."

"하지만 넌 아링의 죽음을 파볼 생각이지?"

대답하지 않았다. 술잔을 들며 보니 안나의 안색이 창백하다 못해 파랗게 질려가고 있었다. 남은 질문은 다음에 해야겠다고 생각했다.

"아무튼 '윈터 이즈 커밍(Winter is coming)'이란 말이군."

자리를 정리할 겸 말머리를 돌렸다.

"무슨 소리인지 모르겠군. 은유야? 시의 한 구절?"

정말 모르겠다는 표정으로 안나가 말했다.

"시야."

설명하기 귀찮아서 대충 대답했다.

"한 가지 더."

안나가 자신의 검지를 세우며 말했다.

"해서는 만났겠지?"

누구를 말하는지 정확하게 알 수는 없었다. 하지만 짐작은 갔다.

"회색 머리 여자 말인가?"

안나가 고개를 끄덕였다. 나 역시 고개를 끄덕였다.

"조심해. 여기 사람들도."

그 말에 고개를 조금 갸웃했다.

"노는 게 귀엽긴 하더군. 하지만 특별히 위험해 보이진 않던데?"

내 말에 안나가, 역시 남자들이란, 하는 눈빛으로 바라보았다.

"악마는 절대 악마의 얼굴로 사람에게 다가오지 않아. 천사의 얼굴로 다가오지."

안나가 말을 마치고는 술을 한 모금 마셨다.

"알았어. 새겨두지."

가볍게 고개를 끄덕이곤 자리에서 일어섰다. 할 얘기는 다 한 것 같았다. 안나 역시 배웅을 하려는 듯 자리에서 일어섰다. 그러고는 마지막에 헤어질 때도 안 하던 짓을 했다. 악수의 손을 내민 것이다. 젠장, 더럽게 어색했다. 하지만 상황이 상황인지라 할 수 없이 손을 내밀었다.

"고마워. 케이(K)."

안나가 손을 잡고 가볍게 흔들었다.

4.   마을

숙소는 안나의 방과 다를 바가 없었다. 창밖은 완연한 밤이었다. 샤워를 하고 침대에 누웠다. 몇 가지 의문이 떠올랐다. 안나, 마리, 아링, 그리고 이 마을에 대해. 안나에게 들은 정보만으로는 돌아가는 상황을 파악하기에 부족했다. 그래서 결론만 정리했다. 만약 안나에게 무슨 일이 생기면 마리를 데리고 마을을 떠난다. 그리고 아링을 죽인 범인을 찾는다. 하지만 범인이라는 단어를 쓰니 어쩐지 아귀가 맞지 않는 것 같긴 했다. 아링은 용병의 일을 했을 뿐이고 상대도 상대의 일을 했을 뿐이다. 머리로는 그랬다. 하지만 마음은 그렇지 않았다. 내게 아링의 죽음은 개인적인 문제였으니까.

그런 생각을 하고 있는데 침대 옆의 전화가 울렸다. 받을까 말까 잠시 망설였다. 전화를 할 사람이라고는 안나밖에 없다는 생각이 들었다.

"주무세요?"

안나의 목소리가 아니었다. 해서였다.

"그러려던 참입니다."

"식사도 하지 않고요?"

딱히 걱정하는 투는 아니었다.

"간헐적 단식 중이라서요."

진담인지 농담인지 구분하려는 듯 침묵이 들렸다.

"1층으로 내려오시면 식사를 하실 수 있을 거예요."

"작별 인사도 준비돼 있는 건 아니고요?"

역시, 진담인지 농담인지 구분하려는 듯 침묵이 들렸다.

"환영 인사예요."

이번에는 내가 구분할 차례였다. 농담인지 진담인지.

"알겠습니다. 내려가죠."

전화를 끊고는 옷을 입었다. 종일 먹은 게 없다는 생각이 들었다.

홀의 분위기는 완전히 달랐다. 말 그대로 할로윈 파티였다. 북적거리고 시끄럽고 혼잡했다. 시장 바닥에서 마티니를 들고 다니면 딱 이런 분위기가 날 것 같았다. 로비에는 처비 체커의 〈렛츠 트위스트 어게인〉이 크게 울리고 있었다. 한 여름에 할로윈 파티라니, 싫었지만 내 문제가 아니라서 신경을 껐다.

해괴한 복장을 입은 사람들을 겨우 밀어내고 바로 갔다.

다섯 명의 남녀 직원이 술과 안주를 내오느라 바빴다. 해서는 없었다. 20대 후반으로 보이는 남자 바텐더를 불러 스테이크를 레어로 주문했다. 남자는 하얀 치아를 드러내며 미소를 지었다.

"그런데 선생님, 누구로 꾸미신 거죠?"

남자가 흰색 라운드 티에 청바지만 걸친 나를 보며 물었다. 누구로 꾸몄는지 정말 모르겠다는 표정이었다. 할로윈 파티인 줄도 몰랐고 알았다 해도 관심 없었을 테지만 남자의 미소가 마음에 들어 답했다.

"제임스 딘."

남자가 아, 하고 감탄사를 뱉었다. 본인이 그렇게 생각하신다면야, 를 한 단어로 축약한 느낌이었다.

"그리고 조니워커블랙. 750짜리로 한 병."

남자는 고개를 끄덕이곤 술을 먼저 세팅하기 시작했다. 스테이크는 10분 후에 나왔다. 접시에 담긴 모양은 그럴듯했다. 포크로 잡고 칼로 썰기 전까지는. 고기가 아니라 어디 폐차장에서 자동차 뒤 타이어를 조금 떼어다 구운 것 같았다. 겨우 썰어서 입에 넣었는데, 아무리 씹어도 부드러워지지가 않았다. 할 수 없이 뱉어내고 으깬 감자를 조금 먹었다. 감자는 그나마 씹히긴 했다. 감자인지 소금인지 도무지 구분이 되지 않는 한 가지 문제만 제외한다면 말이다. 역시

뱉었다. 접시에 아스파라거스도 보이긴 했지만 더 이상 도전하고 싶지 않았다. 아무래도 구두 뒤축을 씹는 맛이 날 것 같아서. 술을 따랐다.

'젠장, 술이 취하는 데는 도움이 되지만 배를 채우는 데는 전혀 쓸모가 없는데……'

다만 허기를 잊는 데는 도움이 될 때도 있다. 한 잔을 입에 털어 넣었다. 위에서 비명을 지르는 것 같았다. 뭘 좀 먹여 놓고 패든지 하라고. 다시 한 잔을 털어 넣었다. 입 좀 닥치라는 의미로.

"여긴 처음이신가 보죠?"

중저음의 낮고 부드러운 목소리가 오른쪽에서 들려왔다. 40대 중반으로 보이는 턱시도 차림의 남자가 있었다. 185센티, 85킬로쯤 돼 보였다. 머리칼은 짧지도 길지도 않은 적당한 길이로 잘 손질돼 있었고 얼굴은 대리석으로 조각해 놓은 듯했다. 미켈란젤로의 다비드상 대신에 올라가 있어도 될 것 같았다. 옷은 벗어야겠지만 말이다. 남자의 말에 고개를 끄덕였다. 다비드가 손에 들고 있던 마티니를 자연스레 바 위에 올려놓고 내 옆에 앉았다.

"오늘은 잭이 쉬는 날이에요. 이날에는 아무도 요리를 시키지 않죠."

중요한 정보는 아니지만 쓸모 있는 정보라는 듯 다비드가 말했다.

"그런데…… 누구죠?"

다비드가 내 옷차림을 위아래로 훑으며 물었다. 비꼬는 것은 아니었고 순수한 호기심을 담은 표정이었다.

"말론 브란도."

대충 대답했다. 아! 하고 남자가 감탄사를 내뱉었다.

"폭주족 모자가 있었다면 더 좋았겠군요. 재킷도 그렇고."

말투에 저의는 없었고 순수한 호의만 있었다.

"장, 이라고 합니다."

남자가 세련된 태도로 오른손을 내밀며 자기소개를 했다.

"제임스인 줄 알았습니다. 마티니도 있고 해서."

내 말에 남자가 사람 좋은 미소를 지었다.

"오늘은 조지 클루니지만 선생님 말을 들으니 제임스 본드도 괜찮겠다 싶습니다."

딱히 인사를 나누고 싶은 생각은 없었지만 남자가 계속 오른손을 내민 채여서 할 수 없이 손을 잡았다.

"케이. 케이라고 부르시면 됩니다."

"반갑습니다. 케이 씨."

모든 것이 젠틀한 사람이었다. 목소리, 태도, 사소한 몸짓까지도. 아무튼 나로서는 꿈도 못 꿀 재능이었다. 딱히 할 말도 없고 해서 담배를 물었다. 남자가 그런 나를 보더니 상의 안주머니에서 은색 케이스를 꺼내 열고는 담배를 집었다. 시가였다. 왜 아니겠는가?

"이 마을에 대해서는 좀 아십니까?"

남자가 커터로 시가의 끝부분을 자르며 말했다.

"전혀."

"재밌는 마을이죠."

남자가 시가에 불을 붙였다.

"지옥치고는 말입니다."

남자는 진담인지 농담인지 구분할 수 없는 표정을 지었다. 입가에는 여전히 미소가 흘렀다.

"스테이크를 보니 그런 것 같더군요."

내 앞에 놓인 접시를 멀찍이 밀어내며 말했다. 남자가 재미있다는 듯 작게 웃었다.

"실례가 안 된다면 어느 방에 계신지 여쭤봐도 될까요?"

남자가 미소 띤 얼굴로 물었다. 하회탈인가? 미소가 사라지질 않는다.

"6층 맨 끝 방입니다."

순간 남자의 낯빛이 약간 어두워졌다.

"6층 맨 끝 방이요?"

내가 설마 잘못 들었나? 라는 투였다.

"문제가 있습니까?"

남자가 고개를 저었다.

"아닙니다. 그 방에 초대 받으신 분은 아주 오랜만이라서 요."

뭔가 의미를 담고 있는 듯했다. 호기심이 일었지만 더 이상 묻지 않았다. 여기서 만나는 모든 인간이, 앞으로 만날 모든 인간이 아령의 죽음과 관련된 용의자였다. 정보를 캐내는 데 가장 효율적인 방법은 무관심이다. 상대의 긴장을 늦출 수 있고, 실수에서 실마리를 얻을 수 있을 테니까.

남자는 내가 캐물을 거라고 생각했는지 잠시 침묵했다. 그런데 아무 말도 않자 조금 당황하는 것 같았다. 당신이 뭘 물어봐야 제가 대답해줄 텐데 말이죠, 라는 표정이었다. 하지만 끝내 아무것도 묻지 않자 남자가 화제를 바꿨다.

"실례가 안 된다면 저희 일행과 합석하지 않으시겠습니까?"

"글쎄요."

"잭이 저희들을 위해 따로 챙겨둔 음식이 좀 있습니다. 식사 못 하셨죠? 맛이 괜찮을 겁니다. 잭의 요리 솜씨가 꽤 좋거든요."

말이 떨어지기 무섭게 배에서 꼬르륵, 소리가 났다. 남자의 얼굴이 다시 하회탈로 돌아왔다. 자리에서 일어나 남자의 뒤를 따랐다. 테이블에는 네 명이 앉아 있었다. 장이 자기 자리 옆의 빈 의자를 빼고는 나를 앉혔다.

"케이 씨. 6층 맨 끝 방에 묵고 계시대."

장이 무심한 표정으로 사람들을 훑어보며 말했다. 일순, 모두의 얼굴이 아주 잠깐 경직되는 게 보였다.

"보리스, 이언, 스콧, 에밀리입니다."

장이 내 왼쪽에 앉은 사람부터 순서대로 소개했다.

"케이입니다. 그런데 다들 가명을 쓰시는군요."

"네. 여기서는 모두 가명을 씁니다."

미심쩍은 내 표정을 눈치챘는지 장이 설명을 덧붙였다.

"선생님도 알고 계신 줄 알았습니다. '케이'라면 선생님도 가명 아니신가요?"

"별명입니다. 뭐, 그러고 보니 가명이랑 별 차이는 없네요."

담배를 물었다. 장이 잔을 내 앞에 놓더니 술을 한 잔 따랐다. 칼바도스였다. 과일을 브랜디한 술은 마시지 않지만 칼바도스라면 예외로 둘 수 있다. 한 모금 마셨다.

"장, 이라고 하시기에 장씨인 줄 알았습니다. 하지만 다른 분들 이름을 들으니 다른 의미가 있겠군요."

사람들이 귀를 쫑긋 세우는 게 보였다.

"선생님께서는 의미를 아시겠습니까?"

장이 호기심 어린 표정으로 물었다.

"어쩌면. 맞을지는 모르겠습니다만."

"말씀해주실 수 있을까요?"

장이 시가를 꺼내며 물었다.

"주네, 파스테르나크, 플레밍, 피츠제럴드, 디킨슨. 소설가
와 시인 이름 아닙니까?"

장이 빙긋 미소를 지었다.

"바로 맞힌 건 선생님이 두 번째입니다."

첫 번째가 누구인지는 말하지 않아도 알 것 같았다.

"안나도 알고 계신가 보군요."

"안나를 아나?"

보리스가 물었다. 반말이었다.

"옛 동료야."

그래서 반말로 대답했다. 보리스가 불쾌한 기색 없이 내
말에 고개를 끄덕였다. 40대 중반에 금발로 염색한 장발의
남자였다. 옷차림이 힙합 스타일이었는데 어울린다기보단
젊어 보이려고 용을 쓰는 것 같아 안쓰러워 보였다.

"가명들이 조금 독특하네요."

내가 주위를 둘러보며 물었다. 이런 곳에 어울리지도 않
는 독서 클럽을 만들려고 한 건 아닐 테고 말이죠, 는 생략
했다.

"다른 사람들과는 조금 구분을 하고 싶었죠. 백상어, 미친 곰, 나무늘보. 이거 원 동물원도 아니고 다들 가명이 좀 그래요."

이언이 말했다. 50대 초반으로 보였는데 장만큼이나 신사적인 모습이었다. 회색 정장 차림에 아이보리색 행커치프를 꽂고 있었고, 흰색 셔츠 위로는 검은색 커프스가 반짝였다.

"여 여 여기서는 벼 벼 별로 할 일이 없어요. 그 그 그래서 저희들은 주로 도 도 도서관에서 책을 읽죠. 도 도 독서 모임 같은 거예요."

스콧이 말했다. 30대 후반으로 보였는데 개중에 가장 평범한 차림이었다. 청바지에 파란색 셔츠를 한 장 걸치고 있었다. 말을 더듬었고 헝클어진 머리에 검은 테 안경을 끼고 있었는데, 어딘가 약간 공부벌레 느낌이 남아 있었다. 독서 모임이라! 전혀 어울리지 않는다고 생각했지만 본인들이 그렇다니 그런가 보다 했다.

"케이도 책을 읽나요?"

에밀리가 물었다. 40대 초반으로 보였는데 헬스로 다져진 몸을 가지고 있었다. 체지방 8퍼센트 이내가 분명했다.

민소매 크롭톱 아래 선명한 복근이 자리 잡고 있었고, 팔에는 잔근육이 돋아 있었다. 쇼트커트에 잘 어울리는 허스키한 음성이 인상적이었다.

"간혹. 딱히 할 일이 없을 때 읽습니다."

어색한 블라인드 데이트 같았다. 도대체 이딴 걸 뭣 하러 묻나 싶었지만 초면인 사람들끼리 나눌 수 있는 말이란 극도로 적은 법이니 그러려니 했다.

"잭이 따로 챙겨둔 음식입니다. 식기는 했지만 괜찮을 겁니다."

장이 손도 대지 않은 자신의 접시를 내 쪽으로 밀었다. 스테이크였다. 젠장, 두려움이 앞섰다.

"드셔보시죠. 입에서 녹을 겁니다."

내 생각을 눈치챘는지 장이 말했다. 고기를 썰고는 입에 넣었다. 장의 말대로였다. 식기는 했지만 입에서 녹았다. 허기 때문에 좀 더 먹었다. 그리고 칼바도스를 한 잔. 다시 좀 더 먹었다. 5분도 되지 않아 접시를 비웠다. 식사를 즐기라는 듯 아무도 말을 걸지 않았다. 접시를 비우자 장이 물었다.

"괜찮죠?"

예의 하회탈 미소를 짓고 있었다.

"괜찮은 정도가 아닌데요? 훌륭합니다."

"말씀드렸지 않습니까. 잭의 솜씨가 괜찮다고."

칼바도스를 한 잔 더 마시고 물었다.

"따로 챙겨둘 정도면 여러분과 친하다는 얘기인데 잭도 같은 동료인가요? 잭 런던?"

그 말에 다른 사람들이 엷게 웃었다.

"잭은 우리 모임이 아닙니다. 하지만 친하기는 하죠."

장이 말했다.

"잭 런던은 아니란 말씀이군요."

"아니야. 그 친구는……."

보리스가 말했다.

"잭 더 리퍼야."

보리스의 말에 들었던 잔을 놓았다.

"뭐라고?"

"잭 더 리퍼. 하지만 별로 걱정할 필요는 없어. 그 친구가
예전에 마장동에서 발골을 했거든. 우리가 농담 삼아 붙여
준 별명이지. 나중에 보면 알겠지만 벌레 하나 못 죽이는 친
구야."

그렇단다. 한동안 대화는 없었다. 화제가 떨어진 탓이었다.

"케이, 여기서는 매월 마지막 주 일요일 새벽 네 시까지
할로윈 축제를 해요."

에밀리가 먼저 입을 열었다.

"재미있는 곳이군요. 매월 할로윈 축제라니 말입니다."

"마을 사람들을 위한 거죠. 저택의 유지 보수 관리며 청소
며 다 마을 사람들이 하고."

장이 대답했다.

"그럼 여기 있는 사람들은 저 아래 건물들에 삽니까?"

"예. 다들 이 저택의 고용인이라 보시면 됩니다."

낮에 보았던 사람들의 눈빛이 떠올랐다.

"하지만 사람 사는 곳치고는 생활의 냄새가 너무 없더군요."

내 말에 다섯 명의 얼굴이 조금 굳어졌다.

"진짜 할로윈 파티라면 그렇지 않겠죠. 최후의 만찬이라서 문제지."

이언이 씁쓸하게 독백처럼 말했다. 장은 쓴웃음을 지었다. 이언이 자리에서 일어섰다.

"전 오늘 컨디션이 안 좋아서. 실례가 안 된다면 이만 일어서겠습니다."

이언이 나를 향해 가볍게 목례를 했다. 나 역시 자리에서 일어섰다.

"괜찮으시다면 저도 이제 방으로 돌아갔으면 합니다. 졸음이 밀려와서요."

나머지 사람들과 가볍게 목례를 하곤 테이블을 떠났다. 한 달 뒤, 그들 모두의 죽음을 목격하게 될 줄은 모른 채로 말이다.

5.   쿠크리

　방에 돌아와 시계를 보니 9시를 가리키고 있었다. 술기운에 바로 곯아떨어졌다. 악몽에 다시 깼다. 시계를 보니 10시였다. 귓가에는 아직도 헬기의 프로펠러 소리가 울리고 있었다. 힙플라스크를 찾아 한 모금 마셨다. 온몸에 식은땀이 흐르고 있었다. 예전에는 자주 이랬다. 한동안 뜸했고. '오늘 안나를 만난 탓일까?' 아무튼 사라지진 않을 것이다. 죽을 때까지 이렇게 떠오르겠지.

　그날의 임무는 정찰 중에도 감시가 주 업무였다. 20시 59분, 작전지역 50킬로미터 전방에 내린 우리는 다음 날 03시 30분에 작전지역에 도착할 예정이었다. 감시조였기에 목표물만 확인되면 후속 부대가 투입될 터였다. 때문에 개인화기만 지닌 경무장이었다. 안나는 만일에 대비해 중무장하길 원했지만 임무의 성격과 상부의 지시로 불가능했다. 하지만 02시 23분, 예상과 달리 200여 명가량의 탈레반이 침투 루트에 잠복해 있었고 우리는 선제공격을 받았다. 깊은 골짜기에 위치한 터라 무전기는 통신 불능이었고 설상가상으로 교전 초기에 총에 맞아 고장나 버렸다. 안나는 임무를 포기하고 150킬로미터 후방에 있는 미군의 전초기지로 후퇴하기로 결정했다. 옳은 결정이었고 정석이었다.

일반인들은 특수부대라고 하면 천하무적인 줄 안다. 착각이다. 발각되지 않는다면 어느 정도는 그럴지도 모른다. 하지만 발각되었다면 재빨리 철수해야 한다. 어떤 경우에도 쏟아지는 총알을 다 막아낼 방법은 없다. 게다가 개인화기 정도의 경무장에, 산개한 적이 쏟아져 나오는 상황이라면 살아남는 것도 쉬운 일이 아니다.

우리는 완전군장을 한 채 시간당 8킬로미터의 속도로 퇴각했다. 하지만 산악 지형에 익숙한 탈레반들의 추적을 뿌리치는 일은 쉽지 않았다. 20킬로미터쯤 퇴각했을 때 비슈누가 다리에 총탄을 맞았다. 안나가 바위 뒤로 비슈누를 끌고 가 엄폐를 했다. 팀원들이 모였다. 비슈누의 발목이 달랑거리며 겨우 몸에 붙어 있었다. 와지드와 아폴로, 아링이 엄호사격을 했고, 나는 재빨리 모르핀을 꺼내 비슈누의 허벅지에 찔렀다. 비슈누는 터져 나오는 신음을 억지로 참아냈다. 안나는 비슈누의 상처를 살핀 뒤 그의 얼굴을 보았다. 데리고 갈 수 있는 상황이 아니었다. 모두가 알고 있었고 비슈누 역시 알고 있었다. 전우는 절대 뒤에 남기지 않는다, 가 모토인 부대는 많다. 하지만 실전에서 그런 경우는 드물다. 남기고 싶은 사람도 없고 남고 싶은 사람도 없다. 다만 부상 자를 데리고 움직이면 이동속도가 느려져 모두 죽을 수도 있다. 이때 남은 자가 할 수 있는 일이라곤 적을 한 놈이라도 더 데리고 가는 것뿐이다. 다른 동료들을 위해서. 특수부대 와 일반 부대의 가장 큰 차이점은 이런 상황에 기계적으로 임한다는 것이다. 죽음의 공포는 사람인 이상 모두 똑같다. 기꺼이 받아들이는가, 끝까지 인정하지 못하고 발악하는가 가 다를 뿐이다.

모르핀의 약효가 도는지 비슈누의 얼굴에서 고통이 조금 사라졌다. 비슈누는 습관처럼 자신의 장비를 점검했다. 소 총, 권총, 탄창, 수류탄, 그리고 구르카족의 전통 칼, 쿠크리. 그 모습을 보며 누구도 말을 꺼내지 않았다. 입장이 바뀌어 도 그랬을 테니까. 점검을 끝낸 비슈누가 나를 보았다. 바위 에 기대고 앉아 있는 그에게 갔다. 비슈누가 쿠크리를 건네 며 말했다.

"네 칼과 바꾸지."

무슨 의미인지는 알았다. 가족에게 전해달라는 거겠지. 하지만 망설였다.

"케이, 지체할 시간이 없어."

내 칼은 마크2였다. 할 수 없이 건넸다.

"사과나 깎을 수 있을지 모르겠군."

비슈누가 칼을 살펴보더니 웃었다. 쿨럭, 고통에 찬 기침이 튀어나왔다.

"그런 너는? 장작이나 패던 걸 주나?"

비슈누가 다시 한번 웃었다. 안나가 비슈누의 어깨를 툭, 치고는 뛰기 시작했다. 아폴로, 와지드, 아링 역시 엄호사격을 멈추고 비슈누의 어깨를 툭, 치고는 안나의 뒤를 따랐다. 나도 비슈누의 어깨를 쳤지만 좀처럼 발걸음이 떨어지지 않았다. 그의 얼굴을 보고 있자니 주마등처럼 과거가 지나갔다.

부대 근처 술집에서 건배를 외치던 얼굴, 막사에서 기타를 치며 비틀스의 노래를 부르던 얼굴, 고향에서 온 편지에 소리 없이 눈물을 흘리던 얼굴, 집으로 돌아가 은퇴 이후의 삶을 어떻게 꾸려야 할지 고민하던 얼굴, 여동생 자랑을 하던 얼굴, 그리고 어머니를 생각할 때의 얼굴.

비슈누가 손을 저었다.

"케이."

더 늦기 전에 출발하라는 뜻이었다. 그의 어깨에서 손을 떼고 어둠 속으로 달렸다. 총소리가 잦아들더니 이내 멈췄다. 잠시 뒤, 다시 총소리가 울렸다. 나는 고개를 돌려 비슈누 쪽을 보았다. 방탄조끼에 한 발을 맞고 털썩 뒤로 젖혀진 그의 몸은 다시 일어나 총을 쏘고 있었다. 그러다 마지막 탄창까지 소비했는지 HK416 소총을 버리고는 글록17 권총을 꺼내 들었다. 하지만 탄창을 다 소비하기도 전에 그의 오른팔이 탄환에 맞아 날아갔다. 비슈누는 힘겹게 다시 몸을 일으키곤 수류탄을 쥐었다. 손에 힘이 없는지 수류탄은 안전핀도 뽑기 전에 손에서 빠져나와 땅바닥으로 굴렀다. 비슈누는 수류탄을 맥없이 바라보다 왼손으로 내가 준 마크2를 쥐었다. 하지만 거기까지였다. 이미 탈레반 세 명이 그의 코앞까지 다가온 상태였다. 탈레반들이 비슈누에게 AK를 겨누었다. 비슈누가 나이프를 휘둘렀지만 턱없이 느렸다. 그들은 잠시 무슨 이야기를 나누더니 비슈누에게 총을 쏘아댔다. 비슈누의 몸이 땅바닥으로 고꾸라졌다가 다시 튀어 오르기를 반복했다. 마침내 총성이 그치자 비슈누의 몸이 알아볼 수 없을 정도로 망가졌다. 탈레반 하나가 앞으로 나오더니 쓰러져 있는 비슈누의 머리에 한 방을 쏘았다. 멀리서도 머리의 형체가 사라지는 게 보였다.

다시 힙플라스크의 술을 한 모금 마셨다. 쿠크리를 전해 줬을 때 비슈누 어머니의 얼굴이 떠올랐다. 그녀는 눈물을 흘리지 않았다. 그저 내가 준 쿠크리를 하염없이 바라볼 뿐이었다. 그 눈은 모든 감각을 놓아버린 사람의 것이었다.

또다시, 한 모금. 전쟁터에서는 친구를 만들지 않는다. 그
것이 내 철칙이었다. 하지만 그곳에서 친구란 만드는 게 아
니었다. 만들어지게 되는 곳이었다. 아무리 철칙이라고 해
도 어쩔 수 없이 무너지는 곳이 거기였다. 그리고 한 사람,
한 사람이 죽어갈수록 자신의 내면도 조금씩 죽어간다. 전
쟁의 진짜 무서움은 죽음이 아니다. 차라리 죽음은 나을지
모르겠다. 서서히 죽어가면서 계속 죽음을 바라보아야 하는
것. 그것이 진짜 무서움이다. 때로 먼저 간 전우들을 부러워
하는 건 그 때문이다. 그들은 적어도 잠들기는 했으니까.

또다시 한 모금. 담배를 물었다. 두 개비를 다 태울 동안
멍하니 있었다. 다시 잠을 자기는 어려울 것 같았다. 핸드폰
에 저장해둔 소설을 읽기 시작했다. 글자가 눈에 들어오지
않았다. 할 수 없이 음악을 틀었다.

Lay me doon in the caul caul groon
(차디찬 땅에 날 뉘어주오)
Whaur afore monie mair huv gaun
(많고 많은 사람들이 누운 그곳)
Lay me doon in the caul caul groon

(차디찬 땅에 날 뉘어주오)

Whaur afore monie mair huv gaun
(많고 많은 사람들이 누운 그곳)

When they come a wull staun ma groon
(그들이 오면 나는 내 자리를 지키리라)

Staun ma groon al nae be afraid
(내 자리를 지키리라 나는 두렵지 않으니)

Thoughts awe hame tak awa ma fear
(고향 생각이 내 두려움을 사라지게 해주고)

Sweat an bluid hide ma veil awe tears
(피와 땀이 내 눈물을 보이지 않게 해주니)

Ains a year say a prayer faur me
(그저 매년 한 번쯤 날 위해 기도해주오)

Close yir een an remember me
(눈을 감고 나를 기억해주오)

Nair mair shall a see the sun
(나는 두 번 다시 태양을 보지 못할 것이니)

For a fell tae a Germans gun
(독일군의 총에 쓰러졌기 때문이오)

Lay me doon in the caul caul groon
(차디찬 땅에 날 뉘어주오)

Whaur afore monie mair huv gaun
(많고 많은 사람들이 누운 그곳)
Lay me doon in the caul caul groon
(차디찬 땅에 날 뉘어주오)
Whaur afore monie mair huv gaun
(많고 많은 사람들이 누운 그곳)
Whaur afore monie mair huv gaun*
(많고 많은 사람들이 누운 그곳)

눈물이 흘렀다. 아주 오랫동안. 얼마나 흘렀는지는 알 수 없었다.

---

* 조셉 킬나 맥켄지(Joseph Kilna MacKenzie)의 노래 '맥켄지 병장(Sgt. MacKenzie)', 스코틀랜드.

6.   계약

　7시에 눈을 떴다. 샤워를 하고 옷을 입고 아침을 먹기 위해 홀로 내려갔다. 어제 파티에는 50~60명의 사람들이 있었다. 주민들이 여기서 식사를 한다고 가정하면 아침밥을 먹으려면 줄을 꽤 서야 할 것 같았다. 그래서 조금 일찍 내려갔다. 하지만 로비의 분위기는 어제와는 딴판이었다. 사람이라고는 독서 클럽 멤버들뿐이었다. 지나치게 조용했고 지나치게 한산했다. 바를 향해 가는데 장이 손짓으로 나를 불렀다. 합석하자는 의미였다. 테이블로 가서 사람들과 눈인사를 나누고는 자리에 앉았다. 모두 내게 알은체를 했지만 어쩐지 한 줄 겨울바람이 분 것처럼 분위기가 싸했다. 테이블 위의 음식들은 거의 손대지 않은 상태였고. 내색하지 않고 바 쪽으로 눈길을 돌렸다. 직원 한 명이 내 쪽으로 걸어왔다.

　"스크램블드에그, 베이컨. 아무것도 넣지 말고요. 특히 소금은."

내 곁에 다가온 중년의 남자는 말없이 고개를 끄덕인 후 다시 바로 향했다. 남자가 떠나자 장이 자신의 커피를 내게 밀었다.

　"아직 따뜻할 겁니다. 마시지 않았으니 괜찮으시다면 식사 나올 때까지 드시며 기다리시죠."

　에스프레소 더블이어서 사양 않고 받았다. 미지근했지만 마실 만했다. 다들 식사는 이미 마친 것 같아서 담배를 물었다.

　"아직 아무 소식도 못 들으셨나 보죠?"

　장이 미간을 조금 찌푸리며 물었다.

　"뭘 말입니까?"

　무슨 뜻인지 몰라 물었다.

　"하긴 어제 오셨으니 이곳 사정을 잘 모르시긴 하겠죠."

　장이 뜸을 들였다.

　"어려운 말씀이라면 안 하셔도 됩니다."

　내 말에 장이 어두운 표정으로 입을 열었다.

　"새벽에 잭이 살해됐습니다."

　"잭이라면…… 요리사라는 분 말씀인가요?"

　장이 고개를 끄덕였다.

　"살해…… 라면 그렇게 생각하는 이유가 있으실 테죠?"

　"목이 잘린 채로 주방 냉동고에서 발견됐으니까요."

장의 말에 고개를 끄덕였다. 말 그대로 들었다는 의미였다. 감정의 동요는 없었다. 일면식도 없는 사람에게까지 감정을 소모할 여유는 없다. 죽음이라면 이미 지겹도록 봤고. 일일이 반응하다가는 미치거나 죽거나 둘 중 하나를 택해야 한다. 하지만 장의 말투에는 좀 전보다 짙은 그림자가 드리워져 있었다.

"새벽이란 건 어떻게 아시는 거죠?"

내가 물었다.

"어제 파티가 시작되기 전에 잭을 보았거든요. 우리에게 따로 챙겨둔 음식을 주고 퇴근했으니까, 파티 중에 살해되었다면 요리사들이 알았을 겁니다. 냉동고를 계속 드나들었을 테니까요. 파티가 끝난 게 새벽 4시였습니다. 요리사들이 아침 준비를 시작하는 시간이 5시 반. 새벽에 요리사들이 발견했으니 아마 그사이에 살해당했을 겁니다."

살해된 후에 옮겨졌을 수도 있지만 들었다는 뜻으로 고개만 끄덕였다.

"케이 씨는 별로 신경 쓰시지 않는 것 같군요."

이언이 말했다. 틀린 말이었다. 무척이나 신경 쓰고 있었다.

"경찰들 일이니까요. 신고는 하셨나요?"

그 말에 모두 쓴웃음을 지었다.

"이곳에 경찰은 오지 않아. 들이지도 않고."

보리스가 말했다. 역시, 고개만 끄덕였다.

"케이, 궁금해하지 않네?"

에밀리가 의아한 눈빛으로 물었다.

"이유가 있으니 그렇겠죠. 제가 알아야 할 이유는 아닌 것 같고."

말을 마치자 바텐더가 접시를 가지고 다가왔다. 베이컨부터 집어 먹었다.

"케이 씨에게는…… 흥미로운 구석이 있군요."

장이 시가에 불을 붙이며 말했다.

"글쎄요. 흥미라면 여러분에게 더 있는 것 같지만, 그렇게 말씀하시니 그런지도 모르죠."

계란을 조금 집어 먹으며 말했다.

"우 우 우리가 흥미요? 무 무 무슨 의미인지 마 마 말씀해주실 수 이 이 있을까요?"

스콧이 안경을 벗고 닦으며 말했다.

"글쎄요. 제 생각이 중요할까요?"

"들어보고 싶긴 합니다. 괜찮으시다면 케이 씨 생각을 좀 말씀해주실 수 있을까요?"

장이 물었다. 잠시 포크와 나이프를 만지작거리다 놓고는 커피를 한 모금 마신 후 담배를 피워 물었다.

"지금 시간이 7시 30분. 5시 반에 살인 소식을 들었다 해도 고작 두 시간이 지났을 뿐입니다. 한가하게 여기서 식사나 하고 있을 리는 없을 겁니다. 적어도 보통 사람이라면 말입니다."

사람들의 표정에 변화는 없었다. 재떨이에 담뱃재를 떨었다.

"게다가 보통은 살인이라면 놀라기 마련입니다. 하지만 장 선생님, 당신이 그랬죠? 새벽에 잭이 살해당했다고. 그 말씀을 하실 때는 그렇게 동요하는 말투가 아니었습니다. 그런데 살해된 채로 냉동고에서 발견됐다고 말씀하실 때는 심하게 동요하는 말투였습니다. 그 말은, 여기서는 사람이 죽어 나가는 일이 꽤 있다는 얘기입니다. 흔하지는 않을지 몰라도 익숙할 정도로는 일어난다는 얘기죠. 그럼에도 동요하는 건 두 가지 이유일 겁니다."

말을 끊고는 잠시 사람들을 둘러봤다. 역시 표정의 변화는 없었다.

"살인범을 모르기 때문이거나 살인의 의미를 알기 때문이겠죠. 어쩌면 두 가지 다일 수도 있고. 보통 사람들이 살인을 접할 때의 태도는 분명 아닐 겁니다."

담배를 끄고는 다시 포크와 나이프를 들었다. 남아 있는 베이컨과 계란을 먹었다.

"케이의 태도도 보통 사람들의 태도는 아닌 것 같은데?"

에밀리가 말했다.

"남의 일이니까요. 제가 호레이쇼 케인이 아니기도 하고. 선글라스도 가져오지 않았고 말입니다."

포크와 나이프를 놓은 후 냅킨으로 입을 닦으며 말했다.

"하지만 케이는 6층 끝 방에 투숙하고 있잖아?"

에밀리가 다시 물었다.

"어제부터 6층 끝 방에 대해 뭔가 있는 듯 말씀하시는데, 글쎄요. 여기서 그 방이 무슨 의미인지는 모르겠지만 그 역시 관심 없습니다. 전 여기 개인적인 용무가 있어 왔을 뿐입니다. 용무를 마치면 떠날 거고요."

냅킨을 테이블 위에 내려놓았다. 다들 말이 없었다.

"식사는 끝나셨나 보죠?"

뒤에서 말소리가 들려 돌아보니 해서였다.

"막 끝낸 참입니다."

해서의 등장에 자리가 더 조용해졌다. 이유는 알 수 없었다.

"시간 되세요?"

해서가 물었다.

"무슨 시간 말입니까?"

"할머니가 당신을 만나고 싶어 하세요."

"할머니요?"

"이 저택의 주인이세요."

"그래서요?"

"뵙자고 하신다고요."

사무적인 말투였다.

"그 얘긴 들었습니다. 날 왜 보자고 하는지 모르겠다는 뜻입니다."

"그걸 알아야 해요?"

"알면 좋겠죠. 오라고 손짓하면 앞뒤 재지 않고 달려오는 건 강아지 정도이지 않습니까? 강아지를 좋아하긴 하지만 제가 그러고 싶진 않은데요?"

해서가 말없이 나를 내려다보았다. 노려보는 건지 별생각 없이 보는 건지는 알 수 없었다. 그러고는 장을 한번 보았다.

"가보시는 게 좋을 것 같습니다."

해서의 눈빛에 장이 꼬리를 내린 말투로 말했다. 역시, 이유는 알 수 없었다. 테이블을 한번 둘러봤다. 다른 사람들의 표정 역시 그랬다.

"장 선생님께서 그렇게 말씀하신다면 그렇게 하죠."

자리에서 일어나 해서의 뒤를 따랐다.

해서는 돔 지붕 아래에 있는 맨 위층으로 나를 안내했다.

방을 잠깐 둘러보니 루이 14세의 집무실이 이렇지 않았을까 싶었다. 모든 게 화려했고 더럽게 비싸 보였다. 의자(라기보단 커다란 보석처럼 보였다)에 앉은 여자의 모습도 그랬다. 팔순을 넘은 듯 보였고 왜소한 체구였지만 귀부인다운 기품이 흘러 넘쳤다. '알지? 나는 너희와 다른 계층이라는 걸.' 하고 말없이 자연스레 알려주는 태도를 지니고 있었다는 뜻이다. 물론 자격지심일 수도 있고. 부인은 엘리자베스 2세가 국빈을 영접할 때 입고 있을 법한 차림을 하고 있었는데, 실내라 그런지 큼지막한 모자는 쓰고 있지 않았다. 반면, 목에 건 진주 목걸이의 알들은 무척이나 커서 마치 염주를 걸친 것 같았다.

"앉으세요."

찻잔을 내려놓으며 부인이 말했다. 맞은편 의자에 앉자 해서가 자리를 떴다. 부인의 옆에는 집사처럼 보이는 60대 초반의 남자가 한 명 서 있었다. 연미복에 나비넥타이를 하고서 한 치의 흐트러짐도 없이 마치 석상처럼. 자세뿐만 아니라 체격 또한 그 남자를 거대한 석상처럼 보이게 하는 데 한몫했다. 이스트섬의 모아이 옆에 서 있어도 어울릴 것 같았다. 두 사람과 방 안의 풍경을 보고 있자니 〈다운튼 애비〉의 세트장에 앉아 있는 기분이었고.

"안나를 찾아오셨다고요?"

단 한 마디에서 느리지도 빠르지도 않은 말투, 차분한 억양, 매사에 신중한 태도가 느껴지는 기품이 흘러나왔다. 고개를 끄덕였다. 순간, 부인의 얼굴에 아주 미세하게 불쾌한 기색이 떠올랐다. 대답 대신 고개만 끄덕이는 태도가 영 마음에 들지 않는 듯했다. 그런 기미를 눈치챈 듯 집사가 부인의 귀에 대고 말했다.

"죽여버릴까요?"

쓰레기를 버리고 오겠습니다, 혹은 설거지를 하겠습니다, 처럼 일상적인 억양과 말투였다.

"안나는 만나셨나요?"

집사의 말은 무시한 채 부인이 내게 물었다. 다시 고개를 끄덕였다. 부인의 얼굴에 다시 불쾌한 기색이 떠올랐다. 집사 역시 부인의 귀에 대고 다시 귓속말을 했다.

"죽여버릴까요?"

'이봐요, 영감. 상대방에게도 다 들리면 그건 귓속말이 아니지 않소?'라고 말하고 싶었지만 별로 귀담아 들을 것 같진 않아서 관두기로 했다.

"무슨 얘기를 나누셨죠?"

다시 한번 집사의 말을 무시한 채 부인이 내게 물었다.

"그닥."

"그닥? 그게 무슨 뜻이죠?"

정말 단어의 의미를 모르겠다는 표정이었다.

"그다지, 별로, 그런 뜻입니다. 풀어서 말씀드리자면 별로 얘기를 나눈 게 없다는 뜻이죠."

부인이 고개를 끄덕였다.

"표준어가 아닌가 보군요."

"둘 다 표준어입니다. 그다지에 비해 그닥이 덜 쓰이는 정도겠죠. 제 개인적 단어 취향이 그닥인 것뿐이고요."

딱히 설명하려고 한 말은 아니었다. 물어보니 대답을 했을 뿐. 하지만 부인은 내가 자신을 가르친다고 생각한 모양이었다. 다시 미세한 불쾌감이 얼굴에 떠올랐다. 집사가 부인의 귀에 대고 말했다.

"마님, 죽여버릴까요?"

마님이라는 단어 하나가 더 붙어 있었다. 강조의 의미 같았다. 여자가 오른손을 들었다. 일단 닥치고 있어 봐, 라는 뜻으로 읽혔다.

"안나 씨에게 뭔가를 들은 게 없다는 뜻인가요? 계약에 대한 내용도?"

부인이 담담한 어조로 물었다.

"없습니다. 부인께서 안나와 어떤 계약을 했다 해도 관심 없고요. 전 안나와 개인적으로 만나야 할 이유가 있기 때문에 여기 온 것입니다. 안나의 일은 어디까지나 안나의 문제이지 제 문제는 아닙니다."

부인이 약간 호기심을 띤 얼굴로 나를 보았다. 나와 다른 타인에 대한 순수한 호기심, 그 이상은 아니었다.

"동료라고 들은 것 같은데요?"

"맞습니다."

"그런데 동료 일에 관심이 없다고요?"

"제 인생에도 별 관심이 없습니다. 동료라고 예외일 수는 없죠."

부인의 얼굴에 엷은 미소가 떠올랐다.

"재미있는 분이시네요."

뭐가 재미있다는 건지 알 수가 없어 딱히 대답할 말은 찾지 못했다.

"절 보자고 하신 용건은?"

부인이 찻잔을 들어 한 모금 마신 뒤 입을 열었다.

"액수를 불러보세요."

"무슨 액수 말입니까?"

"저와의 계약을 수락할 금액 말이에요."

"그딱. 이미 말씀드린 것 같습니다만."

그러니 이제 그만 좀 합시다, 라는 말은 생략했다. 집사가 부인에게 다시 귓속말을 하려 하자 부인이 손을 들었다. 머리가 나쁜 건지 우직한 건지. 부인이 먼저 제지하지 않았다면 내가 그만하라고 말할 뻔했다.

"하지만 열쇠를 받지 않았나요?"

"초대를 받았으니까요."

"당신이 열쇠를 받아 든 이상 계약은 성립하는 거예요. 그쪽 성함이?"

"케이. 케이라고 부르시면 됩니다."

"케이 씨."

이미 알고 있는 것을 확인하는 투였다.

"그거야 부인 사정이시겠죠. 제 문제는 아니고. 아무튼 그래서 원하시는 게 뭡니까? 은쟁반에 제 목이라도 올려서 부인께 갖다드리길 원하시는 겁니까?"

"글쎄요. 당신 목숨이 그만한 가치가 있을까요?"

사람 보는 눈은 있는 사람이었다.

"그럼 은쟁반만 가지시든가요."

대답이 끝나기 무섭게 집사가 다시 허리를 숙였다. 그보다 빨리 부인이 손을 들었고. 우직한 게 아니라 그냥 바보 같았다.

"손녀의 말을 들어보니 싸움을 좀 하시는 것 같던데. 안나와 같이 군에 있었다고요?"

"용병으로 먹고살긴 했습니다."

"차이가 있나요?"

"군인은 임무를 수행하는 데 월급이 따라오죠. 반대로 용병은 돈을 받기 위해 임무를 수행하고. 아무리 좋게 봐주려고 해도 용병은 군인이 아닙니다."

"케이 씨, 당신은 다른 사람들과 많이 다르군요. 보통 제 앞에 서면 자신의 실력을 과장하기 바쁘거든요. 그럼 돈을 더 받을 수 있으니까."

부인이 말을 마치고는 다시 찻잔을 들어 올렸다. 저렇게 마시다가는 화장실을 자주 가야 할 텐데 싶었다.

"어떻게 다른지는 모르겠지만 보통 사람들보다 멍청하긴 하죠."

부인은 한동안 나를 물끄러미 바라보았다. 지금까지의 대화를 종합해 내가 어떤 사람인지 가늠하는 듯했다. 포기하라고 말해주고 싶었다. 나도 모르는 걸 상대가 알 리 없다.

"말투가 좀……."

뒷말은 없었다. 귀에 거슬린다는 말을 입 밖으로 내고 싶지 않은 듯했다.

"미안하지만 전 유머를 좋아하지 않아요. 파스칼이 그랬죠. 유머는 인격이 천박한 사람들이나 구사하는 거라고."

쇼펜하우어 아니었던가? 아무튼 코넌 오브라이언이나 지미 팰런이 들었다면 무척이나 섭섭해할 것 같았다.

"괜찮으시다면 방으로 돌아가도 되겠습니까? 어제오늘

일이 좀 많았거든요."

"일이 있었던가요?"

부인은 이미 내 동선을 파악하고 있는 듯 이해할 수 없다는 얼굴이었다.

"유니콘을 봤고, 귀여운 친구들과 놀았고, 독서 클럽까지 가입했습니다. 아침 식사는 살인 얘기를 디저트로 곁들인 데다 식후에는 〈다운튼 애비〉도 한 신 찍었고요."

"저는 유머를 좋아하지 않아요."

"그러니까요. 괜찮으시다면 빨리 제 방 침대로 가서, 이 행복을 간직한 채 꿈나라로 가고 싶습니다."

부인은 말이 없었다. 어떻게 대처해야 할지 조금 난감해하는 것 같았다. 내 문제는 아니라서 자리에서 일어섰다. 예의 집사가 부인의 귀에 대고 뭐라고 말하려 하자 부인이 오른손을 들었다. 유머는 천박한 거라더니 내가 보기엔 두 사람이 아주 재밌는 콤비였다.

"열 장 어때요? 당신들이 쓰는 단어로."

부인이 뜬금없는 질문을 했다.

"뭐가 말입니까?"

"당신의 목숨값. 당분간 제게 주는 대가로 말이에요."

"안나와 같은 계약일 테지요?"

"그래요."

"관심 없습니다."

집사가 허리를 숙이려고 했다.

"제발 가만 좀 있어요."

조곤한 말투였지만 미세하게 짜증이 묻어 있었다. 내가 하고 싶은 말이기도 했고.

"해야 할 일이라도 있으신가요?"

"그닥."

"당신이 좋아하는 단어군요. 그닥. 하지만 10억이면 괜찮은 액수 같은데요."

난 열 장의 의미가 1,000만 원인 줄 알았다. 소심한 인간 같으니. 이놈의 좁쌀 같은 스케일은 아마 죽을 때까지 그대로일 것 같다.

"관심 없습니다."

"돈에 관심 없는 사람도 있나요?"

정말 이해할 수 없다는 표정이었다.

"돈이 아니라 남의 일에 관심 없습니다. 필요할 때 벌면 되고요. 지금은 당분간 일하지 않아도 먹고살 만합니다."

흐음, 하고 부인이 작은 한숨을 내쉬었다.

"10억. 생각해보세요."

부인이 찻잔을 들었다. 이제 그만 나가보라는 듯이. 자리에서 일어나 문을 나섰다.

7.   할로윈

방으로 돌아오니 안나가 소파에 앉아 있었다.

"어디 갔다 오는 길이야?"

"블라인드 데이트."

"부인께서 찾았나 보지?"

"영광스럽게도."

"계약은?"

상황을 짐작하는 듯 안나가 말했다.

"하지 않았어."

"조건이 나쁘지 않았을 텐데?"

"괜찮았지."

담배를 꺼내 물었다. 안나가 들릴 듯 말 듯 안도의 한숨을
쉬었다. 이유는 짐작이 갔다. 계약을 하면 지원군이 생긴다.
안나의 일에 있어서는 나쁘지 않다. 하지만 둘 다 목숨을 보
장할 수는 없다. 그건 괜찮다. 우리 일이 그런 거니까. 하지
만 안나의 부탁을 들어줄 사람이 없어진다. 안나에게는 그

것이 더 중요한 문제라는 뜻이었다.

"아링 때문인가?"

안나가 물었다. 대답하지 않았다.

"혹시 범인을 찾으면 계약이 네 발목을 잡을 거라고 생각해서?"

대답하지 않았다.

"우리는 용병이야. 밝힌다고 한들 그 친구도 우리 같은 용병일 뿐일 텐데?"

"방에 온 용건은?"

화제를 돌렸다. 안나가 한동안 내 얼굴만 바라보았다.

"손이 좀 필요해."

"무슨 일?"

"범인을 찾는 일. 새벽에 요리사가 한 사람 죽었거든."

"알아. 잭이라며? 목이 잘린 채로 주방 냉동고에서 발견됐고."

안나가 의외라는 표정으로 나를 보았다.

"사회성이 그렇게 좋았는지 몰랐는데? 벌써 사람들을 사귄 거야?"

"좋긴 무슨. 어쩌다 보니 알게 된 거지. 그게 다야."

안나가 알겠다는 듯 고개를 끄덕였다.

"생각 있어?"

"부인의 지시인가?"

"해서."

"의외인데?"

"생각은 있고?"

안나가 재차 물었다.

"넌 경찰이었던 적이 있지? 하지만 난 없어. 도움이 되지 않을 텐데?"

"손이 좀 필요하다고 했지 형사가 필요하다고 하진 않았어."

"없는 자존심이 다 상하는군. 내 머리는 필요 없다는 말이지?"

내가 웃으며 말했다.

"오래전 일이라 내 경력도 별로 도움이 못 돼. 하지만 우린 형사보다 한 가지가 유리한 입장이잖아?"

안나가 출입문 쪽에 시선을 둔 채 말했다. 말의 의미를 생각해봤다.

"합리적인 의심이면 충분하다는 말이군. 법적인 증거 따위는 필요 없다는 말이고."

"맞아. 조사 능력이 떨어지는 대신 운신의 폭은 넓은 거지. 그리고 난 그 보수가 필요해."

보수, 라는 단어가 나오니 안나가 낯설어 보였다. 안나는 돈에 집착하는 인간이 아니었다.

"얼마야?"

"1억. 범인만 찾으면 돼."

범인만 찾으면 돼, 라는 말에 유독 힘이 들어가 있었다. 이 계약이 네 발목을 잡을 일은 없을 거라는 듯.

"이 집안은 입만 열면 억이군. 겨울에 꼭 한번 다시 와서 구경하고 싶네. 벽난로에 장작 대신 지폐를 던질 테니까."

"50 대 50."

"10으로 하지. 머리는 안 쓰니까."

"50 대 50. 언제는 썼다고 그래?"

안나가 소파에서 일어서며 말했다.

1층 홀로 내려왔다. 바를 지나 진열장 맨 끝 오른쪽에 있는 문을 열었다. 직사각형의 길고 거대한 주방이 눈에 들어왔다. 흰색 요리사복을 입은 남자가 다섯 있었다. 점심 준비를 하는지 손이 분주했다. '이 판국에?' 싶었지만 독서 클럽 회원들의 반응을 이미 본 터라 생각을 접었다.

안나가 요리사들을 지나쳐 커다란 냉동고 앞에 섰다. 손잡이를 왼쪽으로 밀자 농구 시합을 해도 될 만큼 넓은 공간이 나타났다. 한기가 훅, 하니 밀려왔다. 벽을 따라 선반들이 층층이 있었고 각종 식자재가 깔끔하게 정리되어 있었다. 천장으로 연결된 갈고리에는 도축한 돼지와 소들이 빽빽하게 걸려 있었다. 안나는 고깃덩어리들을 밀치며 앞쪽으로 나아갔다.

"잭이야."

입구 맞은편 벽, 위에서 세 번째 줄 선반 가운데 잭의 목이 놓여 있었다. 당장이라도 가방에 막걸리를 챙겨 산에 오를 것 같은 60대 초반의 흔한 아저씨였다. 피부에는 서리가 맺혀 있었고 표정은 좋지 못했다. 그럴 만도 했다. 잭의 머리를 들어 올렸다.

"절단면이 깨끗하군."

내가 말했다.

"그렇지? 하지만 좀 이상하지 않아?"

안나가 팔짱을 끼며 물었다.

"그래. 지나치게 깨끗해. 목은 그렇다 치더라도 경추 뼈까지 잘라야 했을 텐데 이렇게 깔끔하게 잘랐다면……."

"칼을 쓰는 데 프로라는 얘기지. 군인이든 의사든 정육업자든 아무튼 칼을 쓰는 직업을 가졌을 거야. 가졌었거나."

안나의 말에 고개를 끄덕였다.

"그리고……."

안나가 갈색 플라스틱 통 두 개를 맨 아래 선반에서 꺼내 바닥으로 내렸다. 작은 아이 하나가 충분히 들어갈 수 있는 크기였다. 왼쪽 통의 뚜껑을 열었다. 뼈들이 수북이 쌓여 있었다. 골반뼈와 손가락뼈가 유독 눈에 들어왔다. 다음 통을 열자 이번에는 붉은 고기와 피부, 내장이 들어 있었다. 피비린내가 냉동고의 찬 공기를 타고 콧속으로 밀려들어 왔다.

"놈은 목만 자른 게 아니야."

두 통을 번갈아 보며 안나가 말했다.

"그냥 살인이 아니군."

"맞아. 일반적인 살인과는 다르지. 목만 잘랐다면 원한이라고 생각할 수도 있어. 하지만 시체를 이렇게 분해했다면 이건 살인이 아니라 쾌락이야."

왼쪽 통에 담긴 뼈를 자세히 보았다. 살점이 거의 붙어 있지 않았다.

"연쇄살인범이란 뜻인가?"

내가 물었다.

"어쩌면."

"쾌락이라면 그렇겠지. 하지만 징벌일 수도 있잖아?"

"징벌?"

"순서에 따라 다르겠지. 나중에 목을 잘랐느냐 목을 자른 후에 이렇게 했느냐. 연쇄살인범이라면 최대한 살려두었을 거야. 쾌락을 즐겨야 하니까. 하지만 징벌이라면 다르지. 시체 훼손이 목적이야. 말 그대로 벌을 내린다는 의미니까. 어쩌면 둘 다일 수도 있고."

"의외네. 그런 생각을 다 하고?"

안나가 대견하다는 듯 웃으며 말했다.

"〈CSI 마이애미〉가 사람들을 망쳐놓은 탓이겠지."

뼛조각을 하나 집어 안나에게 건넸다.

"뼈가 너무 깨끗한 것 같지 않아?"

안나가 인상을 찌푸리며 뼛조각을 이리저리 돌려 보았다.

"그렇네. 지나치게 깨끗해."

"그렇지? 지나치게 깨끗해. 고기 한 점 남기면 안 된다는 듯이. 마치 발골을 한 것처럼 말이야."

뼛조각을 집어 넣고 뚜껑을 닫았다.

"그렇다면 목은 왜 그냥 둔 걸까?"

안나가 나를 쳐다보며 물었다.

"글쎄, 아마도 광고겠지. 머리뼈까지 발골해버리면 누군지 알 수가 없으니까. 보는 사람들의 충격도 덜할 테고. 그러니까 이놈은……."

냉기에 입이 얼기 시작하는 것 같았다. 더 이상 입가로 하얀 김조차 나오지 않았다.

"자기만의 할로윈 파티를 시작한 거야. 진짜 할로윈 파티를 말이야."

안나와 나는 한동안 말없이 로비의 테이블에 앉아 있었다. 몸에 밴 한기를 몰아내기 위해 힙플라스크에 든 술로 목을 적시면서. 담배를 꺼내 물며 내가 먼저 입을 열었다.

"CCTV를 살펴봐야겠군."

안나가 고개를 저었다.

"내부 CCTV는 로비밖에 없어. 그마저 사각지대가 꽤 되고."

이만한 대저택에 CCTV가 없다는 게 이상했지만 곧 이유를 깨달았다. 이 저택 자체가 의심스러운 곳이다. 무엇이 됐건 스스로 증거를 남길 필요는 없다.

"그럼 알리바이부터 조사해봐야겠군. 손님과 직원들 전부."

"의욕이 넘치네. 그러다 과로사 하겠어."

안나가 힙플라스크를 내려놓으며 말했다.

"의욕은 무슨. 하기로 했으니까 하는 거지."

"정말이지 너의 그 퉁명스러운 말투는 죽어서도 기억이 날 거야."

안나가 싱긋 웃었다.

"그 말 내 묘비명으로 쓰면 되겠네."

담배 연기를 내뱉으며 답했다.

"이런 순서로 진행하려고 해."

농담은 이제 끝났다는 듯 안나가 진지한 표정을 지으며
말했다.

"일단 할 수 있는 일과 할 수 없는 일을 구분하자. 그다음
으로 범행 시각을 추정해보고 알리바이를 어느 범위까지 적
용시킬 것인지를 정하지. 마지막으로 용의자들을 불러서 조
사를 시작하고. 어때?"

고개를 끄덕였다.

"할 수 없는 것부터 떠오르는군. 아마도 검시는 불가능하
겠지?"

"마을에 내과의가 있긴 해."

"도움이 안 되겠군. 검시의는 일반의와 다르니까. 내과의
사에게 심장 수술을 하라는 꼴이잖아."

담배 연기를 깊숙이 들이마시며 말했다.

"여기 있는 사람 중에 경찰이나 형사 출신이 있을까?"

"이언과 스콧이 경찰 출신이야. 하지만 해서는 나에게 부
탁하더군."

"이유는?"

"거절."

이언과 스콧이 거절한 이유는 안나도 모르는 것 같았다.

"그들이 경찰 출신인 걸 아는 걸 보니, 안나 너는 손님들
에 대해 어느 정도 파악하고 있나 보군."

"여기 온 지 두 달째야. 사람들 신상에 대한 파일은 예전에 읽고 기억해뒀어."

안나의 말을 듣고 있자니 도대체 부인과 어떤 계약을 했고 무슨 일을 하는지 궁금해졌다. 게다가 파일을 봤다는 건 따로 정리를 하는 사람이 있다는 뜻이다. 그 파일에는 도대체 어떤 정보들이 있는 걸까? 하지만 묻지 않았다. 입장이 바뀌었다면 나 역시 대답하지 않을 테니까. 계약한 일에 대해서는 부모에게도 말하지 않는 게 용병이다.

"좋아. 그럼 검시도 안 되고, 전문적인 도움도 받지 못하는군. 할 수 있는 거라곤 상식적인 수준에서 접근해보는 일밖에 없어."

안나가 고개를 끄덕였다.

"다음은 범행 시각이겠군. 잭이 마지막으로 목격된 게 파티 전이었어."

"퇴근하면서 장에게 따로 챙겨둔 요리를 갖다 줬다더군."

안나에게 장에게 들은 대로 얘기했다.

"나도 들었어. 파티 시간 동안은 계속 요리사들이 들락거렸을 테니까 주방에서 살인을 저지를 시간이 없었을 거야."

"그러니까 둘 중 하나겠지. 다른 데에서 살인한 뒤에 옮겼던가, 아니면 모두가 퇴근한 4시에서 5시 반 사이에 주방에서 일을 벌였던가. 주방문은 항상 잠가두나?"

안나가 고개를 저었다.

"아니, 열어둬. 배고픈 사람은 알아서 챙겨 먹으라는 뜻으로."

"룸서비스는 없다는 말이군. 잠가둔다면 어렵긴 하겠지만 불가능하진 않을 거야. 오히려 열어두는 쪽이 어렵지. 누가, 언제 들어올지 모르니까 말이야. 게다가 주방에서 살인을 했다면 가죽을 벗기고 해체하고 발골을 하기까지 상당한 시간이 필요했을 거야. 혹시, 시체가 발견됐을 때 주방은 깨끗했어?"

"평소와 다름없이 물기 하나 없었다고 해."

"고기와 뼈가 담겼던 통을 생각해 봐. 통은 얼룩 하나 없이 깨끗했어. 강박인지 뭔지는 모르겠지만 그런 식으로 거창하게 살인을 저질렀다면 통에 핏자국이 조금이라도 있을 텐데 말이야. 깨끗하게 닦았다는 얘기지. 만약 놈이 주방에서 살인을 했다면 물로 피까지 깨끗하게 치웠다는 얘긴데, 바닥을 말리기엔 시간이 부족하지. 그러니까 일단 주방에서 살해했을 가능성은 지극히 희박해."

"나도 그렇게 생각해."

안나가 고개를 끄덕였다.

"그럼 다른 곳에서 죽인 뒤 옮겼다는 쪽에 일단 무게를 두자고. 그렇다면 범행 시각은 잭의 퇴근 후부터 오늘 새벽

5시 반까지인데, 여기에서 살해하고 옮기는 시간을 고려하면 범인은 저택 안에 있거나 최소한 아주 가까운 마을에 있을 확률이 높지.”

“저택 밖은 아닐 거야.”

안나가 고개를 저으며 말했다.

“왜지?”

“건물 밖은 CCTV가 다 있어. 사각지대도 없고. 만약 외부에서 저택으로 뭐든 들고 들어왔다면 찍혔을 거야. 너도 봤다시피 통이 주머니에 넣어서 들어올 크기는 아니잖아.”

“벌써 확인해본 거야?”

“아침에 세 번이나 돌려 봤어. 나간 사람들은 있어도 들어온 사람은 없어.”

“그럼 파티가 끝날 때까지 저택을 나간 사람들은 제외하면 되겠군. 남아 있던 사람들 중에 하나가 범인이란 얘기고. 명단은 이미 작성해뒀을 테지?”

안나의 일처리 방식이라면 그러고도 남았을 터였다.

“스물다섯.”

안나가 명단이 적힌 수첩을 내게 건넸다. 주방의 요리사 다섯, 바텐더 다섯, 독서 클럽 멤버들이 다섯, 부인, 집사, 안나와 나, 해서까지 다섯. 나머지 다섯은 직원이라고만 되어 있었다. 안나에게 수첩을 돌려줬다.

"간략하게 쓴 거야. 자세한 건 사람들과 면담 전에 알려줄게."

"파일이 있다며?"

"보고 싶다면 저택과 계약을 하면 돼."

"그럼 됐어."

그렇게 대답할 줄 알았다는 듯 안나가 고개를 끄덕였다.

"일단 건물도면부터 훑어보는 게 어때? 저택 구조를 숙지해두는 게 알리바이를 조사할 때도 유용할 거야. 도면은 지하 도서관에 있어."

안나와 나는 자리에서 일어나 엘리베이터로 향했다.

"어제 만난 장이라는 친구가 이런 말을 하더군. 여기는 재미있는 곳이라고. 지옥치고는 말이야."

엘리베이터를 기다리며 내가 말했다.

"그 친구의 말이 맞을지도 모르겠어. 하지만 이놈에게는 아니야. 인터넷도 전화도 안 되는 고립된 저택, 고립된 마을. 경찰도 절대 오지 않는 곳."

엘리베이터의 문이 열렸다.

"맞아. 놈에게는 천국의 문이 열린 거야."

안나가 무표정한 얼굴로 답했다.

8.　　　　　　　　　　　　　　　　금고

　지하실은 미로처럼 복잡했다. 그러나 안나는 이미 여러 번 와본 사람처럼 한 치의 망설임도 없이 길을 걸었다. 이윽고 천장까지 길게 뻗은 커다란 적갈색 문이 나타났다. 일부러 중세시대의 형태를 재현해놓은 것 같았다. 그러나 문 뒤에 펼쳐진 풍경은 일반적인 동네 도서관과 다를 바 없었다. 사서는 따로 없었지만, 도서를 검색할 수 있는 컴퓨터도 비치해둔 상태였다. 순간 사뭇 진지하던 독서 클럽 멤버들의 얼굴이 떠올랐다.

　안나는 익숙하게 책장 사이를 걷기 시작했다. 도면은 벽면 맨 끝의 오른쪽 서가에 놓여 있었다. 안나가 전화번호부 두께의 도면을 꺼내더니 서가 옆의 책상 위에 던져놓았다. 쿵 하는 소리가 도서관에 울려 퍼졌다.

　"꽤 두껍군."

　한 권씩 책상 위에 펴며 내가 말했다.

　"원래 도면은 러시아어로 되어 있었어. 이건 누군가 나중에 따로 한국어로 번역한 거지. 그리고 이건 추가된 도면들."

도면을 자세히 훑었다. 도면은 크게 세 종류였다. 기본 도면과 실시 도면, 기타 도면. 그리고 마지막으로 추가 공사에 사용된 도면이 하나 있었다. CAD로 작성된 걸 보니 추가 공사를 한 시점도 그리 오래되지는 않은 것 같았다. 딱히 이상한 점은 보이지 않았다. 비밀 통로나 방 같은 것도 전혀 없었다. 외부 형태의 웅장함이나 내부 마감의 고급스러움을 뺀다면 골조는 상식적인 설계로 보였다.

"좀 더 자세히 살펴봐야겠지만 당장 눈에 띄는 건 없는 것 같은데?"

기타 도면의 마지막 장을 넘기며 말했다. 그때 문득 상세 도면 하나가 눈에 들어왔다.

"이건 개인 금고치고는 상당히 큰데? 은행 금고도 이 정도로 크진 않을 것 같지 않아?"

도면을 안나 쪽으로 밀었다. 금고는 가로 6미터, 세로 10미터, 높이 3미터의 초대형이었다. 평면도와 단면도를 찾아보니 금고는 1층 홀에 위치해 있었다. 그것도 식당. 오늘 아침에 본 냉동고의 위치와 똑같았다.

"원래 금고를 냉동고로 쓰기도 하나?"

의아한 눈빛으로 안나에게 물었다. 안나는 골똘히 생각에 빠져 있었다.

"예전에는 금고였겠지. 언제부터인가 쓸모가 없어졌을 테고. 도면을 봐. 이 정도 크기면 철거하는 게 더 힘들었을 거야. 게다가 보와 기둥 사이에 걸쳐 있고 슬래브 역할까지 하잖아. 하중을 계산해봐야겠지만 이런 구조에 금고 무게까지 더하면 철거 자체가 불가능할지도 몰라. 이건 금고가 아니라 건물의 일부분으로 보는 게 맞을 것 같아."

안나의 말에 다시 도면을 들여다봤다. 안나의 말도 틀린 것 같지는 않았다.

"아침에 네가 냉동고의 문을 열 때는 그냥 손잡이만 있었어. 도면처럼 다이얼과 핸들이 아니라."

"고쳤겠지. 금고 그대로 냉동고로 쓸 수는 없었을 테니까. 고기 한 덩이 가지러 가는데 매번 비밀번호를 맞추고 핸들을 돌릴 수는 없잖아."

그렇긴 했다.

"금고가 하나 더 있군."

다시 평면도와 단면도를 훑었다.

"부인의 방에 말이야. 가로 3미터, 세로 5미터, 높이 1.5미터. 1층 금고의 딱 반이야. 아침에 부인의 방에 갔을 때 금고는 보지 못한 것 같은데."

"개인 금고겠지. 방 안에 있을 테지만 눈에 띄지는 않을 테고."

"그렇다면 이 금고는 쓰고 있다는 얘기겠지?"

"어쩌면. 1층 금고의 상태를 봤을 때는 아닐 수도 있고."

"도대체 이런 금고가 두 개나 있는 이유가 뭘까?"

"글쎄. 이 정도의 건물을 지을 정도면 당시에는 필요했기 때문 아닐까?"

"그랬을까? 혹시 이 건물의 역사를 알아?"

안나가 고개를 저었다.

"내 계약은 이 건물의 역사와는 아무런 상관이 없어."

"그럼 이번 살인과 이 건물의 역사가 관계가 있을까?"

"글쎄. 범인과 이 건물의 역사를 연결시키기엔 무리가 있다고 생각하지 않아? 도면의 날짜를 봐. 1925년이야. 거의 100년 전이라고."

안나의 말에 고개를 끄덕였다.

"그렇겠지?"

"역사 얘기를 하고 싶다면 상대를 잘못 골랐어. 내 전공은 동아시아 언어야. 몽골어, 중국어, 한국어. 건축은 군대에서 조금 배웠고."

예전에 술자리에서 얼핏 들은 적이 있는 것 같았다. 안나나 나나 서른셋. 막 용병 생활을 시작하던 때였고 지금보다 말을 좀 더 쉽게 하던 때였다. 10년도 더 전의 일이다.

"그렇게 궁금하다면 네가 직접 찾아가서 부인에게 여쭤

봐. 이 건물의 역사가 부인의 역사니까."

"그럴 필요 있겠어? 네 말처럼 100년쯤 전에 세워진 건물인데. 살인과는 아무런 상관도 없겠지. 무엇보다도 부인을 만나는 것 자체가 피곤한 일이고."

안나가 고개를 끄덕였다. 안나와 나의 공통점 중에 하나는 쓸데없는 에너지 낭비를 싫어한다는 거다. 추가 공사 도면을 살폈다. 정말 화려했다.

"도대체 이 건물에 무슨 짓을 한 거야? 방음, 방탄, 방화벽, 방화문, 기둥, 보, 벽의 보강까지. 건물이 아니라 전투 요새 같은데?"

안나의 얼굴을 슬쩍 바라보았다. 안나는 어깨를 한 번 으쓱할 뿐이었다. 별일 아니라는 몸짓이었다. 말해주지 않는 건 더 이상 물을 필요도 없다.

"도면은 방에 가져가도 될까? 놓친 게 있나 천천히 살펴보고 싶은데."

"상관없을 거야. 아무도 관심 없으니까."

도면을 들어 어깨에 걸쳤다. 종이의 무게가 엄청났다.

방에 들어오자마자 기다렸다는 듯 전화벨이 울렸다. 안나를 한 번 본 후 전화를 받았다.

"제 방으로 올 수 있나요? 7층에서 내린 뒤 왼쪽 복도의 맨 끝 방이에요."

해서의 목소리였다.

"무슨 일입니까?"

"얘기를 좀 나누고 싶어요."

수화기를 막은 후 안나를 보며 해서, 라고 말해주었다.

"우리 사이에 할 얘기가 있던가요?"

"어쩌면 있을지도 모르죠."

자신은 신경 쓰지 말라는 듯 안내가 고개를 끄덕였다.

"알겠습니다. 방으로 가죠."

전화를 끊자 안나가 도면을 폈다.

"다시 검토해볼게. 다녀와."

해서의 방문 앞이었다. 문을 열자 정면에 해서가 앉아 있었다. 귀부인의 방보다는 아니었지만 그만큼이나 넓어 보였다. 차이라면 독서 클럽 멤버들 다섯이 해서의 주위를 빙 둘러서고 있다는 것 정도였다.

"고스톱 멤버치고는 많은 것 같은데요?"

맞은편의 의자에 앉으며 말했다.

"당신과 계약을 하고 싶어요."

'정말이지 그놈의 계약 타령은……'

"무슨 계약 말입니까?"

"아침에 할머니와 만나지 않았나요? 그 조건 이상으로 당신에게 지불할 용의가 있어요."

"당신도 은쟁반이 필요합니까?"

"무슨 말이에요?"

정말이지 무슨 말인지 모르겠다는 얼굴로 해서가 물었다.

"거절한다는 뜻입니다."

"그럼 어제 왜 싸운 거죠? 테스트였다는 걸 아셨을 텐데?"

"어떡합니까. 가만히 있으면 앉아서 당할 판인데."

"당신이 거절하는 이유부터 들어보죠."

해서가 재떨이에 담배를 비벼 끄며 말했다.

"거절이고 말고 할 것도 없습니다. 애당초 내용 자체를 모르니까. 다만, 번잡스러운 일은 질색이라서요."

"전 어떤 일이라고 얘기도 하지 않았어요."

"어제 여기까지 오면서 몇 가지 본 게 있죠. 틀린 얘기라면 제가 상상력이 좀 좋아서 소설을 썼다고 생각해도 상관없고."

담배를 꺼내 물었다. 해서가 테이블 위에 놓인 라이터를 내 쪽으로 밀었다. 고마운 마음으로 불을 붙였다. 아무래도 둘 다 장수하기는 힘들 것 같았다.

"어떤 소설인지 한번 들어볼까요?"

해서가 내 얼굴을 뚫어질 듯 쳐다보며 물었다.

"싫습니다."

"왜죠?"

"맨스플레인이 될지 모르니까요."

"듣겠다잖아요. 쓸데없는 소리 말고 얘기해요."

해서가 짜증을 참으며 말했다. 할 수 없이 대답했다.

"여기는 대마초를 재배하는 곳이라고 생각했습니다."

해서가 무표정한 얼굴로 나를 응시했다.

"왜죠?"

"외길의 좁은 진입로. 초소의 감시자. 위에서 떨어뜨리면 길을 막을 수 있게 설치된 돌망태. 필요 이상의 태양광 전지. 눈에 안 띄는 건물 위치. 대마를 기르기 딱 좋으니까요."

"그런 조건에 있으면 다 대마를 기르나요?"

"어쩌면. 진입로를 막으면 공권력이 투입돼도 시간을 꽤 벌 수 있겠죠. 호화로운 실내를 꾸미려면 쌀농사로는 부족할 테고. 대마를 노천에서 키울 수는 없으니 지하에서 재배하겠죠. 외부 전력을 끌어들여 의심을 사지 않으려면 태양광 전지가 필요할 테고."

해서의 눈이 조금 가늘어졌다.

"소설가는 절대 되지 마세요. 책이 팔리긴 힘들 것 같으니까. 그마저 술 담배 때문에 오래 할 수 있을 것 같지도 않지만요."

맞는 말이었다. 상처는 받지 않았고. 내 꿈이 아니라면 못 한다고 해서 상처 받을 일은 아니다.

"저도 그렇게 생각합니다. 술 담배 좀 한다고 누구나 소설가가 될 수 있다면, 수염을 기른 염소가 플라톤이 될 수도 있겠죠."

해서를 똑바로 바라보며 말했다. 내 눈도 조금 가늘어진 것 같았다.

"그래서 당신의 그 재미없는 소설의 마지막은 어떻게 되나요?"

"어제 남자들을 보니 재배 농부들은 아닌 것 같고 운반책인가요? 어부의 손이었거든요. 그렇다면 당신들의 물건은 바다를 통해 해외로 나간다는 얘기고. 괜찮은 방법이라고 생각합니다. 어느 나라 정부든 들어오는 건 신경 써도 나가는 건 별로 신경 쓰지 않으니까."

해서의 눈이 조금 더 가늘어졌다.

"절대로 소설가는 되지 마세요."

훌륭한 조언이었다. 고개를 끄덕였다.

"당신의 소설은 잘 들었어요. 그래서 제가 뭘 요구할 것 같아요?"

여자의 질문에 잠시 뜸을 들인 후 대답했다.

"관심 없습니다. 제가 쓴 소설도 관심 없고 소설이 아니라고 해도 관심 없습니다. 제 발 밑바닥, 저 아래에서 대마초가 풍년이 들었다 해도 관심 없고, 이 저택이 포브스지 재력순위에 올라도 관심 없습니다. 전 개인적인 용무로 여기 왔을 뿐입니다."

"10억 어때요?"

정말이지 포브스지 재력 순위에 올라도 될 것 같았다. 무슨 가족들이 입만 열면 10억이다. 그것도 딸랑이를 흔드는 듯한 말투로 말이다. 싱긋 웃은 후 자리에서 일어섰다.

"말씀드렸지 않습니까? 귀찮은 일은 질색이라고."

그러자 독서 클럽 멤버들이 나를 둘러쌌다. 장이 맨 앞에 있었다.

"리얼리(Really)?"

장과 주위 사람들에게 눈길을 주며 말했다.

"죄송……."

장의 말이 떨어지기 무섭게 수도로 장의 목을 치고는 그대로 앞으로 나가며 보리스의 명치에 주먹을 넣었다. 이언의 오른 주먹이 왼쪽 귓가를 스쳤지만 동작이 너무 컸다. 왼쪽 다리의 무릎관절을 오른쪽 다리로 후려 차고 정수리에 주먹을 꽂았다. 에밀리의 왼발이 내 머리로 날아왔다. 고개를 약간 숙이고는 몸을 지탱하고 있는 오른발 아킬레스건을 후려 찼다. 넘어진 에밀리 너머에서 스콧이 옆구리 깊숙이 나이프를 찔러 왔다. 몇 센티 차이로 비키며 팔꿈치를 목에 내리꽂았다. 퍽, 하며 스콧의 얼굴이 땅바닥에 부딪히는 소리가 들렸다. 뒤를 돌아 해서를 바라보았다.

"논픽션에는 소질이 좀 있어요."

문을 열고는 방을 나섰다.

9. 죄책감

"한바탕했나 보네?"

방으로 들어오자 안나가 나를 흘끗 보고는 물었다. 그제야 티셔츠 오른쪽이 10센티 정도 찢어진 게 보였다. 가방에서 새 티셔츠를 한 장 꺼내 입었다.

"배고프지 않아?"

의자에 앉자 안나가 물었다.

"조금."

"라면 어때?"

"괜찮겠지."

안나가 거실 서랍장을 뒤져 컵라면을 꺼냈다. 커피포트에 물을 끓인 다음 컵라면에 붓고 의자에 앉았다. 라면을 다 먹은 뒤 안나가 힙플라스크를 꺼내 한 모금 마셨다. 나는 담배를 물었다. 흰 담배 연기가 둥글게 뭉쳐 있다가 투명하게 사라지길 반복했다.

"마리가 내 조카더군."

창문에 시선을 둔 채 안나가 말했다.

"뜬금없네."

안나가 내 쪽으로 시선을 돌렸다.

"말해주지 않으면 네가 물었을까?"

"묻지 않았겠지."

고개를 한 번 저었다.

"그러니까. 넌 아무리 궁금해도 상대가 말해주기 전에는 결코 묻지 않는 사람이잖아."

"그랬던가?"

"그랬어. 사람이란 이상한 거야. 묻지 않는 사람에게는 말해주고 싶거든. 그래서 동료들도 너에게 많은 얘기를 한 거겠지. 아마 동료들의 개인사는 네가 가장 많이 알고 있을 걸."

"그랬나?"

"그랬어. 묻지 않는 사람에겐 본능적으로 안심을 하는 게 사람인가 봐. 새어 나갈 일이 없을 것 같거든."

"다른 사람에게 말하는 게 귀찮았을 뿐이야."

안나가 씨익 웃고는 창문 쪽으로 시선을 돌렸다.

"아무 말도 하지 않을 생각이었어. 그래도 넌 약속을 지킬 사람이니까. 하지만 죽음이란 이상한 거야. 사람을 바뀌게 하는 것 같아. 초조하고 불안하게 만들어."

자신의 목숨에 대한 얘기는 아니라고 생각했다. 안나는 나약함과는 거리가 먼 인간이다. 아마도 마리에 대한 이야기일 테지. 마리의 미래 말이다.

　"조카라니 조금 이해가 되는군. 과한 것 같긴 하지만. 그렇다면 내게 주는 돈으로 네가 마리의 미래를 설계하면 되지 않나? 힘닿는 데까지 말이야."

　내 말에 안나가 실없는 소리라는 듯 희미하게 웃었다.

　"이봐, 케이. 용병 가운데 저축하는 인간을 본 적이 있어?"

　"거의 없지. 가족이 있는 경우를 제외하곤."

　안나가 고개를 끄덕였다.

　"우린 모두 중독자들이잖아. 도박, 알코올, 마약 중독자들보다 더 심한 아드레날린 중독자들."

　이번에는 내가 안나의 말에 고개를 끄덕였다. 대개의 용병들은, 특히나 위험한 작전을 수행하는 용병들은 저축을 하지 않는다. 언제 죽을지 모르는 목숨이니까. 일이 끝나도 일반인으로 돌아가기는 힘들다. 목숨이 왔다 갔다 하는 순간의 아드레날린 폭주를 경험하고 반복하게 되면 일상의 무미건조함은 죽음만큼 두렵고 지겹고 견디기 힘들다. 전쟁과 평화가 뒤집어지는 것이다. 그래서 용병들은 임무가 끝난 뒤의 공허함을 대개 술과 섹스로 대체한다. 다시 전쟁터로 돌아갈 것을 알기 때문에, 그곳에서 돌아오지 못할 것을 알기에 돈에 연연하지도 않는다.

"10억은 저택과의 계약금인가?"

안나가 고개를 끄덕였다.

"그동안 돈을 모으지 않았다는 건 가족이 없었다는 뜻인데, 이제 와서 돈에 연연하는 걸 보면…… 마리가 네 조카라는 걸 최근에 알았나 보군. 가족과 오랫동안 연락하지 않았나 봐?"

"열여덟 살에 집을 나온 이후로는 전혀. 엄마가 알코올중독자였지. 이젠 내가 그렇고."

안나가 힙플라스크에 든 술을 한 모금 마셨다.

"일곱 살 때부터 엄마 수발을 들었어. 토사물을 치우고 씻기고 침대로 옮기는 게 내 일이었지. 더 중요한 건 손찌검을 받아주는 거였고."

안나와 오래 알고 지냈지만 가정사를 듣는 건 처음이었다. 죽음이 코앞에 닥치지 않았다면 결코 하지 않을 얘기였다.

"증오했나?"

"취했을 때는. 아주 간혹 맨정신일 때는 자상했지."

"왜 열여덟이었지? 그 이전에도 도망칠 수 있었을 텐데."

"열두 살에 처음 도망치려고 했지. 하지만 그때 동생인 이레나가 태어났어. 아버지가 누군지는 몰라."

"그래도 용케 열여덟에는 도망을 쳤군."

"군에 들어갔지."

"그동안 가족과는 연락하지 않았고."

"아주 가끔. 이레나의 편지를 받았고 시간이 좀 지난 뒤에는 이메일을 받았어. 답장은 거의 하지 않았지. 점점 이레나의 연락도 뜸해졌고."

안나가 다시 힙플라스크를 들었다.

"난 이레나가 불행한 삶을 살게 될 줄 알고 있었어. 하지만 떠날 수밖에 없었지. 더 이상은 견딜 수가 없었거든."

안나가 멍한 눈으로 나를 바라보며 말을 이었다.

"네 잘못이 아니잖아? 일곱 살 아이에게 그런 상황을 준 어른의 잘못이지."

"내 죄책감은 이레나를 향한 거야. 이레나에게 모든 걸 떠넘긴 거지. 어떻게 될지 알면서 말이야."

안나가 작게 한숨을 쉬었다.

"이레나가 보낸 메일은 주로 돈 얘기였어. 간단했어. 얼마가 필요하다. 가족에 대한 얘기는 거의 없었지. 그래도 꼬박꼬박 보내줬지. 언제 죽을지 모르는 용병에게 돈은 무의미하니까. 그러니까 정확히 얘기하자면 돈을 모으지 않았다는 네 말은 틀렸어."

안나의 말에 고개를 끄덕였다. 여기 오기 전까지 안나는 아마도 빈털터리였을 것이다.

"고향이 어디지?"

딱히 위로의 말을 하는 재주가 없어서 화제를 돌렸다.

"콤소몰스크. 아무르강 유역에 있어. 증조할머니와 할머니가 고려인이었지. 증조할아버지는 몽골 계통이었고. 어머니는 슬라브족."

안나의 눈과 머리카락이 검은색인 이유였다.

"고려인이었다면 100년 전에 스탈린에게 강제 이주를 당했을 텐데? 그런데 고향이 콤소몰스크라고?"

"증조할아버지가 공산당 간부였어. 다행히 피할 수 있었지."

나는 고개를 끄덕였다.

"이레나가 여기 있다는 건 어떻게 알게 된 거지? 역시 메일인가?"

"응. 10년 전에 무용수로 한국에 간다는 소식은 들었어. 그 이후로는 돈 얘기만 있었고. 절대 자신의 근황에 대해서는 말하지 않았어. 돈은 필요하지만 가족으로서의 관계는 별로라는 거였겠지."

"이번에도 돈이 필요하다고 했나?"

"아니. 목숨이 위험하다고. 자세한 얘기는 만나서 하겠다고."

"이해가 안 되네. 여긴 무용수가 있을 만한 곳이 아니잖아?"

뒷말은 하지 않았다. 안나의 자존심이 상할 것 같아서.

"무슨 말인지 알아. 술집이나 나이트클럽이었을 테지. 하지만 그건 아니었어."

"혹시?"

"맞아. 한국 남자와 결혼했더군."

"그 남자가 여기 있는 사람이고?"

"부인의 막내 손자야."

안나가 담담하게 말했다.

"역시 또 이해가 안 되는 게 있는데."

"오늘따라 이해가 안 되는 게 많네?"

"머리가 나쁘잖아. 정말 부인의 손자와 결혼했다면 사는 게 힘들지는 않았을 것 같은데? 의심스러운 저택이지만 돈이 없어 보이진 않으니까. 너의 계약금도 그렇고."

"부인과 손자들은 서로 적이야."

"그건 또 무슨 소리야?"

"부인의 자리를 놓고 다투고 있는 거지. 뺏으려는 자와 뺏기지 않으려는 자."

"그 부인이 앉은 자리가 굉장한 자리인가 보네. 그렇다면 너는 손자와 손을 잡아야 하는 것 아닌가? 동생의 남편이라며?"

"그 빌어먹을 자식은 이레나를 내팽개쳐뒀어. 마리를 보면 알 수 있잖아."

안나의 언성이 조금 높아졌다.

"네가 말한 한 달의 시간이 있다는 건 정확히 무슨 뜻이지?"

"지금까지 저택에서 부인과 손자들 사이에 세 번의 큰 싸움이 있었어. 부인이 지켜냈지. 이제 한계치에 다다른 거고. 누군가에게 자리를 물려주지 않으면 이번에는 부인의 목숨이 위험할 거야. 손자들의 힘이 부인을 능가하려고 하거든."

고개를 끄덕였다.

"마리는 지금 데리고 나가도 되잖아?"

"돈이 필요하니까. 잔금도 받아야 하고 이레나도 찾아야 해."

'죄책감 때문인가?'라는 말이 목 끝까지 올라왔지만 하지 않았다.

"그래서 네가 필요해. 무슨 일이 생기든 돈을 챙기고 마리를 밖으로 데리고 나갈 사람이."

안나의 목소리가 진지했다.

"동생은?"

"석 달 전에 건물 외부 CCTV에 찍힌 게 전부야. 마을로 들어오는 모습만 있고 나간 모습은 없어."

"마리만 부탁하는 걸 보니 죽었다고 생각하는가 보군."

"최악의 상황까지 생각해야 하니까."

"부인이 이레나를 죽인 범인이라고 생각하지는 않아?"

"그럴 필요가 있을까? 괜히 손자가 사랑하지도 않는 여자를 건드릴 이유가? 오히려 내가 허튼 마음을 먹지 못하게 이레나를 살려두는 게 낫지. 어느 고용주도 용병을 전적으로 신뢰하지는 않으니까."

안나의 말은 사실이었다. 용병은 돈으로 사는 물건일 뿐, 믿음을 주고받는 관계는 아니다.

"어제 마리를 봤는데 말이야."

말머리를 돌렸다.

"행색이 너무 초라하더군. 조카라면 네가 좀 보살펴주지 그랬어?"

"이레나가 사준 옷이야. 벗으려 들질 않아."

마리가 내 정강이를 걷어찰 때의 모습이 떠올랐다. 앞이 벌어진 운동화. 엄마의 선물이었을 것이다.

"마리는 엄마를 기다리고 있겠군."

"그렇겠지. 확실하지 않으니 죽었다고 말할 수도 없고. 확실하다고 해도 지금으로서는 말해줄 게 못 되고."

"만약 네게 무슨 일이 생기면 마리에게 뭐라고 해야 하지?"

"내 동료라고 말해뒀어. 너를 따라가면 된다고. 동료와 기다리다 보면 엄마를 만날 수 있을 거라고."

마리를 처음 만났을 때 동료라는 말에 집착하던 모습이 떠올랐다. 그러니까 마리는 처음부터 내가 누군지 알고 있었던 것이다.

"이 얘기는 묻고 싶지 않았지만 할 수 없이 물어야겠군. 도대체 너의 계약이란 게 뭐지?"

안나는 한동안 대답하지 않고 힙플라스크의 술만 홀짝였다.

"모두 죽이는 것."

한참 뒤 별일 아니라는 듯 안나가 말했다.

"한 사람은 남겨두겠지. 부인에게는 후계자가 필요하니까."

"손자들은 뭘 하지?"

"마약, 매춘, 도박."

"전통의 불법 3종 세트군. 하지만 아무리 너라고 해도 그들을 다 상대하기는 힘들 것 같은데?"

"저택에 나만 있는 건 아니야. 여기 사는 사람들은 모두 부인의 부하라고 보면 돼."

안나의 말에 스콧의 말이 떠올랐다.

'여기서는 딱히 할 일이 없거든요. 보통은 책을 읽으며 보내죠.'

보통을 제외한 시간에 무슨 일을 하는지 조금은 알 것 같았다. 마을이 왜 쥐 죽은 듯이 조용한지도.

"그런 상황이면 살인범이나 찾으며 한가하게 시간을 보낼 때가 아닌 것 같은데?"

"잭이 요리사라고 들었을 테지?"

안나가 물었다. 고개를 끄덕였다.

"잭의 본업은 암살자야. 저택 밖으로 나가서 일을 하지. 부인의 수족이고. 그 친구가 살해된 거야. 아마 손자 중 누군가가 이 저택에 살인범을 넣었겠지. 내 예상이 틀리지 않다면 부인의 수족들이 하나둘 죽어나갈 거야. 손자들이 여기로 쳐들어오기 전에."

안나가 힙플라스크의 술을 마지막으로 입 안에 털어 넣었다.

"하지만 좀 이상한데? 그렇다면 왜 부인이 아닌 해서가 범인을 찾아달라고 의뢰한 거지?"

"해서는 부인의 비서 같은 존재야."

"비서가 개인 경호원을 고용하나? 10억이나 제시하면서? 비서 같은 존재라는 건 또 무슨 소리야?"

"두고 보면 알 거야. 이 사람들은 보통의 상식으로 이해할 수 있는 가족들이 아니니까."

10.   점심

전화기가 울렸다. 어제오늘, 지난 1년 동안 받은 전화보다
더 많은 전화가 오는 것 같았다.

"마님께서 안나님을 찾으십니다."

쉿소리가 섞여 있는 탁한 저음의 목소리. 집사였다. 안나
에게 전화기를 내밀었다. 안나는 한참 동안 듣기만 하다가
알겠습니다, 하곤 전화를 끊었다.

"부인께서 보자고 하시는군."

안나가 문 쪽으로 향하며 말했다.

"안부 전해줘."

안나가 걸음을 멈추더니 나를 돌아보았다.

"넌 농담보다 진담이 더 웃겨."

안나가 나간 후 다시 도면을 살폈다. 다시 봐도 딱히 눈에
띄는 것은 없었다. 그때 또 전화가 울렸다. 매니저라도 고용
해야 하나 싶었다.

"장입니다."

의외였다.

"목은 좀 어떻습니까?"

망설이다가 물었다.

"괜찮습니다. 전력을 다하셨다면 안 괜찮았겠죠."

딱히 유감을 가진 말투는 아니었다.

"마리와 마트에 가려고 하는데 함께 가시겠습니까?"

"예?"

"머리도 식힐 겸 드라이브 어떻습니까? 괜찮은 식사도 좀 하고요."

"오늘 아침까지였다면 괜찮았겠죠. 하지만 저는 조금 전에 선생님의 목과 악수를 나눈 사람입니다."

장의 웃음소리가 전화기 너머에서 작게 들렸다. 하회탈의 얼굴이 떠올랐다.

"일이었지 않습니까. 입장이 달랐을 뿐이고. 개의치 마십시오."

실력은 부족하지만, 마인드는 프로였다.

"로비에서 기다리고 있을 테니 천천히 내려오시죠."

정중한 말투였다. 거절할 이유를 찾을 수 없었다.

"5분 안에 가겠습니다."

전화를 끊은 뒤, 안나에게 메모를 남기고는 방을 나섰다.

장과 마리는 로비 앞 소파에 앉아 있었다. 마리는 어제와 같은 차림이었다. 장은 잘 다려진 흰색 셔츠에 잘 다려진 베이지색 면바지, 검은색 닥터 마틴 신발을 신고 있었다. 대충 걸친 것 같은데도 시크한 매력이 느껴졌다. 나를 발견한 장이 반갑게 손을 흔들더니 마리의 손을 잡고 출입문 앞에 있는 검은색 SUV로 이끌었다. 마리가 뒷좌석에 올라타자 장이 능숙하게 안전벨트를 채우고 머리를 쓰다듬어 주었다. 두 사람에겐 일상인 듯 보였다. 장이 보조석 문을 열며 말했다.

"텔루라이드입니다. 괜찮죠?"

약간 신이 난 어조였다.

"그게 뭡니까?"

처음 들어보는 단어였다.

"텔루라이드라고요."

모를 리가 없다는 투로 장이 되물었다. 여전히 모르겠다는 표정으로 장을 보았다.

"자동차에 대해 모르십니까?"

설마 하는 표정이었다.

"모릅니다. 관심도 없고요."

'남자인 당신이?'라는 의문문이 장의 얼굴에 떠올랐다.

"벨트는 안 매십니까?"

차에 타자 장이 안전벨트를 매면서 물었다.

"벨트는 안전이 완전하게 확보됐을 때만 맵니다."

장의 얼굴에 그림자 하나가 스쳤다. 얼마쯤 어색한 시간이 지나가자 이내 사람 좋은 미소로 돌아왔다.

"복무는 어디서 하셨습니까?"

장이 시동을 켜고는 천천히 운전대를 돌리며 말했다. 대답하지 않았다.

"권투 선수나 무술인은 발걸음이 가볍죠. 기민하게 움직이는 게 몸에 밴 겁니다. 싸움꾼은 또 달라요. 불규칙적이고 언밸런스해요. 반면에 군인의 걸음걸이는 속일 수가 없어요. 항상 신고 있는 워커의 무게에 맞춰진 발걸음. 제식훈련, 복무규정에 맞춘 규칙적이고 정확한 보폭이 특징이죠."

본인이 그렇다니 그런가 보다 했다. 쓸데없는 사담이나 좀 나누자는 뜻 같았고. 별생각 없이 앞만 보고 있었다.

"UDT 출신입니다."

장이 악수를 건네며 말했다. 같은 종류의 인간끼리 잘 지내보자는 뜻 같았다. 잠시 그 손을 바라보며 생각했다. 세상에는 두 종류의 인간이 있다. 졌을 때 깨끗이 승복하고 인정하는 경우와 끝까지 고집을 부리는 경우. 대개의 전투병은 전자다. 동료를 질투하지 않는다. 능력이 뛰어나다는 건 믿음직하다는 뜻이고, 만일의 경우가 발생했을 때 믿고 의지

할 수 있으니까. 서로에게 등을 기대고 목숨을 맡겨야 하는 상황이라면, 질투보다 인정이 훨씬 더 현명한 방법이라는 것을 경험을 통해 알게 된다. 장이 건네는 악수는 아마도 그런 의미였을 것이다.

"전 출신이 없습니다. 기분 나쁘게 할 의도는 아닙니다. 부대 이름 자체가 없었어요."

할 수 없이 장의 손을 짧게 잡은 후 놓으며 말했다. 장은 내 말이 무슨 의미인지 잠시 생각해보는 것 같았다.

"한국에도 미국처럼 유닛이 진짜 있는지는 몰랐습니다. 대통령 직속부대가 있다는 소문은 들었지만 말입니다."

"전 그저 부대 이름이 없었다고 했을 뿐입니다."

"알겠습니다. 제대 후 어디에 주로 계셨습니까? 동남아? 아프리카? 중동?"

장의 말투에는 어딘지 모르게 반가움이 묻어 있었다.

"마트 가는 데 이력서가 필요한 줄은 몰랐는데요?"

장이 어색한 미소를 지었다. 다시 우리는 말이 없었다.

창밖의 풍경을 보며 장에 대해 조금 생각해봤다. 아무래도 이 친구는 말이 좀 많은 타입 같았다. 사람들이 특수부대원에 대해 갖는 선입견 중 하나가 과묵할 거라는 생각이다. 틀렸다. 일반인들보다 그런 유형이 좀 많을지는 모르겠지만 사람 사는 곳은 다 비슷한 법이다. 일상이고 훈련이고 종일

과묵한 사람도 있고, 매 순간 투덜대며 욕을 달고 살면서도 훈련을 마치는 사람도 있다. 여기서 포기할 것 같은데 끝까지 완주하는 사람도 있고, 신체적으로 좋아 보이는데 한계라며 포기하는 사람도 있다. 한마디로 다양한 인간 군상이 있다는 뜻이다.

장은 사람들과 어울리는 것을 좋아하는 유형 같았다. 천성적으로 밝은 사람이거나 천성적으로 외로움이 많은 사람이거나, 둘 중 하나다. 어느 쪽이든 이런 유형은 함부로 대하기 힘든 법이다. 선량한 사람에게 무례하게 대한다는 건, 길을 가다 꽃을 밟는 기분이 들게 하니까. 하지만 내겐 상대를 배려해줄 만한 에너지가 없었다. 나이가 들면 매사가 그저 번잡스럽게 느껴질 뿐이다. 적어도 나는 그렇다.

"마리는 왜 데리고 나오신 거죠?"

그래도 왠지 미안한 마음이 들어서 장에게 말을 걸었다.

"공부를 가르쳐주고 있거든요."

언제 어색한 시간이 있었냐는 듯이 예의, 사람 좋은 미소를 지으며 장이 말했다.

"공부요?"

"사범대를 나왔습니다. 영어 전공이었죠. 그런데 보시다시피 마리가 학교를 갈 상황도 아니고 해서."

뒷좌석을 돌아보았다. 마리는 자고 있었다. 룸미러를 힐긋 쳐다보는 장의 눈빛이 따스했다.

"똑똑한 아이예요. 중학교 수준의 영어를 한 달 만에 떼버렸어요. 지금은 고등학교 수준의 영어를 가르치고 있고요. 회화는 한 번 들으면 바로 외워버리고. 정규교육을 받는다면 바로 천재 소리를 들을 겁니다. 오늘은 시험을 잘 봐서 선물을 사주러 가는 길이고요."

장이 싱글벙글한 표정으로 말했다.

"장 선생님께서 가르친다는 말씀이신가요?"

"3개월쯤 됐습니다. 교사란 직업을 가진 사람이라면 누구나 탐낼 만큼 좋은 학생이에요."

여전히 싱글벙글이었다.

"제 말은 왜 장 선생님께서 개인 교습을 하시느냐는 겁니다."

내 말에 장이 이해가 안 된다는 듯한 표정으로 나를 보았다.

"케이 씨는 교사라는 직업에 대해서 잘 모르시는군요. 그렇다면 이해를 못 하실 것 같긴 합니다만……."

장이 잠시 말을 끊었다. 말을 할지 말지 망설이는 것 같았다. 조금 수다스러운 사람이라도 자신에게 중요한 얘기까지 함부로 하진 않는 법이다. 하지만 장의 얼굴은 곧 상관없다는 표정으로 바뀌었다.

"교사와 학생이 나이를 떠나 동등한 인간관계를 맺고 학

문을 바탕으로 서로 성장해나갈 때의 기쁨은 말로 표현할 수 없는 삶의 행복입니다. 충만함을 주고요. 마리를 만나고 서야 전 그 시간들을 찾을 수가 있었습니다. 그러니 어떻게 마리를 예뻐하지 않을 수 있겠습니까?"

장의 말에 행간을 생각해봤다. 찾을 수 있었다는 건 한동안 잃어버리고 있었다는 뜻이다. 아마도 말하기 힘든 깊은 상처가 있겠지. 하지만 누구나 가슴속에 말하지 못할 상처 하나쯤은 간직하고 사는 법이다. 더 묻지 않기로 했다.

"천재가 유니콘을 믿습니까?"

"똑똑하다고 해도 아직은 아이이지 않습니까?"

당연하다는 듯한 얼굴이었다.

"마리보다는 오히려 염소가 신기하죠."

"무슨 말입니까?"

"마을 자체가 고립된 곳이에요. 마을 근처에 염소를 기르는 곳도 없고요. 도대체 어디서 왔는지 알 수가 없어요."

"어느 날 갑자기 나타났다는 겁니까?"

"3개월 전쯤. 마리가 마을에 온 다음 날이었을 겁니다."

"우연이었겠죠."

"아마도 그렇겠죠."

장이 후진 기어를 넣자 내비게이션 화면이 후방 카메라가 비추는 영상으로 바뀌었다.

"내리시죠. 마리는 제가 안고 내리겠습니다."

안전벨트를 풀며 장이 말했다. 차에서 내렸다. 장이 마리를 안자 마리가 잠에서 깼다. 장은 잠시 마리의 등을 토닥이다가 품에서 마리를 내렸다. 그리고 곧바로 마리가 장의 손을 잡았다. 마치 아빠의 손을 잡는 아이처럼.

"가볼까?"

장이 사랑스러운 눈길로 마리를 이끌었다.

카운터 직원은 두 명이었다. 장을 보는 사람은 서넛 정도 되었는데, 밤을 새운 듯 피로에 찌든 얼굴로 레토르트 식품과 주류를 고르고 있었다. 장이 카트 안에 마리를 태웠다. 마리는 놀이기구에 탄 것처럼 활짝 웃었다.

"아이를 태우면 안 된다는 것을 알지만 마리가 워낙 좋아해서요."

장이 변명조로 말했다.

"뭐 어떻습니까. 그런 규칙 정도야 아이의 즐거움에 비하면 하찮은 거죠."

"선생님이나 저나 제대로 된 시민은 못 되겠군요."

장이 멋쩍은 표정으로 웃었다.

"아마도."

마리는 즐거워 보였다. 카트 위에서 물건을 손가락으로

126

가리키면 장이 마리에게 집어 주었다. 과자, 음료수, 장난감, 책, 카트에 물건이 가득 차자 장이 마리를 안았다. 카트는 내가 밀었다. 더 이상 담을 수 없을 만큼 물건을 가득 담은 뒤에야 장이 말했다.

"식사하실까요?"

마침 카트를 내팽개쳐버릴까? 생각하던 참이었다. 얼른 고개를 끄덕였다.

마트 밖의 파라솔 의자에 앉아 햄버거를 먹었다. 콜라와 함께. 햄버거는 먹을 만했다. 맥도날드의 햄버거가 아닌 그 냥 햄버거였다. 패티, 양상추, 햄버거 빵, 도대체 언제부터 일상이 법조문이 되어버렸는지 모르겠다. 쓸데없이 길어지고 쓸데없이 복잡해졌다. 요즘은 커피 하나 햄버거 하나 그 냥 시킬 수가 없다. 주문을 하려면 정체를 알 수 없는 이탈리아식 이름이나 온갖 부대 설명을 해줘야 빌어먹을 커피든 햄버거든 겨우 하나 먹을 수가 있는 것이다. 하긴, 이제는 나도 흘러간 세대가 되었다는 거겠지.

아무튼 그래서 마음에 들었다. 햄버거, 콜라.

마리는 그맘때의 아이들처럼 잘 먹고 있었다. 장은 마리 가 흘리는 걸 닦고 챙기느라 거의 먹지 못하고 있었고, 그 모습을 바라보며 나는 말없이 꾸역꾸역 먹었다. 저택으로 돌아가도 제대로 된 저녁을 먹을 수 있을 것 같진 않아서.

"아저씨는 안나하고 언제부터 친구야?"

마리가 햄버거를 입에 가득 문 채 물었다.

"10년 조금 넘었을 거야."

"안나는 어떤 사람이야?"

"너도 안나와 친구라며?"

"안 지 얼마 안 됐어."

"그럼 앞으로 알아가면 되겠네."

"아저씨가 가르쳐줄 수도 있잖아. 장 아저씨는 잘 가르쳐
주는데?"

마리의 말에 장을 쳐다보았다. 자기가 낄 문제가 아니라
는 듯 양손을 들어 보였다.

"친구는 가르쳐주는 게 아니야. 네가 알아가는 거지."

"하지만 안나는 말을 별로 하지 않아."

"말하지 않아도 상대를 알 방법은 많아."

"그게 뭔데?"

대개의 아이들이 이렇다. 질문이 끝도 없다. 장은 싱긋이
웃고 있을 뿐이었다.

"뉘앙스, 태도, 표정, 뭐 여러 가지가 있겠지. 하지만 가장
중요한 건 시간이야."

"시간?"

"함께한 시간. 얼마나 오랫동안 함께했는지는 중요하지 않아. 비록 짧다고 하더라도 함께한 시간이 소중하게 느껴지는 때가 있어. 그럼 우정이 시작되는 거지. 세상의 시련을 함께 넘어가면 단단해지는 거고."

"무슨 말인지 모르겠어."

"지금은 몰라도 돼. 누구에게든 알 때가 오니까 서두를 건 없어."

"그럼 내게도 와?"

"아마도."

"난 안나가 좋아."

"왜?"

"그냥 좋아. 하지만 안나는 날 별로 좋아하지 않는 것 같아."

"왜 그렇게 생각하지?"

"장 아저씨는 내가 물으면 다 대답해주거든. 하지만 안나는 안 그래."

"친구라며?"

"내가 친구 하자고 했어. 친구 하고 싶었거든."

"그랬더니 안나는 뭐래?"

"고개를 끄덕였어."

"그럼 친구네."

"말이 별로 없다니까. 대답도 잘 안 해주고."

마리가 작게 한숨을 쉬며 말했다. 무척이나 큰 문제라는 듯이.

"네 친구 염소 있지?"

"유니콘?"

"그 염소는 말을 많이 해?"

"아니."

"하지만 너와 친구잖아?"

"응."

"친구라고 꼭 많은 말을 해야 하는 건 아니야. 오히려 많은 말을 하지 않아도 되는 게 진짜 친구지. 좀 더 크면 너도 알게 될 거야."

"왜 어른들은 좀 더 커야 알게 된다고 말해? 왜 지금은 알면 안 되는데?"

마리가 말똥한 얼굴로 나를 보며 물었다. 이래서 아이들이 싫다. 질문은 끝이 없고 에너지는 넘쳐나서 함께 있으면 진이 쏙 빠지게 만든다.

"지금 우리가 뭘 먹고 있지?"

마리를 보며 물었다.

"햄버거."

"점심이지?"

"응."

"지금 저녁을 먹을 수 있어?"

"저녁은 저녁에 먹는 거잖아?"

"그렇지? 아무리 어른이라도 마리에게 지금 저녁을 먹일수는 없어. 마리뿐만 아니라 어른도 지금 저녁을 먹을 수는없어. 그렇지?"

"응."

"좀 더 커야 알게 된다는 건 그런 뜻이야. 안 가르쳐주는게 아니라 저녁이 돼야 한다는 뜻이지. 그 시간이 오면 우리는 함께 저녁을 먹을 수 있을 거야. 그렇게 생각하면 돼."

마리는 내 말을 골똘히 생각해보는 듯했다. 알쏭달쏭한 표정이었다.

돌아오는 길에도 마리는 뒷자리에 앉아서 잠을 잤다. 저택에 거의 다 왔을 무렵 장이 입을 열었다.

"마리에게 하는 걸 보면 케이 씨는 아이들과 잘 지내실것 같습니다."

"아이들을 별로 좋아하지 않습니다."

"의외인데요? 그런 분치고는 무척 자상하시던데요?"

"잠깐이니까요. 일상이라면 하루도 못 버틸 겁니다. 아이가 천사같이 귀여운 건 잠깐 보는 삼촌이나 이모에게나 해당되는 일이죠. 대부분의 부모에게는 악마일 겁니다. 간혹 천사 같아서 버티는 것일 테고요."

장은 말없이 웃기만 했다. 그때, 뒤에서 잠꼬대가 들려왔다.

"엄마……."

그 소리를 들은 장의 표정이 굳어졌다. 미간을 찌푸린 채였다.

"이레나는 엄마라고 할 수도 없는 인간이에요."

장이 한숨을 쉰 후 혼잣말처럼 조용히 말했다.

II.

형제들

테이블 위에 안나의 메모가 놓여 있었다.

'내일 아침에 돌아올게.'

부인이 무슨 일을 시켰나 보다 했다. 형사 놀이는 내일 아침까지 스톱이라는 얘기였고. 메모지를 다시 테이블 위에 던져놓았다. 술 생각이 간절했지만 일단 운동부터 좀 해야겠다는 생각이 들었다. 장과 헤어지면서 운동을 할 수 있는 곳이 어디냐고 물었다. 지하에 헬스장이 있다고 했다. 운동복을 챙겨 입고 지하로 내려갔다. 널찍한 공간에 어지간한 운동기구가 전부 갖춰져 있었다. 그 넓은 공간에서 에밀리 혼자 벤치프레스를 들고 있었다. 나는 멀찍이 떨어져 러닝머신 위를 달리기 시작했다. 한 시간 정도를 달렸을까.

"케이, 관리 잘했네요."

에밀리가 나를 위아래로 훑어보며 허스키한 목소리로 말했다.

"규칙적으로 관리하나 봐요?"

아메리칸 아이돌의 심사위원석에 앉아 있는 태도였다. 조만간 고든 램지로 바뀔 것 같았고.

"꾸준히 하죠. 규칙적으로 하진 않고."

"케이, 규칙적으로 하는 게 좋아."

"그렇겠죠."

"운동 좋아해요?"

친절하고 나긋나긋한 목소리였다.

"싫어합니다."

"싫어하는 것치고는 몸이 좋은데?"

"밥벌이에 필요하니까요. 간혹 목숨도 지켜야 하고."

에밀리가 고개를 끄덕였다. 들었다는 뜻인지 이해했다는 뜻인지 알 수 없었다.

"케이, 어느 편에 설 거야?"

"어느 쪽도. 전 그저 개인적인 사정으로 여기 왔을 뿐입니다."

"부인 편? 손녀 편? 아님 그 망할 손자들 편?"

친절하고 나긋나긋한 목소리치고는 단어 선택이 조금 거칠었다.

"어제도 오늘도 말씀드린 것 같습니다. 방금도 말씀드렸고요."

"케이, 이곳에 개인적인 사정이란 통하지 않아요. 그러니까 터프가이 흉내는 그만해. 여기서 할 수 있는 건 편을 선택하고 살아남는 일밖에는 없거든. 계속 그러다가는 여벌로 목숨을 몇 개 더 준비해도 모자랄 거야."

"가능하다면 준비해보죠."

"케이는 터프가이가 아니라 그냥 멍청인가 봐?"

에밀리가 황당하다는 얼굴로 나를 보며 말했다.

"제 장점 중의 하나죠."

에밀리가 말없이 나를 보다 피식 웃으며, 수건을 건넸다. 러닝 머신을 멈추고 얼굴을 닦았다.

"샤워한 뒤 정문으로 내려와요."

"왜죠?"

"이 마을에 대해 설명해주려고."

"알아야 합니까?"

"아는 게 좋겠죠. 그러니까 설명을 듣고 결정해. 그때 가서도 개인적인 사정이니 어쩌니 멍청한 개소리를 하고 싶다면 그렇게 하시고요."

반말인지 높임말인지. 에밀리가 돌아서서 입구로 향했다.

"제게 이러시는 이유가 뭐죠?"

에밀리의 등에다 대고 물었다. 에밀리가 발걸음을 멈추고 말했다.

"이유야 여러 가지겠지만 당신이 멍청이라는 게 가장 큰 이유겠네요."

틀린 말은 아니었다.

정문에 오토바이가 한 대 있었다. 쇼트커트, 선글라스, 전
면에 밥 말리가 프린트 된 셔츠, 청바지, 부츠를 신은 에밀
리가 있었다.

"타세요."

에밀리가 말했다.

"헬멧은?"

에밀리가 바보 아니냐는 표정으로 나를 보았다.

"뭘 보호하시려고요? 당신의 텅 빈 머리?"

그렇단다. 뒷자리에 탔다. 저택을 벗어나 마을로 내려갔
다. 보이는 건 양철지붕과 2차선 도로가 전부였다. 마트와
주유소, 파출소가 그나마 눈에 띄는 높은 건물이었다. 에밀
리는 멈추지 않고 달렸다. 30분쯤 더 가니 조그만 항구가 나
왔다. 등대, 방파제, 옹기종기 모여 있는 어선들이 눈앞에 펼
쳐졌다. 하지만 부둣가 근처는 달랐다. 어촌에 있을 법한 작
업장은 없었고, 5~6층의 건물들이 해변을 따라 1킬로미터
정도 띄엄띄엄 늘어서 있었다. 에밀리는 유심히 봐두라는
듯, 천천히 오토바이를 몰았다. 왼쪽의 산 너머로 석양이 지
고 있었다. 마침내 마지막 건물을 지나자 오토바이를 도로

바깥쪽의 공터에 세웠다. 나는 지나온 길을 무심히 바라보
았다.

"어딘가 이상한 곳이군요."

"왜 그렇게 생각해?"

"식당도 상점도 간판도 없으니까. 심지어 편의점도 주유
소도 없어요. 지나가던 차량은 그냥 지나가란 듯이 말입니
다."

"케이 눈썰미가 좀 있네."

"눈썰미는 아니고 이 정도면 바보도 알아챌 수 있을 것
같은데요?"

에밀리가 선글라스를 벗었다.

"둘째와 셋째 손자가 운영하는 곳. 둘째가 매춘, 셋째가
도박장."

"전혀 그렇게 보이지 않는군요. 사람들은 그냥 어느 소도
시의 흔한 바닷가 마을이라고 생각할 겁니다."

에밀리가 고개를 끄덕였다.

"하지만 이상하군요. 아무리 외양이 평범해 보여도 이 정
도 규모의 도박장과 매춘이라면 경찰이 모를 리가 없을 텐
데요?"

"유착이지 뭐."

내 말이 떨어지기 무섭게 에밀리가 답했다.

"이 동네는 세수라고 할 수 있는 게 거의 없어요. 가난한 농부 아니면 어부들밖에 없거든. 중소기업이라고 할 만한 회사도 없고. 하지만 여기서 남쪽으로 한 시간, 서쪽으로 한 시간 거리에 광역시가 두 개 있어요. 둘 다 공업 도시고."

그 말에 고개를 끄덕였다. 소비자는 넘친다는 뜻이었다.

"당연히 멤버십일 테고 말이죠?"

이번에는 에밀리가 고개를 끄덕였다.

"하지만 유착이라고는 해도 이 정도의 규모를 비밀로 유지하는 건 쉽지 않을 텐데요?"

"개인사업자, 법인, 합법적으로 세탁해서 정상적으로 세금을 내요. 군의 커다란 수입원이죠. 군수의 선거 자금도 여기서 나오고, 경찰서장과 간부들의 진급 뇌물도 여기서 나와. 이 마을 자체가 하나의 거대한 공장인 거지. 하지만 케이 말이 맞아. 유착이라고 해도 비밀을 유지하는 건 쉽지 않은 일이잖아요? 그런 면에서 형제들의 사업 수완이 좋아. 소리 소문 없이 사소한 꼬투리도 잡히지 않을 만큼 조용히 저곳을 돌리고 있으니까."

에밀리가 먼발치의 건물들을 바라보며 말했다. 아무래도 익숙해져야 할 것 같았다. 반말과 높임말이 섞인 에밀리의 말투 말이다.

"케이, 셋째를 한번 볼래?"

에밀리가 다시 오토바이에 올라타며 말했다.

"봐서 뭐 합니까?"

내 말을 무시한 채 에밀리가 시동을 걸었다.

"적어도 누구 손에 죽는지는 알아야지?"

오토바이는 마을 한가운데에서 멈췄다. 가까운 건물의 정문이 열리더니 백두급 씨름 선수 둘이 마중 나왔다.

"놀러 왔어."

에밀리가 말했다. 둘은 서로의 얼굴을 바라볼 뿐 말이 없었다.

"귀먹었어? 놀러 왔다잖아. 그러니 그 못생긴 낯짝 좀 치워줄래?"

에밀리가 두 사람 사이를 헤치고 지나갔다. 그녀의 뒤를 따랐다. 씨름이 무전기에 대고 뭐라 중얼거리는 게 보였다. 말하는 동안 커다란 배가 부풀어 올랐다가 사라지기를 반복했다. 에밀리는 익숙한 걸음으로 문을 열고 들어가 엘리베이터 앞에 섰다. 엘리베이터가 도착하자 나를 밀어 넣고 3층 버튼을 눌렀다. 문이 열리자 거대한 철문이 보였고 양옆에는 정문의 남자들과 비슷한 떡대 둘이 서 있었다. 그들은 말없이 문을 열었다. 이미 통보가 된 모양이었다. 문 안에 들어서자 다시 같은 모양의 문과 떡대 둘이 있었다. 젠장, 뭘 하자는 건지. 두 사람 역시 우리를 보자 말없이 문을 열었다.

카지노였다. 룰렛과 바카라, 포커 테이블이 눈에 들어왔다. 50명가량의 손님이 있었는데 그중 누구도 우리에게 시선을 주는 사람은 없었다. 그럴 만했다. 도박꾼들이 손에 쥔 카드 말고 어디에 신경을 쓰겠는가. 에밀리가 사람들을 가로지르더니 바에 앉았다. 옆에 앉았다. 50대로 보이는 여자 바텐더가 앞에 섰다.

"블러디메리. 당신은?"

"조니워커. 더블 샷."

바텐더가 고개를 끄덕이고는 세팅을 시작했다. 더블 샷이 먼저 나왔다. 한 번에 들이켜고는 한 잔 더 주문했다.

"진짜 카지노와 똑같은데요?"

내가 물었다.

"불법이란 것만 빼면. 이런 곳이 스무 개 정도 있어."

"수입이 어마어마하겠군요."

"말했잖아요. 이 마을 자체가 하나의 거대한 공장이라고. 여기에서 하루 판돈만 50억이 돌아. 한 달이면 1,500억, 1년이면 1조 8,000억. 순수익을 10퍼센트로만 봐도 1,800억이야. 황금알을 낳는 거위가 아냐. 거위 농장이지."

"하지만 이해가 안 가는 부분이 있는데, 이 정도 규모의 사업장을 가진 사람이 기껏 고립된 저택 하나를 탐낸단 말입니까?"

바텐더가 에밀리 앞에 블러디메리를 놓은 참이었다. 에밀리가 한 모금 마신 후 잔을 내려놓았다.

"수입의 80퍼센트는 부인이 가져가거든. 다른 손자들의 사업도 마찬가지고."

"순순히 내어놓는다고요?"

"부인이야말로 진짜 권력자거든. 단순히 이 동네에서만 유착돼 있는 게 아니에요. 부인은 오래전부터 정부 실세들과 끈을 만들어두고 있어. 정권이 바뀐다고 해도 요령 좋게 다시 만들고. 이 모든 사업의 시작과 끝이 부인 손에 달린 거지. 손자들은 부인의 꼭두각시이자 바지 사장일 뿐이야."

안나의 말이 떠올랐다. 한 달 뒤면 손자들이 쳐들어올 거라던.

"겨우 바지 사장들이 부인에게 반기를 든다고요?"

"케이, 손자들도 바보는 아니거든. 한계치에 다다른 거겠지. 이전에도 부인에게 도전한 적이 세 번 있어요. 처참하게 깨졌지만."

에밀리가 블러디메리를 한 모금 들이켰다. 찰스 왕세자가, 죽기 전에 왕관은 한번 써봐야겠다고 결심한 얘기로 들렸다.

"당신들이 그 전투의 핵심 멤버였을 거고 말이죠?"

에밀리가 쓴웃음을 지었다.

"부인이 처음 우리를 고용했을 때는 스무 명. 남은 게 우리 다섯."

"하지만 더 이상 부인의 편은 아닌 거고요?"

"아직까지는 부인의 편이지. 해서에게 물려주지 않으면 곤란해지겠지만 말이에요. 그리고 해서에게 위협이 될 만한 싹은 가능한 먼저……."

"손자들을 먼저 치겠다는 얘기군요. 최소한 그때까지는 안나와 손을 잡겠다는 얘기고."

에밀리가 고개를 끄덕였다.

"그렇다면 우리가 여기 있는 게 상당히 위험한 일 같은데요?"

"괜찮아. 이 손자들은 서로를 믿지 않고 가능한 한 자기편으로 포섭하려고 하니까. 실제로 몇몇은 그랬고. 우리는 아직 그 친구들에게도 쓸모가 있어. 우리를 빼낼 수만 있다면 싸우지 않고 부인이나 해서의 힘을 뺄 수가 있으니까."

"부인이 사람을 구하면 그만인 문제 아닙니까?"

"케이! 이쪽 밥 좀 꽤 먹은 사람 아냐? 제대로 된 용병을 구하기 쉬워? 돈만 더 준다고 되는 건 아니잖아? 충성심과 능력이 문제잖아? 돈으로 해결하면 또 돈에 팔려 가게 돼 있고. 케이 참 희한해. 어떨 때 보면 머리가 좋은 것 같고 어떨 때 보면 바보 같거든."

나는 고개를 끄덕였다.

"어떨 때가 아니라 그냥 바보예요. 아무튼 당신은 그럴 생각이 없는 거죠? 해서 편의 사람을 늘리고 싶은 거고?"

"케이 실력을 봤잖아. 태도도 봤고. 케이라면 전력에 많은 도움이 될 거예요."

"하지만 전 안나의 동료입니다. 안나의 등에 칼을 꽂을 일은 없어요."

"안나와 케이. 둘 다 같이 오면 되지."

더블 샷을 비우고 바텐더를 쳐다보았다. 바텐더가 고개를 끄덕였다.

"그런데 당신과 해서는 어떤 관계입니까?"

"갑자기 그건 왜?"

"돈 문제라면 고용주에게 돈을 더 달라고 하면 됩니다. 고용주가 누구를 더 고용하든 상관할 바도 아니고. 하지만 당신은 마치 자신의 문제인 것처럼 내게 부탁을 하고 있지 않습니까? 그럴 이유도 없는데 말이죠. 그렇다는 건 당신과 해서 사이에 개인적인 관계가 있다는 뜻일 겁니다."

바텐더가 내 앞에 더블 샷을 놓았다. 잔을 만지작거렸다. 에밀리는 한동안 말이 없었다. 패를 받아 든 사람들의 한숨 소리가 바로 옆에서 들리는 듯했다.

"연인 사이."

고개를 끄덕였다.

"당연히 둘만 알고 있을 테고요?"

"왜 그렇게 생각해?"

"그렇지 않으면 우리가 여기서 술을 마실 수 없을 테니까요. 손자들 입장에서 봤을 때 당신은 포섭의 가능성이 없으니까. 눈에 띄는 대로 처리하는 게 훨씬 나은 방법이죠. 적어도 손자들은 모르는 일일 겁니다."

그때 뒤에서 여어, 하는 남자 목소리가 들렸다.

12.   장의사

　뒤에 40대 초반의 남자가 서 있었다. 올백의 머리, 175센티 정도의 키에 탄탄한 몸매를 가진 남자였다. 빨간 실크 셔츠에 백색 양복과 코가 뾰족한 구두를 신고 있었는데 그럼에도 촌스럽다기보단 꽤 어울려 보였다. 오른쪽 눈가에서 입술까지 칼자국 같은 긴 흉터가 인상적이었다. 남자 뒤에는 2미터는 족히 넘어 보이는 40대 중반의 구레나룻을 기른 백인이 보디가드처럼 서 있었는데, 시베리아 불곰에게 양복을 입혀놓은 것 같았다.

　"내 보고 싶어 왔나?"

　남자는 싱글거리며 에밀리의 옆으로 와서는 바에 팔꿈치를 기대며 경상도 사투리로 말했다. 애써 노력하지 않아도 능글거림이 넘치는 남자였다.

　"얼굴 좀 치워주실래요? 술맛 떨어지거든."

　에밀리가 남자 쪽은 바라보지도 않은 채 말했다.

　"난 니가 앙탈 부릴 때가 좋더라."

별일 아니라는 듯 남자가 에밀리의 허벅지에 손을 올리고 문질렀다. 순간 남자의 얼굴색이 변했다.

"계속 그렇게 만져보세요. 나도 당신 거시기를 만지고 싶어지니까."

나이프를 잡은 에밀리의 오른손이 남자의 사타구니 앞에 가 있었다. 뒤의 불곰은 미동조차 하지 않았다. 이런 상황이 익숙한 탓인 것도 같았고 살기를 느끼지 않았기 때문인 것도 같았다.

"케이, 인사해. 여기가 셋째. 신해창 씨. 손버릇이 나쁘니 조심하시고요."

그 말에 남자가 비로소 나를 보았다.

"할망구 신입이가?"

에밀리를 대할 때와는 다른 눈빛이었다. 적의가 흘러나왔다.

"6층 맨 끝 방."

에밀리가 부연하듯 대답했다. 그 말을 듣자 남자는 더욱 적의를 비쳤다.

"6층 맨 끝 방이라……."

남자가 내게 시선을 둔 채 에밀리의 잔을 잡더니 단숨에 비웠다.

"얼마고?"

남자가 물었다.

"아직 계약은 하지 않았어."

에밀리가 대신 답했다.

"그런데 6층 맨 끝 방에 있다고?"

"해서가 준 거지. 부인도 별 얘기 없었고."

"그래? 그럼 내한테도 기회가 있다는 기네?"

남자의 표정은 이제 호기심으로 바뀌었다.

"얼마면 되노?"

초면에 계속 반말이었다. 적의는 참아줄 수 있다. 생각이나 감정은 개인의 자유니까. 하지만 반말은 태도다. 마음에 들지 않았다.

"꺼져. 술 마시는 중이야."

예의란 상대의 태도에 맞춰주는 거다. 그래서 그렇게 했다. 남자의 인상이 찌그러졌다. 남자는 잠시 불곰 쪽을 돌아보았다. 믿는 구석을 확인해보는 것 같았다. 다시 내 쪽으로 고개를 돌린 남자가 한 자 한 자 또박또박 말했다.

"죽, 고, 싶, 나?"

한국 남자들이 제 성질을 못 이길 때 툭하면 내뱉는 문장이었다. 무슨 사자성어라도 되는 듯이 말이다. 할 수 없이나 역시 한 자 한 자 또박또박 대답해줬다.

"꺼, 져, 새, 꺄."

남자가 팔을 크게 펴더니 하아, 하는 감탄사를 내뱉었다.
기분이 꽤 좋아 보였다.

"니 뭘 믿고 까부노?"

분위기가 전파되었는지 도박장이 일순 조용해졌다. 홀을
관리하던 떡대들이 나를 째려보고 있었다.

"글쎄. 마호메트?"

"지랄 염병하고 자빠졌네. 그걸 지금 농담이라고 하는 기
가?"

남자가 말을 마치고 턱짓으로 불곰에게 신호를 보냈다.
지금까지 미동도 없던 불곰이 앞으로 나왔다. 할 수 없이 의
자에서 내려와 불곰 앞에 섰다. 불곰이 준비운동인지 겁을
좀 줄 요량인지 오른손으로 왼손 주먹을 잡더니 우두둑거리
며 관절 소리를 냈다. 그러고는 다시 왼손으로 오른손 주먹
을 잡으려는 찰나, 허리 뒤춤에서 헥스 D-123 헌팅 나이프
를 꺼내 불곰의 오른쪽 허벅지를 깊숙이 베었다. 아직 손가
락 관절 소리를 내기 전이었다. 불곰은 무슨 일이 생긴 건지
감을 잡지 못하는 눈빛이었다. 곧 불곰의 오른쪽 다리부터
무너지더니 이내 푹, 주저앉고는 앞으로 쓰러졌다. 다리에
서 피가 뿜어져 나왔다. 여자들은 소리를 지르고 남자들은
출입문 쪽으로 우르르 몰려갔다.

"시끄럽다 마."

셋째의 큰 목소리가 홀을 가득 울렸다.

"모두 가만 있어라. 내가 정리할 끼다."

그러고는 떡대 둘을 눈짓으로 불렀다. 오른쪽 왼쪽에서 하나씩, 두 녀석이 셋째 쪽으로 달려왔다.

"델꼬 가 지혈해라. 병원에 데리 가고."

떡대 하나가 엉거주춤하자 셋째가 엉덩이를 걷어찼다.

"빨리 해라. 빨리. 오늘 영업 여서 접을 끼가? 고마 죽을 래?"

두 떡대가 겨우 불곰을 일으켜 세우고는 질질 끌다시피 해서 방을 나갔다.

"시발, 믿는 구석이 있긴 있었네."

셋째가 손바닥으로 바 테이블을 치며 말했다. 간을 좀 보 자는 건지 비웃는 건지 표정이 애매모호했다. 그러고는 홀 쪽으로 몸을 돌려 소리쳤다.

"하던 거 계속하소. 돈 따러 왔으면 돈 따 가야지. 뭐 구경 났다고 계속 보고 있노? 하던 거 계속하소."

다시 바쁘게 패를 돌리는 소리가 들리기 시작했다.

"따지도 못할 새끼들이."

혼잣말처럼 셋째가 중얼거렸다.

"술이나 한잔 하입시다."

대답하지 않았다.

"아, 이리 오소. 안 잡아묵을 끼니까."

셋째가 손으로 나를 부르며 말했다. 할 수 없이 자리를 옮겼다.

"정식으로 통성명합시다. 나 신해창이요."

"케이입니다."

악수의 손을 내밀어서 어쩔 수 없이 잡았다.

"반갑소."

얼굴을 내 쪽으로 들이밀며 셋째가 말했다. 얼굴의 칼자국이 더 눈에 들어왔다. 정말 반갑다는 얼굴은 아니었다.

"여 술 한 병 가지 온나. 참, 형씨 뭐 드시오?"

바텐더와 나를 번갈아 보며 물었다.

"조니워커블랙."

"12년? 뭐 그런 싸구리 술을 묵노. 몸 상하게 쓰리. 여 맥캘란 25년산으로 한 병 가와 바라."

셋째가 엄지와 중지를 부딪쳐 딱 소리를 냈다. 시중에서는 구하기 힘들어 소비자가보다도 더 비싸게 거래되는 술이었다. 거절하기 힘들었다.

"에밀리 니도 앉고."

셋째가 자신의 옆자리 의자를 톡톡 치며 말했다.

"아이 시발, 한국년 이름이 에밀리가 뭐꼬? 에밀리가. 영어 학원에서 수업 받는 거도 아이고."

셋째가 재밌는 농담 아니냐는 듯 나를 보며 한쪽 눈을 찡 긋거렸다. 결국 술을 앞에 두고 셋이 앉았다.

"할망구가 준비를 마이 하나 보네. 안나에, 당신에."

스트레이트 잔에 맥캘란이 가득 찼다.

"이거 뭐 동족상잔의 비극을 한 판 펼쳐보자는 거도 아이고. 마 그냥 조용히 물러나면 될 낀데. 할망구가 노망이 들어도 단단히 든 기라."

셋째가 말을 마치고는 술잔을 입에 털어 넣었다.

"안 마시오?"

셋째가 물었다.

"내킬 때 마시죠."

"와? 돈 내라 칼까 봐? 됐소 마. 내 가게에 내 술이요. 마시고 싶은 만큼 마시소. 이깟 술 무봐야 얼마나 묵는다고."

잔을 비웠다. 롤스로이스를 탄 기분이었다. 타본 적은 없지만.

"그건 글코 저 곰탱이 새끼는 스페츠나츠 출신이라드만 뭐 한 방에 가삐노."

셋째가 묘하게 일그러진 얼굴로 웃으며 말했다.

"얼마 준답디까?"

"뭘 말입니까?"

"아따 이 양반, 사람 말귀를 못 알아듣는 양반도 아닌 거

같구만 와 자꾸 못 알아듣는 척이요. 할마시가 얼마 준다 했소?"

"전 안나 때문에 여기 온 것뿐입니다. 일이 끝나면 조용히 떠날 거고요."

"그 말이 그 말이구만. 안나가 할마시 종인데 그럼 당신도 할마시 종인 거지. 맞다 아이요?"

"편하실 대로 생각하시죠."

"편하실 대로? 아따, 형씨 어디서 후까시 좀 잡아본 솜씨네. 폼은 좀 나네."

정말 난다고 생각하는 표정은 아니었다.

"열 장 어떻소? 10억이면 괜찮은 액수 아이요?"

"해서라는 분도 그 금액을 말하더군요."

"아이씨. 가시나 요새 스케일 마이 늘었네. 하는 것도 없는 기 돈은 어디서 긁어 오노? 그럼 열한 장?"

"생각해보죠."

뭐라고 대답하든 제 좋을 대로 받아들일 것 같아서 대충 답했다.

"뭐요? 또 후까시요? 아따 그 양반 뜸 디게 들이네. 그럼 열두 장? 됐소?"

대답을 애매하게 했다간 아무래도 여기서 숫자나 세다가 밤을 새워야 할 것 같았다.

"생각해보죠. 그럼 이만."

자리에서 일어났다. 에밀리도 따라 일어섰다. 맥캘란이 눈에 밟혔지만 내겐 너무 과분한 술이었다. 셋째가 내 등 뒤에 대고 크게 소리쳤다.

"빨리 결정 하입시다. 괜히 장의사한테 견적 받지 말고. 챙길 수 있을 때 돈이라도 챙기야지. 안 그라요?"

못 들은 척했다.

에밀리의 오토바이 앞에 검은색 세단이 서 있었다. 우리가 다가가자 뒷좌석의 창문이 조용히 열렸다. 50대 초반으로 보이는 반백의 신사가 앉아 있었다. 최소 3선 이상의 국회의원 같은 얼굴이었다. 비싸 보이는 양복, 개기름이 넘치는 피부, 게걸스럽게 뭔가를 탐하는 눈빛. 미소는 짓고 있지만 눈은 웃지 않는 얼굴.

"자네 여기 어쩐 일인가?"

에밀리에게 묻는 말이었지만 시선은 나를 향해 있었다. 궁금해서 묻는 건 아닌 것 같았다.

"산책 나왔어요."

"도박장에 산책 나오는 사람도 있나?"

시선은 여전히 나를 향해 있었다. 눈싸움을 하고 있기에는 나이를 너무 먹은 탓에 담배나 물었다. 담배를 꺼내고 불을 붙이려는데 남자가 나를 향해 말했다.

"어른 앞에서 담배 피우는 거 아닐세."

내가 동안이긴 하지만 10대까지는 너무 간 것 같은데 싶었다. 스르륵, 창문이 올라갔다. 비흡연자인 것 같았다. 곧이어 조수석의 문이 열리고 검은 양복 하나가 내려 뒷좌석의 문을 열었다. 반백의 남자가 나왔다. 180센티 정도의 키에 풍채가 좋았다.

"신입인가?"

남자가 나를 보며 물었다. 반말이라서 대답하지 않았다.

"6층 맨 끝 방."

에밀리가 대신 답했다.

"할멈이 정말. 갈 데까지 가보자는 건가?"

남자가 옅은 한숨을 내쉬었다.

"오늘은 좀 바쁘고 2~3일 내로 한번 보지. 저택으로 전화 넣을 테니."

남자가 나를 한번 훑어보고는 건물 안으로 들어갔다. 사람을 오라면 오는 강아지로 아는 걸 보니 부인의 손자가 맞긴 한 것 같았다. 에밀리가 다가와 조용한 목소리로 말했다.

"당신이 해서의 방에서 말한 건 반은 맞고 반은 틀려요. 저 사람이 첫째 해왕. 대마초는 예전에 접었어. 풀떼기를 파는 것보단 알약을 파는 게 운반도 편하고 훨씬 비싸니까요.

첫째가 발전시킨 거죠. 하지만 한 가지는 케이 말이 맞아. 국내에서 파는 것보단 국외로 내보내는 게 관심을 덜 받지. 전에는 중국 쪽과 일했지만 중국 내 감시가 심해진 뒤로는 러시아 쪽과 일하고 있어. 중계 무역도 하고 엑스터시나 필로폰도 제조해서 팔고."

"첫째와 셋째 중에 누구 게 규모가 더 큽니까?"

"케이, 파블로 에스코바르 알아?"

"콜롬비아 마약 카르텔 보스였죠."

"에스코바르가 한창 벌 때는 콜롬비아 정부 1년 예산보다 많았어."

알아서 상상하란 뜻이었다.

"가장 불만이 많은 손자겠군요. 마찬가지로 부인에게 80퍼센트나 뜯긴다면 말이죠."

"어쩌면."

에밀리가 오토바이의 시동을 켰다.

"타요."

내게 무슨 선택권이 있다고? 뒷자리에 올랐다. 영어의 불규칙동사도 아니고 에밀리의 반말과 높임말은 도무지 종잡을 수 없다는 생각을 하면서.

13.

재즈

침대에 누웠지만 잠이 오지 않았다. PTSD, '외상 후 스트레스 장애'라는 건 알고 있다. 없는 게 비정상이지. 하지만 한동안 잊고 살았다. 운이 좋았다는 뜻이다. 억지로 외면했고 일상에 함몰되면서 어느 정도는 누르고 살 수 있었다. 안나를 만나기 전까지는 말이다. 그리고 비슈누를 꿈에서 만나기 전까지는. 이제 제대로 된 잠은 잘 수 없다는 사실을 경험으로 알고 있다. 잠은 기억에 의해 산산조각 날 것이고 밤은 공포로 다가올 것임을. 받아들이는 것밖에는 방법이 없다. 할 수 없이 담배를 물었다.

와지드는 파키스탄 특수부대 SSG 출신이었고 아폴로는 미국 그린베레 출신이었다. 두 사람은 죽이 잘 맞았다. 와지드는 라호르의 빈민가가, 아폴로는 피츠버그의 흑인 슬럼가가 고향이었다. 대가족, 가난, 감옥을 들락거리는 형제들, 그리고 재즈가 그들의 공통점이었다. 가족 중에 유일하게 대

학을 나온 사람들이었고. 둘은 주로 막사에서 재즈를 같이 들었다. 내게도 몇 번인가 가수와 연주자를 알려주었지만, 클락 테리나 마일스 데이비스 정도가 내가 아는 전부인 데다 스탠더드 재즈를 주로 들었기 때문에 재즈광인 그들과 깊게 대화할 수는 없었다. 하지만 술을 좋아했기 때문에 자주 그들과 술자리를 했다. 그럴 때면 그들이 나누는 재즈에 대한 대화를 말없이 듣곤 했다.

와지드와 아폴로의 음성은 중저음의 바리톤이었다. 그런 음성을 가진 사람들이 대개 그렇듯이, 그들은 느리고 부드러운 목소리로 대화를 나눴다. 잔잔한 음악을 듣는 듯한 기분을 선사하는 두 사람의 대화에는 끼지 않아도 편안한 기분을 느낄 수 있었다. 군인이라고는 믿기지 않을 정도로 다정하고 친절한 성격의 사람들이었다. 하지만 자신들의 개인사에 대해서는 거의, 라고 해도 좋을 정도로 말을 아꼈다.

저격수의 총에 와지드가 오른쪽 다리를 맞았을 때, 아폴로가 와지드 옆에 남았던 것은 어쩌면 당연한 일인지도 모르겠다. 그들 사이에는 누구도 침범할 수 없는 둘만의 우정이라는 것이 존재한다는 걸 처음 본 사람들도 알 수 있을 정도였으니까. 그리고 대개의 용병들이 그렇듯이 그 우정의 끝은 전장에서의 죽음이었다.

아무리 특수부대라고 해도, 50배의 적을 상대로 싸우며

탈출한다는 건 가능성이 매우 희박한 일이다. 게다가 감시의 임무를 띤 정찰이라 중화기가 없는 우리로서는 더더욱 절망적인 상황이었다. 저격수가 있다면 무전기가 고장난 우리가 공중 지원을 받거나 공격할 방법이 전혀 없다는 뜻이기도 했고. 때문에 와지드가 오른쪽 다리에 총을 맞고 쓰러지고 이어 왼팔을 맞았을 때 비로소 올 것이 왔다는 생각을 했다. 오히려 그제야 저격수가 나타난 것이 의아할 정도였다.

아폴로는 와지드에게서 10미터쯤 떨어진 바위 뒤에서 엄폐하고 있었지만 바로 눈앞의 와지드를 데려올 방법은 없었다. 저격수들이 흔히 쓰는 방식이다. 동료를 구하러 가는 순간 아폴로 자신도 같은 상황에 처하게 되리라는 것을 너무도 잘 알고 있으니까. 한동안 와지드는 움직이지 않았다. 입장이 바뀌었다고 해도 나 역시 방법이 없기는 마찬가지였을 거다. 하지만 저격수는 동료를 구해보라는 듯 와지드의 오른팔에 총알을 명중시켰다. 와지드가 비명을 질렀다. 아폴로는 땀과 눈물이 범벅이 된 채로 그런 와지드를 바라보고만 있었다. 다시 한 방. 이번에는 와지드의 왼쪽 다리였다. 아폴로는 망설이다가 이내 결심을 했는지 와지드 쪽으로 뛰어 갔다. 낮은 포복으로 가봐야 저격수에게 시간만 더 줄 뿐이라고 생각한 것 같았다. 그렇다면 뛰는 쪽이 와지드에게 다다를 확률이 더 높다고 본 것이다. 두 걸음도 채 떼기 전에 총알이 날아와 아폴로의 머리를 관통했고 머리가 반쯤 날아간 아폴로가 뒤로 자빠졌다. 와지드가 소리를 질렀지만 이미 양다리와 양팔에 총을 맞고 엎어져 있는 와지드가 뒤에 있는 아폴로의 모습을 볼 수 있는 방법은 없었다. 그나마 다행이라면 다행이었다. 20미터 정도 떨어져 있던 안나와 나, 아링은 그런 와지드를 보고 있을 수밖에 없었다. 안나가 입술을 깨문 후 나와 아링을 번갈아 보았다. 무슨 의미인지는 알 수 있었다. 아링과 나는 천천히 고개를 끄덕일 수밖에 없었다. 안나가 바위 뒤에서 와지드를 조준했다. 탕, 소리와 함께 와지드의 머리가 땅바닥에서 살짝 튀어 올랐다. 그러고는 한동안, 우리는 엄폐물 뒤에서 죽은 듯이 있었다. 이윽고 안나가 말했다.

"고우(Go)."

힘없는 목소리가 겨우 우리 귓가에 닿았다. 아링과 나는 얼굴을 마주 보았다.

힙플라스크를 꺼내 술을 한 모금 마셨다. 재떨이에는 이미 한 갑의 꽁초가 차 있었다. 재떨이를 비우곤 다시 담배를 물었다. 시침이 숫자 3을 가리키고 있었다. 몸이 사시나무처럼 떨리고 식은땀이 흘렀다. 결국 커튼 너머로 새벽빛이 들어오고 나서야 겨우 침대에 쓰러졌다.

14.   이레나

안나가 온 것은 아침 8시였다. 문이 열리는 소리에 침대에서 벌떡 일어났다.

"나야. 칼 치워."

나이프를 침대 옆 탁자 위에 놓았다. 어제 어디를 갔었는지는 묻지 않았다.

"씻어. 갈 데가 있어."

안나가 피곤한 듯 소파에 걸터앉으며 말했다. 다시 형사놀이를 시작하자는 뜻 같았다. 티셔츠와 팬츠를 벗고 샤워실로 향하기 전에 담배부터 물었다. 예전에 용병 생활을 할 때는 남녀를 구별해서 생활하지 않았다. 습관이 어디 가는 것도 아니고. 담배에 불을 붙이자 안나가 나를 올려다보았다.

"그 조그마한 거시기 좀 빨리 치우지."

안나의 말에 아래를 보았다.

"그냥 폼으로 달려 있는 거야."

담배를 문 채 샤워실로 향했다. 대충 비누를 바르고, 대충 물칠을 한 후, 대충 수건으로 닦은 다음 거실로 나왔다. 가방에서 티를 꺼내 입는데 안나가 말했다.

"샤워를 한 거야? 아님 물만 적신 거야?"

"그게 그거 아냐?"

안나는 말을 말자, 는 표정이었다.

"아침은 나가서 먹지."

"형사 놀이를 다시 하자는 건 줄 알았는데?"

"갈 데가 있어."

고개를 끄덕였다. 이유가 있겠지 싶었다. 저택 로비를 나오니 낡은 SUV 한 대가 있었다. 텔, 뭐는 아닌 것 같았다. 조수석에 탔다.

저택을 나와 2차선 도로를 달리는데 뒤에서 경찰차의 사이렌이 울렸다. 안나가 갓길에 차를 세웠다. 룸미러로 보니 경찰 둘이 차에서 내렸다. 면식이 있는 얼굴이었다. 대머리와 박수무당. 안나가 운전석 창을 내렸다.

"무슨 일이죠?"

"어디로 갑니까?"

대머리의 시선은 안나의 가슴을 향해 있었다.

"아침 식사."

안나가 인상을 찌푸리며 답했다.

"괜찮으면 제가 사고 싶은데. 저 친구는 빼고. 어때요, 안나 씨?"

한두 번 있었던 일은 아닌 것 같았다. 대머리가 안나에게
관심을 가지고 있는 게 분명해 보였고.

"사양하죠."

안나가 차갑게 답하고는 창문을 올렸다. 대머리가 경찰봉
을 넣어 창이 올라가는 것을 막았다.

"대접한다니까 그러네."

대머리의 시선은 여전히 안나의 가슴에 있었다. 안나가 이
를 악물었다. 안나가 참는 이유를 알 수 없었다. 예전의 안나
였다면 대머리는 벌써 길바닥과 하나가 되어 있어야 했다.

"스티커를 끊을 거면 빨리 끊어요."

"스티커라……."

대머리가 경찰봉으로 유리창을 톡, 톡, 두드리며 말했다.

"몇 개 있긴 한 것 같은데 말이지."

대머리가 경찰봉을 휘두르며 자동차 앞으로 걸어갔다.

"헤드라이트가 나갔고."

대머리가 경찰봉으로 양쪽 헤드라이트를 깼다. 그러고는
조수석 쪽으로 왔다.

"사이드도 나갔고."

사이드미러가 퍽, 하며 깨졌다. 대머리는 차 뒤로 돌아갔다.

"후미등도 나갔고……."

후미등 깨지는 소리가 들렸다. 대머리가 다시 운전석으로 왔다.

"차 관리 좀 하셔야겠어요."

대머리가 안나의 가슴에 다시 눈길을 주며 말했다. 안나는 여전히 앞만 바라보고 있었다. 참는 데는 이유가 있겠지 싶었다. 내가 관여할 문제도 아니었고, 무엇보다 안나는 내도움이 필요한 사람이 아니었다.

"어이, 당신."

대머리가 경찰봉으로 나를 가리키며 말했다.

"내가 대신 타고 갈 테니 당신은 걸어와. 아니면 돌아가던가."

대머리가 선글라스를 코끝 쪽으로 내리며 말했다.

"걸어가기에는 좀 먼 것 같지 않습니까?"

"그거야 당신 사정이고. 내려."

뭐, 내 사정이긴 했다. 조수석에서 내렸다. 대머리가 내 쪽으로 다가왔다.

"데이트는 당신 대신 내가 하지."

대머리가 경찰봉으로 내 배를 쿡, 쿡, 찔렀다.

"그러시죠. 할 수 있으시다면."

그 순간 대머리가 인상을 구기더니 경찰봉을 머리 위로 치켜들었다. 퍽! 내 주먹이 경찰봉보다 빨리 대머리의 코에 꽂혔다. 대머리가 멈칫하더니 손에서 경찰봉을 떨어뜨렸다. 다리가 풀려 앞으로 고꾸라지는 대머리의 멱살을 잡고 보니 코와 입가가 피범벅이었다.

"코가 나갔고……."

말을 마치는 동시에 오른쪽 귀에 주먹을 날렸다.

"오른쪽 귀가 나갔고……."

놀란 박수무당이 내 쪽으로 뛰어왔다. 그를 보며 고개를 저었다. 박수무당이 오다가 그 자리에 멈춰 섰다. 대머리의 왼 손가락을 잡고 뚜두둑, 소리가 날 때까지 꺾었다. 검지부터 새끼손가락까지 기이한 모습으로 뒤틀렸다. 대머리의 입에서 비명이 흘러나왔다.

"왼손이 나갔고……."

대머리는 기절 직전인 것 같았다. 오른손으로 왼손을 감싸고는 괴상한 비명을 질러댔다.

"그만 가지."

안나가 짜증스러운 목소리로 말했다. 멱살을 놓자 대머리가 땅바닥을 나뒹굴었다. 조수석에 앉자 안나가 시동을 켜고는 출발했다. 박수무당이 입을 벌린 채 멀어져가는 차의 뒷모습을 보는 게 사이드미러로 보였다.

"해서와 이복형제야. 부인이 사랑하는 손자고."

"그렇다고 참아?"

"고용주가 손대지 말라고 하면 말아야지."

"멍청한 손자가 더 사랑스러운가 보군."

"나야 자식이 없으니 모르지. 하지만 멍청해서 다른 손자들처럼 경계할 필요가 없으니 사랑스러울 수도 있겠지."

그럴 수도 있을 것 같았다. 한동안 침묵이 흐른 후 안나가 말했다.

"아무리 그래도 상대는 경찰이었어."

"알아. 진짜 공권력이라면 나도 조심했겠지. 하지만 이 동네는 그 부인과 손자들의 왕국이잖아? 경찰복을 입은 하수인들일 테니 걱정할 필요는 없지."

안나의 입가에 차가운 미소가 번졌다.

식당은 마을 입구에 있는 첫 번째 5층 건물이었다. 물론 간판은 없었다. 건물 뒤로 돌아가니 안이 보이지 않게 시트지를 붙인 허름한 유리문이 나왔다. 문을 열자 고급 일식집이 나타났다. 개량한복을 입은 여성이 안나에게 알은체를 하더니, 예약 손님을 안내하듯 복도 깊숙한 방으로 안내했다. 신발을 벗고 올라가 미닫이문을 열었다. 방에는 해산물이 한 상 가득 차려져 있었다. 창 너머로 푸른 바다가 넘실거렸다.

"아침치고 거한데?"

자리에 앉으며 물었다.

"소개해줄 사람이 있어."

안나가 가만히 선 채로 말했다. 어쩐지 분위기가 무거웠다.

"너 결혼해?"

안나는 웃지 않았다. 그때 미닫이문이 열렸다. 한 남자가
서 있었다. 자연스레 헝클어진 머리, 무테안경, 지적인 인상
을 풍기는 호리호리한 인상으로 반팔 셔츠에 청바지, 검은
색 구두를 신고 있었다. 둘째라는 직감이 왔다. 도저히 매춘
업을 하는 사람으로 보이지는 않았고. 남자는 살짝 웃음을
띠더니 신발을 벗고 방 안으로 들어왔다. 뒤를 따라 비쩍 마
른 180센티 정도의 장발 남자가 들어왔다. 카타나를 들고
있었는데 분위기가 범상치 않았다. 오랫동안 수련했음이 분
명했고 보통의 무술인들과 다르게 살기가 느껴졌다. 남자가
소리없이 의자를 빼고 자리에 앉았다. 장발은 남자의 뒤에
아무 말 없이 서 있었다.

"신해성이라고 합니다. 말씀 많이 들었습니다."

고개를 끄덕였다. 그제야 안나가 자리에 앉더니 뒷주머니
에서 봉투를 꺼내 둘째에게 건넸다.

"부인의 전갈입니다."

둘째가 봉투를 바로 뜯어 읽어보더니 한쪽으로 치웠다.

"잔꾀는 그만 쓰라고 말씀 좀 전해주세요. 이간질도 그만

하고. 형이나 동생에게는 통할지 몰라도 전 아닙니다."

겉모습처럼 차분하고 지적인 말투였다. 형이나 동생보다
는 오히려 해서와 닮아 보였다.

"6층 맨 끝 방 손님이시죠?"

둘째가 나를 보며 물었다. 고개를 끄덕였다.

"계약도 하지 않았는데 6층 맨 끝 방이라……. 할머니가
웬일로 도박을 다 하시네요. 쉽게 사람을 믿는 분이 아닌데
말이죠. 6층 맨 끝 방이 어떤 곳인지는 아십니까?"

"모릅니다."

"아무도 가르쳐주지 않던가요?"

"제가 물은 적이 없으니까요."

"물어보지 않은 이유가?"

"친구를 만나러 왔을 뿐입니다."

역시나, 라는 표정이었다. 왜 그런 표정을 짓는지는 알 수
없었다.

"본인의 생각과 다른 사람들의 생각이 다를 거라는 건 알
고 계시겠죠?"

"그 문제는 그때 가서 해결하면 되겠죠."

내 대답에 둘째가 의자에 등을 묻더니 지그시 나를 쳐다
보았다.

"담배 태우십니까?"

둘째가 상의 주머니에서 담배를 꺼내 내게 권했다. 말보로 레드. 하나 빼어 들자 둘째가 불을 붙여줬다.

"맨 끝 방은 최종 병기에게 주는 방입니다. 요즘 말로 먼치킨이라고 하나요? 하지만 살아 나간 사람은 없어요. 우리도 마냥 이곳에서 사업만 하고 있는 건 아니니까요. 대신 우리도 피해가 막심했죠. 할머니가 먼치킨을 잘 구하거든요. 이번에는 안나가 온 거고. 하나도 버거운데 당신을 또 안나가 불러들였고 말이죠. 그것이 당신이 계약을 하지 않았는데도 맨 끝 방에 있는 이유입니다. 안나는 우리와 싸워야 하고 당신은 안나 옆을 지킬 테니까. 할머니로서는 손해 볼 게 없겠지요."

살아 나간 사람이 없다는 말이 마음에 걸렸다. 용병 일을 하다 보면 몇몇은 죽는다. 대부분 죽는 경우도 있다. 아주 가끔, 전멸할 때도 있지만 드문 경우다. 에밀리는 세 번의 전투가 있었다고 했다. 적어도 세 명 이상의 용병이 그 방에 묵었다는 얘기다. 하지만 살아 나간 사람이 하나도 없다? 납득하기 힘든 일이었다. 무엇보다 독서 클럽의 멤버들도 용병이고 저택에 머물고 있다. 하지만 내가 머물고 있는 방만 그렇다고? 둘째는 처음 내게 '6층 맨 끝 방' 손님이냐고 물었다. 하지만 다음에는 '맨 끝 방'이라고만 했다. 6층을 생략했을 수도 있지만, 다른 한편으로는 맨 끝 방에 머무는 사람들은 모두 해당된다는 뜻일 수도 있었다. 그럼 안나도 예외가 아니라는 말이었다. 지금까지 파악한 바로는 끝 방에 머무는 사람은 나와 안나밖에 없었다. 다시 한번 둘째의 말을 곱씹었다. 살아 나간 사람은 없다. 전투에서 이기든 지든 끝 방에 머무는 사람은 처리된다는 뜻일까?

"이런 얘기를 제게 들려주는 이유를 모르겠군요. 손에 있는 패를 다 까는 이유가 뭐죠? 당신 얘기에 따르면 저는 당신의 적 아닙니까?"

"전쟁이란 이겨놓고 시작하는 것이니까요. 적 아니면 아군이라는 이분법적 사고는 별로 도움이 되지 않아요."

당신 정도는 충분히 넘어오게 할 수 있다는 자신에 찬 눈빛으로 둘째가 나를 바라보았다. 삼 형제 중에서 가장 보스에 가까운 자질을 가지고 있었다. 하지만 이 친구의 치명적인 약점은 지나친 자신감이었다. 본인도 아는지는 의문이었다.

"들어보니 당신 사업이 가장 규모가 작은 것 같던데요?"

"할머니는 고사하고 형, 동생이나 상대할 수 있냐는 뜻인가요?"

"팩트를 얘기했을 뿐입니다."

둘째는 싱긋 웃더니 담배를 하나 빼어 들었다.

"담배를 끊은 지 5년이 넘었습니다. 가지고는 다니지만 절대 피우지는 않죠. 매 순간 승리를 만끽하는 겁니다."

둘째가 담배 끝을 만지작거리며 말을 이었다.

"담배를 끊어보신 적 있습니까?"

"없습니다."

"끊어보면 아시겠지만 담배를 끊는다는 말은 틀린 거예요. 그냥 매 순간 참는 거죠."

"무슨 의미로 말씀하시는지 모르겠군요."

둘째는 대답 없이 내 얼굴만 바라볼 뿐이었다.

"삶에서 가장 중요한 건 인내라는 거죠. 지혜는 결과물일 뿐이고."

시간을 좀 주면 마키아벨리의 『군주론』 제2권도 집필할 수 있을 것 같았다.

"아침이지만 괜찮다면 한잔하시겠습니까?"

둘째가 소주를 따며 물었다. 잔을 들었다. 알코올중독자가 그것 말고는 뭘 하겠는가.

"그 부인의 편인 줄 알았는데?"

한 잔 들이켠 후 내가 안나에게 물었다.

"아직까지는 부인의 편이야."

아직까지는? 한국어는 정말이지 멋진 언어다. 기껏 한 단어에 얼마나 많은 의미를 담을 수 있단 말인가.

"해성 씨가 제안할 게 있을 거야."

둘째를 바라보았다.

"당신도 열 장을 주겠다는 말을 하려는 겁니까?"

"아뇨."

둘째가 웃으며 고개를 저었다.

"그럼 뭡니까?"

"당신을 그냥 보내드릴 겁니다. 마리와 함께."

"그건 당신이 허락하지 않아도 그렇게 할 생각입니다."

"이레나도 함께 말이죠."

안나의 표정을 살폈다. 아무런 변화도 없었다. 한동안 정적이 흘렀다.

15.

매듭

"죽은 줄 알았는데요?"

"살아 있습니다."

"하지만 석 달 전 저택에 들어간 모습 말고는 아무것도 없습니다."

"그거야 할머니가 인질로 잡고 있었으니 그렇지요. 안나 씨를 불러오고 계약을 하기 위해서 말이죠."

"그걸 당신이 어떻게 압니까?"

둘째는 대답하지 않고 소주를 한 잔 마신 뒤 나를 바라보기만 했다. 어디까지 얘기를 해줘야 할까 가늠하는 듯했다.

"권력의 핵심이 뭐라고 생각합니까?"

머리 쓰는 걸 싫어하는데 물어서 할 수 없이 생각해봤다.

"정보겠지요. 그리고 그 정보를 휘두를 수 있는 위치."

둘째의 오른쪽 입꼬리가 살짝 올라갔다. 의미는 알 수 없었다.

"할머니가 아직까지 그 자리에 있는 이유지요. 후버 전

FBI 국장 같은 사람입니다. 권력자들의 치명적인 약점을 잡고 있죠."

도박, 매춘, 마약. 셋 중에 하나이거나 셋 다이거나. 거기에 돈까지 받아 갔다면 국회의원이든 대통령이든 이미 그 사람의 목덜미를 쥐고 있는 것이나 마찬가지일 것이다.

"당신은 그 정보가 필요하고 말이죠?"

"얼마간은 빼낼 수 있습니다. 우리 가족은 모두 서로에게 스파이를 심어놓고 있으니까. 하지만 기껏해야 당신과 안나에 대한 정보 정도죠. 정말 중요한 건 알지 못해요. 할머니만 알고 계시죠."

"정보만 장악한다면 사업을 확장하는 건 일도 아니겠군요. 받거나 빼앗아 오거나 방법은 둘 중 하나밖에 없을 테고요."

"그렇죠. 그런데 돌아가실 때까지 본인의 자리를 지키실 생각인 것 같으니 뺏을 수밖에 없고요."

"무슨 말인지 알겠습니다. 하지만 저와는 상관없는 얘기입니다."

"글쎄, 정말 그럴까요?"

둘째가 안나의 얼굴로 시선을 돌리며 말했다.

"해성 씨가 이레나를 보호하고 있어."

안나를 보았다. 다소 상기된 얼굴이었다.

"어제까지만 해도 생사가 불확실했잖아?"

"어제까지는 그랬지. 이 사진을 보기 전까지는."

안나가 핸드폰을 꺼내 내 술잔 옆에 놓았다. 화면 속에는 운전대를 잡은 채 웃고 있는 둘째와 다정한 표정으로 그를 바라보는 긴 머리 여성의 모습이 찍혀 있었다. 30대 초반으로 보이는 여성은 무척이나 행복해 보였다. 이레나인듯 싶었다. 하지만 그것만으로는 이레나가 살아 있다고 단정하기 어려웠다. 날짜와 시간이 조작된 건 아닌지 확인할 방법이 없으니까. 그래도 안나는 이 사진을 보고 이레나가 살아 있다는 것을 확신했다. 이유가 있을 거라고 생각했다.

"사진을 확대해봐."

안나가 말했다. 사진을 확대하자 자동차 뒷유리 너머 사람의 형체가 눈에 들어왔다. 염소, 마리, 그리고 내 뒷모습이었다. 여기에 온 첫날, 마리를 따라 저택으로 들어갈 때의 모습이었다. 안나가 어젯밤 어디를 다녀왔는지 알 것 같았다. 둘째 해성을 만났겠지. 만약 진짜로 둘째가 이레나를 보호하고 있다면 안나는 이전과는 다른 결정을 내려야 한다.

"합성이 아닌 걸 어떻게 압니까?"

둘째를 보며 말했다.

"알 수 없죠. 안 믿어도 어쩔 수 없고요."

그렇게 생각하고 싶으면 그렇게 생각하라는 투였다. 나라

면 그럴 수 있었다. 안나는 그러고 싶어도 그러지 못할 상황
이었고. 사람이 간절함에 사로잡히면 믿고 싶은 쪽으로 믿
고 싶은 법이다. 머리는 아무리 아니라고 해도 심장이 그쪽
으로 간다.

"이레나는 저택에 들어가는 모습밖에 없었습니다. 어떻
게 빼내 온 거죠?"

"할로윈 파티."

둘째가 당연하다는 듯한 얼굴로 얘기했다. 건물 외부에
는 모두 CCTV가 있다. 하지만 할로윈 분장을 하고 사람들
과 섞여 나왔다면 모르게 빠져나오는 게 가능하다. 파티장
을 통해 빼냈다면 부인의 사람 중에 조력자가 있다는 얘기
였고.

"원하는 게 뭡니까?"

둘째에게 물었다.

"전투가 일어나면 나머지 형제들을 먼저 없애주세요. 순
서는 제가 정해드릴 겁니다. 그럼 할머니를 배신하지 않고
도 저를 도와주는 거죠. 손자가 한 명밖에 안 남는다면 할머
니도 별수 없겠지요."

안나의 표정을 살폈다. 말없이 둘째 너머의 벽만 바라보
고 있을 뿐이었다.

"셋째와 결혼한 줄 알았는데 아주버님과 제수씨 사이라

고 보기엔 너무 다정하군요."

사진을 다시 한번 흘깃 보며 말했다.

"당신이 상관할 문제는 아니죠."

그렇긴 했다. 콩가루 집안의 문제는 알고 싶지도 않았고.

"하지만 이상하군요. 자신의 딸이 지나가는데 그걸 못 본단 말입니까? 딸과 떨어져 있는 엄마치고는 표정도 너무 밝고."

둘째가 뭘 몰라도 한참 모른다는 얼굴로 나를 보았다.

"케이 씨. 모든 여성에게 모성애가 있다는 생각은 버려요. 그렇다면 모든 남자에게도 절대적인 부성애가 있어야지요. 여자나 남자나 마찬가지인 겁니다. 자식이건 뭐건 자신이 더 중요한 사람들도 많아요. 그게 이레나의 사랑스러운 점이고."

부창부수라는 얘기였다. 두 사람이 마리를 내팽겨쳐 둘만한 인간이란 얘기였고.

"두 분이 그런 관계시라면 안나가 이레나를 걱정할 필요가 있습니까?"

"물론 전 이레나를 사랑합니다. 하지만 사랑보다 더 중요한 것도 있는 법입니다."

둘째가 가는 눈으로 나와 안나를 번갈아 쳐다보았다. 말을 듣지 않으면 이레나를 죽여버리겠다는 협박이었다. 재밌는 친구였다.

"안나를 설득했다면 굳이 저를 만날 필요가 있습니까?"

소주잔을 들며 물었다.

"안나 씨는 아직 대답하지 않았습니다. 당신도 제 눈으로 봐야 했고요. 진짜 사업가는 자신의 눈으로 직접 보고 결정합니다."

언제부터 매춘이 사업이 됐는지 모르겠지만, 생각이야 자유니 그러도록 내버려뒀다.

"그래서 케이 씨는 어쩔 생각입니까?"

둘째의 말에 소주를 한 잔 마셨다.

"아무 생각 없습니다."

"예?"

"아무 생각 없다고요."

"말씀드렸지 않습니까? 마리와 이레나, 같이 보내드리겠다고."

"그랬죠."

"그랬죠? 어째 말씀하시는 게 영……."

"안나의 선택은 안나의 문제입니다. 전 안나에게 부탁받은 것만 처리하면 되고요. 전 마리를 마을에서 데리고 나가달라는 부탁을 받았습니다. 나머지는 안나와 당신의 문제겠지요."

내 말에 둘째가 안나를 바라보았다. 도와달라는 눈빛이었다. 안나는 아무 말도 하지 않았다. 대신 내가 말을 이었다.

"그리고 당신은 모든 게 끝나기 전에는 이레나가 어디 있는지 말해주지 않을 거고 말이죠?"

둘째가 고개를 끄덕였다.

"지금 이 자리에서 당신을 몇 대쯤 패주면 답을 들을 수 있을 것 같은데요? 필요하다면 대화도 좀 하고 말이죠. 당해보면 당신은 고문이라고 부르겠지만."

철컥, 카타나가 칼집에서 빠지는 소리가 들렸다. 장발이 매서운 눈빛으로 나를 노려보았다.

"힘들 겁니다."

믿는 구석이 있다는 듯 둘째가 웃으며 말했다. 장발의 자세를 보니 실력이 있어 보이긴 했다.

"이유는?"

"마리가 제 딸이니까요."

둘째의 말에 조금 놀랐다. 안나는 놀라지 않았다.

"당신 동생의 아이인 줄 알았는데요?"

"제 아이입니다."

다시 한번, 콩가루 집안이라는 얘기였다. 안나가 둘째를 그냥 둔 이유를 알 것 같았다. 동생에게 아픔을 주기 싫어서였을 거다. 마리에게도 마찬가지고.

"당신이 마리의 아빠라고 말하면 아, 축하드립니다, 하고 그냥 믿으란 말씀인가요?"

"믿고 안 믿고는 두 분의 자유겠지요."

소주를 한 잔 따라 마셨다. 타인의 행복한 가정사는 언제나 술을 부른다.

"이 집안의 문제는 복잡하게 꼬여 있어요. 겉보기에는 할머니와 손자 손녀 다섯 명이죠. 하지만 모두가 서로의 등을 찌르기 위해 조금씩 손을 잡고 있죠. 고르디아스의 매듭입니다. 그 매듭을 풀려면 신중히 접근해야 합니다. 최소한의 데미지로 풀 수 있는 건 저밖에 없고. 당신들이 도와준다면 깨끗하게 해결할 수 있을 겁니다. 마리와 이레나도 행복해질 수 있고요."

말은 좋게 하고 있었지만 자기 명령에 따르라는 뜻이었다.

"고르디아스의 매듭이 나왔으니 말인데 알렉산더 대왕이 어떻게 풀었는지는 아시겠군요."

"무슨 뜻이죠?"

둘째의 인상이 굳어졌다.

"당신이 그랬지 않습니까? 6층 맨 끝 방은 먼치킨이라고. 밥맛인 단어이긴 하지만 여기서 바로 해결할 생각이란 뜻입니다."

다시 철컥, 하는 소리가 들렸다. 둘째가 나를 노려보았다.

반응해주는 게 예의인 것 같아서 같은 눈빛으로 바라봤다. 그때 안나가 내 팔을 잡고는 고개를 저었다. 안나와 눈이 마주쳤다.

"안나!"

"케이!"

안나가 다시 한번 고개를 저었다. 할 수 없이 자리에서 일어섰다.

"입맛이 없어서 먼저 일어나겠습니다."

안나가 따라 일어섰다. 차에 올랐고 한동안 우리는 말이 없었다. 먼저 입을 연 것은 안나였다.

"케이, 네 문제가 뭔지 알아?"

"뭔데?"

"네 생각을 상대에게 너무 쉽게 말하는 거야. 제발 입 좀 닥치고 있어. 결정은 최후의 최후까지 미뤄야 하는 거야."

듣자 하니 약간 빈정이 상했다.

"이봐 안나. 네 문제가 뭔지 알아?"

"뭔데?"

안나가 내 눈을 뚫어지게 바라보면서 물었다.

"음……. 생각 중이야."

안나가 절레절레 고개를 흔들었다.

"도대체 너희 남자들은 정신연령이 중2에서 성장을 하지 않는군. 다들 중2병 같아."

"고마워. 월반은 처음이야."

안나가 다시 고개를 흔들었다.

16.   지옥

맛있는 아침 식사를 마치고 다시 저택에 도착할 즈음, 경찰차 두 대와 일반 차량 세 대가 길을 막고 서 있었다. 얼굴과 손에 붕대를 감은 대머리와 박수무당, 그리고 동네 건달로 보이는 남자들이 일곱이었다. 각목, 야구방망이, 회칼을 들고 있었다. 아침을 같이 못 먹은 것이 꽤 서운했던 모양이었다. 안나가 차를 멈추자 나는 조수석에서 내리며 말했다.

"피곤한 것 같은데 그냥 차에 있어."

"아침은 잘 먹고 왔어?"

대머리가 열 걸음 정도 거리를 두고 말했다.

"덕분에."

"지랄하네."

대머리가 허리의 권총집에서 권총을 꺼냈다. 경찰의 제식 권총 스미스앤웨슨 38구경이 아니었다. 토카레프 TT-33이었다.

"토카레프? 어디서 구했지?"

"알아서 뭐 하게? 러시아 놈들한테 구했다. 왜?"

"그거 중국제인데?"

"뭐라고?"

"안전장치가 있잖아. 중국제 카피야. 불발탄 조심해야 할걸? 요즘엔 말단 야쿠자들도 그런 건 쓰지 않아."

내 말에 대머리가 권총을 이리저리 훑어보았다. 놓치지 않고 안으로 파고들어 가 손에 든 권총을 빼앗았다. 모두 당황해서 어리둥절한 채로 자리만 지키고 있었다. 건달도 아니었다. 칼이나 방망이를 들었을 뿐 요란만 떠는 동네 바보들이었다. 부인이 손주를 귀여워할 만했다. 떡이나 주고 머리나 쓰다듬어 주면 한도 끝도 없이 꼬리를 흔들 인간이니까. 탄창을 빼서 한쪽에 버리고는 빈 총으로 대머리의 코를 쳤다. 픽, 하는 소리가 났다.

"코가 고장 났고."

무너져 내리는 대머리의 멱살을 잡고 왼쪽 귀를 쳤다. 다시 픽, 하는 소리가 났다.

"왼쪽 귀가 고장 났고."

다음으로 대머리의 오른 손가락을 검지부터 새끼까지 전부 잡아 꺾었다. 뚜두둑, 하는 소리와 함께 대머리가 비명을 질렀다.

"오른손이 고장 났네."

대머리가 바닥에 드러누웠다. 박수무당과 일행들은 꼼짝도 하지 않았다.

"집에 가서 솥뚜껑 운전이나 해. 쓸데없이 나돌아 다니지 말고."

한마디 던지고 조수석에 올랐다. 안나가 비아냥거리듯 말했다.

"왜 엉뚱한 데 화풀이야?"

"중2병이잖아."

안전벨트를 맸다.

저택으로 돌아와 방으로 향했다. 샤워를 하고 나오니 전화가 울렸다.

"주방으로 내려와야겠어."

안나의 목소리가 어두웠다.

"왜?"

"머리가 하나 더 발견됐어."

전화를 끊고 벗어둔 옷을 다시 걸쳤다.

이전과 다를 바 없었다. 얼굴과 통의 주인이 바뀌었다는 것 빼고는. 나머지는 모든 게 같았다.

"누구지?"

진열장에 놓여 있는 서른 초반으로 보이는 남자의 얼굴을 유심히 살피며 물었다.

"곽 실장. 정보 담당 직원이야."

안나가 보여준 수첩을 떠올렸다.

"직원 5라고 쓰여 있던 사람들 중 하나인가?"

"부인의 정보를 관리하는 직원이 다섯 명 있어. 외부 팀이 수집한 정보를 문서화하고 분류한 뒤 암호화시킨 후 저장하지."

둘째가 말했었다. 부인은 후버 국장 같은 사람이라고. 그러니 곽 실장은 부인에게 중요한 사람이라는 얘기였다.

"하지만 여긴 인터넷이나 핸드폰이 안 터지는 곳이잖아?"

"우리만 그렇지. 부인의 정보실은 작동해."

"파티도 없었으니 들어온 사람도 없었겠군."

"저택에 거주하는 사람 말고는."

"용의자가 스물네 명으로 줄었군. 범행 예상 시간은 더 넓어졌을 테고."

"시간은 의미가 없는 것 같아."

"왜지?"

"그동안 우리는 목과 통이 한 번에 움직였을 거라 생각했어. 그런데 목과 통을 꼭 같이 가져다 놓으라는 법은 없지 않아?"

들어보니 그랬다.

"그럼 이제부터 뭘 할 거지?"

"요리사들부터 만나봐야지. 그다음은 정보실 직원들을 만나볼 거고. 그다음에 나머지 사람들. 진즉에 했어야 할 일들을 해야지."

듣고 있자니 나 때문에 늦어졌다는 투였다. 남의 잘못을 뒤집어쓰는 건 질색이지만 안나라서 참았다.

홀에 자리를 잡고 앉아 요리사들을 불렀다. 그들은 자신을 A, B, C, D, E라고 소개했다. 어린이집 영어 교실에 앉아 있는 기분이었다. 40대 남자가 셋, 30대 남자가 둘이었는데 하나같이 표정이 비슷했다. 삶에 지쳤다기보단 '질린' 표정이었다. A가 대장인 듯했다. 거칠고 새까만 피부에 듬성듬성한 머리였고, 퀭한 눈동자는 노란색을 띠고 있었는데 아무래도 황달인 것 같았다. 나머지를 다시 주방으로 보내고 A와 마주 앉았다. 40대 후반으로 보였는데 인상 때문에 그렇게 보이는 건지 실제 나이가 그런 건지는 알 수 없었다.

"두 사람이 죽었어요."

안나가 물었다.

"뭘 알고 싶은 거요?"

대답하기도 귀찮다는 듯한 말투였다.

"주방에서 평소와 다른 걸 본 적은 없나요?"

"없어. 요리할 때는 정신도 없고."

"주방에서 얼마나 근무했죠?"

"근무?"

A가 실소를 터뜨렸다.

"당신이 근무라고 한다면야. 두 달쯤 됐을 거요."

"그전에는?"

"정원 일을 했지."

"어디서요?"

"여기서지 어디겠어?"

"정원 일과 요리는 관계가 없는 것 같은데요?"

"그렇겠지."

"그전에는?"

"청소부."

"어디서요?"

"여기서."

"연관이 없는 일 같네요."

"두세 달에 한 번씩 일이 바뀌지. 뭐, 적성에 맞는 일을 찾
아보라는 마님의 배려인가 보지. 할렐루야."

안나가 A를 말없이 바라보았다.

"살인해본 적 있나요?"

A의 눈빛이 약간 날카로워졌다.

"이곳에 살인 안 해본 사람이 있을까?"

"당신이 했나요?"

"그렇다면? 경찰에 신고라도 하시게?"

"안 했다는 뜻인가요?"

"당신 꼴리는 대로 생각하시지."

"요리사들은 항상 붙어 있나요? 일할 때 말이에요."

"붙어 있지. 한 놈이라도 빠지면 일이 안 되니까."

"누군가 몰래 살인을 저지를 시간은 없다는 말이군요."

"담배 피울 시간 동안 할 수 있다면."

"다 같이 저지를 수도 있죠."

A가 허, 하며 감탄사를 내뱉었다.

"한 번 더 말해주지. 당신 꼴리는 대로 생각하시지."

A가 오른쪽 귀를 새끼손가락으로 후비적거리더니 훅, 하고 불었다.

"설령 범인이라고 해도 경찰에 잡혀 가지는 않겠죠. 그보다 더 안 좋은 일이 기다리고 있을 뿐."

"곱게 죽지는 못할 거란 말인가?"

"그거야 결정할 사람이 알아서 하겠죠."

"아이고 무서워라. 이제 바지에 오줌만 싸면 되겠군."

A가 한껏 비웃는 얼굴로 안나를 쳐다보았다.

"당신……."

A가 안나 쪽으로 몸을 기울였다.

"이곳에 온 지 얼마나 됐지? 한 달? 두 달? 내가 여기 온 지 12년째야. 한 가지 알려줄까?"

안나는 표정 없이 A를 바라보고 있었다.

"당신 꼴리는 대로 해. 여기서는 살아서도 지옥, 죽어서도 지옥이니까."

A가 자리에서 일어서더니 뒤도 돌아보지 않고 주방으로 향했다. 바로 나머지 요리사들을 불러 대화를 나눴다. 마치 입이라도 맞춘 듯 A와 똑같은 대답을 했다. 이미 죽어버린 사람들과 얘기를 나누는 기분이었다. 요리사들이 돌아간 뒤 내가 먼저 입을 열었다.

"너무 당당하게 비협조적이라서 어디서부터 의심을 해야 할지 모르겠군."

안나가 고개를 흔들며 답했다.

"느낌이 좋지 않아. 그런데 더 이상한 게 있어."

"뭐지?"

"다섯 명 모두 전혀 긴장하고 있지 않아."

"그러고 보니 그렇군."

"우린 형사가 아니야. 그러니까 어떤 일도 할 수 있다는 거지. 어떤 면에서는 형사보다 훨씬 더 무서운 존재거든. 의심만으로도 상대를 제거해버릴 수도 있으니까. 결백하다고 해서 안심할 상황은 아니라는 거지. 하지만 모두 아무래도 좋다는 식으로 너무 태연하단 말이야."

"저 친구들의 자료는 봤어?"

안나가 고개를 끄덕였다.

"평범해. 그런데 요리와는 상관이 없는 사람들이야. 여기 오기 전의 직업은 회사원, 목수, 배달원, 보험 설계사, 대리기사야."

퍼즐이 맞춰졌다.

"요리와 전혀 상관없는 사람들이잖아! 음식 맛이 형편없는 이유를 이제야 알겠군."

안나가 고개를 절레절레 흔들었다. 내가 말을 이었다.

"그런 사람들을 부인이 요리사로 채용한 이유가 뭐지?"

"들었잖아. 두 달에 한 번씩 일이 바뀐다고."

"무슨 말인지 모르겠군."

"부인의 목적이 다른 데 있다고 봐야지."

"나중에 부인에게 물어보는 게 빠르겠군."

"글쎄. 가르쳐줄까? 이치에 맞지 않는 일을 했다는 건 이치에 맞지 않는 일에 필요했다는 거잖아. 가르쳐줄 수는 없는 일이었겠지."

안나는 말을 하면서 퍼즐을 맞춰가는 듯했다. 문득 뭔가를 깨달은 것 같기도 했고.

"밑져야 본전이지. 본인도 범인을 알고 싶다면 가르쳐주겠지. 이제부턴 어쩔 거야?"

"정보실 직원들을 만나봐야겠지. 쓸데없는 일이겠지만."

"쓸데없는 일? 무슨 뜻인지 모르겠는데? 아무튼 형사 놀이를 더 하려면 늦은 점심을 먹어야겠군."

"혼자 갈게."

"무슨 뜻이야?"

"부인이 널 보길 원해. 정보실 출입은 부인의 허락이 필요하기도 하고."

"계약은 관심 없다고 이미 얘기했어."

"다른 할 얘기가 있나 보지."

안나의 말에 한숨을 쉬었다.

"내가 연상들에게 인기가 좀 있지."

안나가 나를 보았다. 한심하다는 표정이었다.

부인 옆에는 예의 모아이 석상이 서 있었다. 웬일로 다과
도 준비돼 있었다.

"들어요."

부인이 찻잔을 들어 한 모금 마셨다. 나는 조용히 부인만
바라보았다.

"안 마시나요?"

"차는 안 마십니다."

"그럼 뭘 드릴까요?"

"물이나 술."

"물이라면 있어요."

집사가 능숙한 동작으로 물을 가져오더니 따랐다. 한 모
금 마셨다.

"어제오늘 손자들을 봤죠?"

당신의 행동반경은 이미 내 손바닥 안에 있다는 듯 부인
이 말했다. 이제는 놀랍지도 않았다.

"예. 하는 짓들이 꽤 귀엽더군요. 사랑스러우시겠어요."

집사가 부인에게 귓속말을 했다.

"죽여버릴까요?"

부인이 한동안 집사를 쏘아보았다. 제발, 앞으로는 닥치고 좀 있으라는 뜻처럼 보였다. 집사가 알아들을지는 미지수였고.

"얼마를 제시하던가요?"

"열두 장까지 말하더군요."

"케이 씨 생각은?"

"귀찮은 일은 질색입니다. 어제와 마찬가지로."

"돈을 싫어하는 사람을 보는 건 아주 오랜만이네요."

믿고 싶지만, 믿을 수 없다는 말투였다.

"어제도 말씀드렸지만 오해라니까요. 전 돈을 싫어하지 않습니다. 오히려 그 반대죠. 귀찮은 일을 할 만큼 좋아하지 않을 뿐입니다."

"그 말이 그 말 아닌가요?"

"아닙니다. 비슷해 보이지만 그 사이에는 아주 깊은 심연이 놓여 있죠."

부인이 말없이 내 얼굴을 바라보았다.

"손자들까지 봤다면 여기 상황은 거의 파악했겠네요."

"보이는 게 전부라면 어느 정도는."

고개를 끄덕인 후 대답했다.

"아들이 하나 있었어요. 가문을 이을 만한 애였죠. 하지만 명이 짧았어요."

부인이 아주 작게 한숨을 쉬었다.

"당신도 그 아픔을 잘 알겠죠?"

이해를 구하는 눈빛이었다. 내게는 기분 나쁜 눈빛이었고. 나에 대한 조사를 했다는 것은 알았지만 꺼내고 싶지 않은 얘기까지 할 필요는 없었다.

"당신도 딸을 잃었으니까 어떤 마음일지 잘 알잖아요. 그때 딸이 여덟 살이었나요?"

쓴웃음이 나왔다.

"무슨 의도로 그런 말씀을 하시는지 모르겠군요. 딸을 잃은 아빠들은 세상의 모든 딸아이들이 다 자기 딸처럼 보일 거라고 생각하시는 겁니까? 만나는 여자애마다 위험에 처하면 섶을 지고 불에라도 뛰어들 거라고? 자식을 잃은 부모의 심정을 너무 잘 알아서 그런 부모의 부탁이라면 목숨을 바쳐 도와줄 거라고?"

내 말에 부인이 고개를 저었다.

"안나가 부탁했죠? 마리를 여기서 데리고 나가 달라고?"

역시, 모르는 게 없는 사람이었다.

"아이를 키우기 좋은 환경은 아니니까요. 학군도 별로

고."

부인은 대답 없이 차를 한 모금 마셨다.

"당신이 고개만 끄덕인다면 계약금으로 15억을 드리겠어
요. 5억은 선금으로."

대답하지 않았다.

"PMC의 5년 치 연봉은 될 텐데요? 그것도 당신이 팀장급
이상일 경우에 말이죠. 팀장은 아니었던 걸로 아는데요?"

용병이나 민간군사기업이란 단어가 아닌 굳이 PMC라는
약자를 쓴 이유는, 당신 이상으로 나도 그 세계를 알고 있
다는 뜻 같았다. 하지만 머리로 아는 것과 경험으로 아는 것
은, 모르는 것과 아는 것만큼이나 차이가 크다. 사지를 헤쳐
온 병사들이 일반인들과 전장의 얘기를 하지 않는 이유는
그들을 무시해서가 아니다. 아무리 얘기한들 결코 이해하지
못할 거라는 걸 알고 있기 때문이다.

"도대체 이러시는 이유를 모르겠군요. 왜 그렇게 계약에
집착하시는 겁니까? 부인도 알다시피 안나가 하는 일에 무
슨 일이 생긴다면 돈에 상관없이 도울 텐데요? 돈 낭비 아
닙니까?"

"제가 돈을 아껴 쓰건 낭비를 하건, 그건 제 문제가 아닐
까요?"

맞는 말이었다. 도무지 물러설 것 같지 않아서 한숨을 쉰

후 부인에게 물었다.

"몇 가지 질문을 해도 됩니까?"

"하세요."

"우선, 부인 정도의 재력이라면 사람을 구하는 건 일도 아닐 겁니다. 왜 접니까?"

"군대를 쓸 수 있다면 당신이 아니라도 되겠죠. 하지만 여긴 한국이에요. 아무리 제가 힘이 세다고 해도 군대를 가질수는 없어요. 비밀을 유지하는 데도 한계가 있고요. 무엇보다 필요 이상의 피를 흘리면 사업이 위태로워져요. 우리라고 라이벌이 없는 건 아니니까. 지금 이 수준이 돈으로 입을막을 수 있는 한계예요. 그리고 무엇보다도, 우리는 앞으로의 사업을 누가 이끄느냐를 결정하자는 거지 공멸하자는 게아니에요."

대충 이삼백 명 정도가 여기서 세 번 싸움을 벌였다는 얘기였다. 뒤처리를 깔끔하게 했다는 거였고. 아무리 한 지역을 손아귀에 넣고 있다 하더라도 쉬운 일은 아니다. 그만큼방대하고 뿌리 깊은 조직이라는 뜻이기도 했고.

"그렇다면 굳이 저 같은 용병일 필요가 있습니까? 싸움에 능통한 사람이면 충분할 텐데요? 무술가든 건달이든 운동선수든 말입니다. 단순히 싸움이라면 군인은 효율성이 떨어집니다. 쓸데없는 것을 많이 배우죠. 폭파, 저격, 공수, 위장, 부비트랩, 수중 침투, 전술 습득, 침투의 반복연습 등등. 군인의 파괴력은 조직과 무기에서 나옵니다. 총격전에 특화된 부류라는 거죠. 부인께서 말한 조건이라면 오히려 격투기 선수나 무술가들이 더 효율적일 겁니다. 그도 아니면 조폭들이라도 말이죠."

"전 군대를 투입하지 않는다고 했지 총을 쓰지 않는다는 말은 하지 않았어요. 운동선수들은 기꺼이 사람을 죽일 수 있는 사람들이 아니고요. 일반인이라면 몰라도 싸움에 익숙한 사람들을 상대하는 데도 체력적으로 한계가 있어요. 그리고 조직폭력배들은 일반인들에게는 위협적일지 몰라도 프로들에게는 무리죠. 전 체계적으로 공격하고 여차하면 망설이지 않고 죽일 수 있는 사람들이 필요한 거예요. 게다가 케이 씨, 당신은 총, 칼, 격투술, 모두 능하죠? 어릴 때부터 배운 것으로 아는데요?"

"아버지가 특수부대 출신이었죠. 조기교육이랍시고 일곱 살 때부터 가르쳤고. 절 완성한 건 교관이었던 티모센코였습니다."

어차피 알고 있을 것 같아 대답했다.

"그중에서도 칼이 일품이라고요? 케이의 의미가 나이프 (Knife)의 K라더군요."

"사과는 좀 깎죠. 하지만 쓸데없는 재능입니다."

"그 재능으로 먹고산 것 아닌가요?"

"먹고산 거죠. 살면서 먹은 게 아니라."

"케이 씨 말투는……."

부인이 뭔가를 얘기하려다 입을 다물었다.

"아무튼 실력 있고 신뢰할 만한 사람을 구하는 건 쉬운 일이 아니에요. 안나는 적격이었죠. 뇌동맥류까진 파악을 못 했어요. 그런데 당신이 나타난 거예요. 조사를 해보니 안나 이상으로 실력도 좋고."

부인이 찻잔을 들어 한 모금 마셨다.

"전 이 왕국을 해서에게 물려줄 거랍니다."

뜬금없었다. 관심도 없었고. 스스럼없이 내뱉는 왕국이란 단어에 과대망상인가 하는 생각이 먼저 들었다.

"이 사실을 알고 있는 건 저와 케이 씨밖에 없어요."

옆에 모아이 석상이 있었지만 부인의 눈에는 논외인 것 같았다.

"손주들 중에 가장 능력이 되는 아이예요. 불행이라면 오빠들보다 한참 어려서, 사업에 늦게 뛰어들었다는 거죠. 이 왕국을 이어가는 데는 해서만 한 아이가 없어요."

"그렇다면 왜 해서를 도우라고 하지 않으십니까?"

"그런 계약이라면 당신이 할까요? 관심은 있으시고요?"

없었다. 내게는 안나의 부탁 외에 더 중요한 일이 없었으니까. 고개를 저었다.

"저는 여기서 마리를 데리고 나갈 뿐입니다."

"그건 알아서 하세요. 제 계약 조건은 안나를 지켜달라는 거예요."

의외의 제안이었다.

"당신이 그랬죠? 안나가 하는 일에 무슨 일이 생긴다면 돈과 상관없이 도울 거라고. 그럼 안나를 지켜주세요."

안나가 부인과 계약을 했으니 실제로는 부인과 계약하는 것과 다를 바가 없었다. 안나를 지키려고 하면 말이다. 하지만 부인과의 계약과 달리 운신의 폭은 엄청나게 넓었다. 이번 일만 끝나면 안나가 마리를 위해 무리해서 돈을 벌 필요도 없었고.

"안나를 지켜달라……."

혼잣말처럼 중얼거렸다.

"알겠습니다. 계약하겠습니다."

집사가 메모지와 펜을 들고 와 테이블 위에 놓았다.

"계좌번호를 적으세요. 세금을 제하고 넣어 드릴게요."

사업자 계좌번호를 몇 개 적고, 그 아래에 2,000만 원 밑으로 나눠서 입금할 것, 이라고 밑줄을 그었다.

"마지막으로 두 가지만 더 물어도 되겠습니까?"

"보기보다 질문이 많은 분이시군요?"

부인의 말에 쓴웃음을 지었다.

"우선 왜 그렇게 계약에 집착하십니까? 가만히 계셔도 비용을 절감하실 수 있을 텐데 말입니다."

당신 같은 계급의 사람들이 이해할 수 있을 리가 없지, 같은 표정으로 부인이 나를 보았다.

"귀족의 품위죠. 계약하고 대가를 지불하고 그만큼을 요구하는 것. 저를 프롤레타리아 근성의 사업가들과 같이 보지 말아요."

귀족? 유럽도 아닌 한국에서? 하지만 생각은 개인의 자유니까. 그래도 계약을 정확히 하고 부려 먹겠다는 태도는 나쁘지 않았다. 그만큼 확실하게 부려 먹겠다는 뜻일 테지만.

"한 가지 더. 왜 살인범에 대해 묻지 않으십니까? 이미 안나와 함께 움직이는 걸 알고 있으실 텐데 말이죠."

부인이 묘한 미소를 지었다. 의미는 알 수 없었다.

"알고 물으시는 거죠?"

"이 방에 오기 전까진 확신하지 못했습니다. 하지만 의심되는 게 있기는 했죠. 요리와 상관없는 사람들이 요리사로 고용된 것, 질문을 하는데도 전혀 긴장하지 않는 얼굴들, 무엇보다 살인범을 찾아달라고 하지 않는 부인."

"그래서 케이 씨의 결론은 뭔가요?"

"부인께서 벌인 일이란 생각입니다."

부인이 흥미롭다는 표정을 지었다.

"설명을 좀 들어봐도 될까요?"

"요리도 할 줄 모르는데 요리사로 고용했다면 주방에 있을 필요가 있다는 뜻일 겁니다. 질문을 하는데 전혀 긴장하지 않는다는 건 진짜로 결백하거나 어떤 일이 있어도 자신들에게 해가 미치지 않는다는 것을 확신하는 두 가지 경우겠죠. 그리고 죽은 이들이 모두 부인께는 중요한 사람들이었습니다. 한 사람은 수족 같은 암살자, 또 한 사람은 정보 담당자였죠. 중요한 두 사람이 죽었는데 살인범을 찾길 원하지 않는다? 답은 하나입니다. 부인께서 지시했다는 거죠."

내 말에 부인이 모아이를 돌아보았다. '내 선택이 이번에도 맞았지?' 하는 표정이었다.

"잭은 첫째에게 넘어갔어요. 절 암살하는 조건으로. 곽 실장은 둘째에게 넘어갔고. 정보를 넘겼죠."

"안나는 해서에게 살인범을 찾아달라는 의뢰를 받았습니다."

"해서도 저에게 첩자를 심었다는 뜻인가요? 있죠. 하지만 그게 뭐 어때서요? 왕국은 물려주겠지만 뺏을 수 있다면 더 괜찮은 거죠. 내 도움이 필요 없을 정도의 역량을 갖췄다는 뜻이니까요."

"그런 사고시라면 손자들이 뺏어도 무방한 것 아닙니까?"

"걔들의 능력은 자신들의 사업이나 끌고 가는 정도예요. 제. 눈은 속일 수 없죠. 걔들은 보다 큰 그림을 그릴 수 있는 역량이 없어요."

그렇다니 그런가 보다 했다. 남의 집안일에 감 놔라 배 놔라가 취미도 아니었고.

자리에서 일어섰다.

"아시겠지만 해서에겐 비밀이에요."

다짐이라도 받으려는 듯 부인이 말했다.

"남의 가정사에는 관심 없습니다."

"그거예요. 제가 당신에게 이 이야기를 한 이유가."

부인이 웃으며 대답했다.

방으로 돌아오고 한 시간 뒤 안나가 왔다. 부인과의 일을 얘기해줬다.

"이제 너와 난 한배를 탔다는 말이군."

"어쩌다 보니. 갔던 일은?"

안나에게 물었다.

"요리사들과 마찬가지 반응이야."

"그래서는 용의자를 가려내는 것도 쉽지 않겠는데?"

"쉽지 않겠지."

"형사 놀이는 계속할 건가?"

"해야겠지. 계약은 범인을 찾는 거니까. 언제까지 찾아달라는 것은 아니었고."

"몇이 더 죽을 거야."

"고용주의 문제지. 우리 문제는 아니고."

"이제 어떡할 생각이야?"

"독서 클럽 멤버들을 조사해야겠지."

"살인범들로 보이진 않던데?"

"넌 너무 물러. 무심한 것 같은데 정에 휘둘리고."

"바보라는 뜻이군. 사람을 보는 눈이 정확해."

안나의 말에 담배를 꺼내 물었다. 담배 한 대를 다 태울 때까지도 우리는 말이 없었다. 방 한쪽에 치워둔 도면이 눈에 들어왔다.

"도면을 다시 살펴봤는데 말이야. 어쩐지 금고가 마음에 걸려. 이유는 모르겠지만."

내가 먼저 입을 열었다.

"쓰지 않는 대형 금고와 냉동고로 사용하는 금고. 사업의 규모로 봐서는 사용한다고 해도 전혀 이상하지 않은데 꼭 일부러 버려둔 것 같단 말이야. 냉동고로 사용하는 이유도 선뜻 납득이 되지 않고."

안나는 대답하지 않았다. 뭔가 딴생각에 사로잡힌 사람 같았다. 한동안 방 안에 조용한 공기만 흘렀다. 안나가 물었다.

"아링은 네게 어떤 의미지?"

멈칫했다. 갑자기 바뀐 화제에 안면의 근육이 조금 굳어졌다.

"친구."

"연인이라고 생각했는데?"

의외라는 얼굴로 안나가 물었다.

"다들 그렇게 오해하는 것 같았어."

"한 침대에서 자곤 했잖아?"

"잠만 잤어."

"다 큰 성인들이?"

"성인이니까 가능한 일도 있는 거야."

더 이상 얘기하고 싶은 기분이 들지 않았다.

"미안. 나도 모르게 튀어나와 버렸어. 그 얘길 하려던 건 아니었는데."

표정을 읽었는지 안나가 사과했다.

"쉬어. 독서 클럽 멤버들은 내가 만나볼게. 새로운 게 있으면 알려주지."

방을 나가는 안나의 뒷모습을 보며 다시 힙플라스크를 입으로 가져갔다. 아주 오랫동안 떠올리지 않았던 기억들이 한번에 밀려왔다.

장 아링은 중국 인민해방군 시베리아 호랑이 부대 출신으로 별명은 '슬럿(Slut)'이었다. 170센티의 키에, 쇼트커트, 탄탄한 허벅지가 첫인상이었는데 3년 정도는 개인적으로 말을 나눠 본 적이 없었다. 아링은 훈련이나 임무가 끝나면 술집에서 진탕 술을 마신 뒤 아무 남자나 붙잡고 잤는데, 남자들과 달리 그녀만 별명을 달고 있었다.

둘이서 처음 얘기를 나눈 건 콩고의 브라자빌에 있는 어느 선술집에서였다. 아링은 늘 그렇듯 술에 취해 있었는데 아직 인사불성까지는 아니었다. 게다가 미 해병대의 문신을 한 백인 남자와 막 한바탕 주먹다짐을 한 터라 술이 좀 깬 것처럼 보이기도 했다. 아링이 씩씩거리며 내 옆에 앉더니 내가 마시던 술을 낚아채곤 병째로 얼마간을 마셨다.

"다른 사람들은?"

"숙소로 갔어."

"너는?"

"술이 남아서."

"얼간이 같은 자식."

방금 싸운 남자를 말하는 것 같았다. 바텐더에게 잔을 하나 더 달라고 했다. 병을 건네받고 잔에 술을 따라주었다. 아링이 연거푸 마셨다.

"지가 뭔데 다른 남자와 자지 마래? 너희 남자들은 섹스 한번 하면 여자가 자기 거라는 생각 좀 하지 마."

아링이 씩씩거렸다.

"그러지."

내 잘못은 아닌 것 같았지만 술자리에서 시비를 가려봐야 싸움만 커질 뿐이다. 장단만 맞추었다. 슬슬 자리를 떠야겠다는 생각도 들었고.

"술이 떨어졌는데?"

아링이 술병을 흔들며 말했다. 3분의 1 정도는 남아 있었다. 누군가 마신 게 아니라 부은 게 분명했다. 범인을 찾는 게 어렵지는 않았고.

"시켜. 난 이만 돌아갈 테니."

의자에서 일어서려는데 아링이 허리춤을 잡았다.

"같이 한잔하지. 내가 살 테니까."

"난 벌써 많이 마셨어."

술꾼한테 금기는 그만 마시라는 말이다. 상대를 자극할 뿐이고. 그러니 이렇게 대답할 수밖에.

"멀쩡해 보이는데? 한 병만 더 마시고 가지."

마지못해 다시 앉았다. 별 얘기는 없었다. 아니, 많은 얘기를 들었던가? 횡설수설이라 무슨 얘기를 하는지 하나도 이해 못 했다는 사실을 빼면 말이다.

그 뒤로 한동안 그런 일이 자주 있었다. 패턴은 늘 비슷했다. 남자와 싸우고, 인사불성이 될 때까지 술을 마시고, 그동안 나를 옆자리에 앉혀놓는 것 말이다. 지금 생각해보면 이상한 일이다. 나는 언제든 그 자리를 뜰 수 있었는데 왜 그러지 않았을까?

아링의 개인사를 처음 들은 것은 미얀마의 타보이에서였

다. 우기여서 시도 때도 없이 스콜이 쏟아졌다. 점심에 시작된 반주가 밤까지 이어졌다.

"왜 다른 남자들처럼 나랑 자자고 하지 않아?"

쓸데없는 말들을 수없이 쏟아낸 후 아링이 물었다. 다른 의도는 없고 정말 궁금해서 물어보는 것 같았다. 나는 왼손 약지를 들어 올렸다. 따로 문양이나 문구를 새기지 않은 둔탁한 색상의 금반지가 손가락에 끼워져 있었다.

"신경 쓰지 않는 유부남도 많아."

"쓰는 유부남이 있는 거지."

"아내를 사랑하나 보지?"

"그랬을지도 모르지."

"그랬을지도? 헤어졌어?"

"사별."

"얼마나 됐어?"

"8년."

"부러운 여자네."

"아내도 날 사랑했다면 그렇겠지."

"아니었어?"

"그랬다고 생각해."

"그럼 반지는 왜 끼고 다니는 거야?"

"딸아이 때문에. 아무튼 아이 엄마였으니까."

오늘 유독 술이 과했다는 생각이 들었다. 누구에게도 하지 않았던 말들이 튀어나왔다.

"사연이 복잡한가 보네."

"다들 그렇지 뭐."

아링이 한동안 내 표정을 살폈다. 무슨 생각을 하는지는 알 수 없었다.

"열세 살 때 강간을 당했어."

딱히 위로할 말이 떠오르지 않아 술을 마셨다.

"아버지라는 개새끼한테서."

역시 뭐라 할 말이 없어 술을 마셨다.

"어머니에게 말했더니 뺨을 맞았어. 머리채를 잡힌 채 수도 없이."

아링의 목소리는 담담했다.

"그러니까 나는 열세 살에 이미 알아버린 거야. 날 도와줄 인간은 세상에 없다는 것을."

아링의 감정을 헤아릴 수 없었다. 남자인 내가 뭘 알 수 있단 말인가? 어림짐작조차 할 수 없었다.

"고등학교를 졸업하자마자 군에 들어갔지."

아링의 잔이 비어 있어 술을 따랐다.

"소매치기를 당하면 도둑을 잡잖아?"

"그렇지."

"개에게 물리면 개를 잡아 가고."

"그렇지."

"강간은 왜 당한 사람이 죄책감을 느껴야 하는 거지?"

"느끼나?"

"아니."

"노력했나 보군."

"쉽지는 않았어."

"그렇겠지."

다시 아링의 잔을 채웠다. 이번에는 내 잔도 함께.

"스물셋에 아버지를 찾아가서 죽였어. 그 개자식을 말이
야. 비 오는 뒷골목에서. 시체는 시궁창에 버렸어."

고개를 끄덕였다.

"내 별명 알지?"

"슬럿?"

"남자들이 나 같아도 그런 별명이 붙을까?"

"안 붙겠지."

"난 아무 일도 없었다는 듯 남자들과 잘 뿐이야. 난 지지
않아."

"그런 것 같군."

아링이 단숨에 잔을 비웠다.

"오늘 나랑 잘 거야?"

다시 왼손을 들어 보였다. 아링이 웃었다.

"난 비가 싫어. 처음 당한 날도, 그 개자식을 죽인 날도, 폭우가 쏟아졌거든."

스콜이 쏟아졌다. 아링의 시선이 한동안 창가에 머물렀다. 달도 없는 밤이었지만, 굵은 빗줄기가 선명하게 보였다.

"이런 기분은 처음이야. 빗소리가 저렇게 아름다웠나 싶어. 넌 신기한 재주가 있는 것 같아. 사람을 편안하게 만들어."

"술 때문이겠지. 하지만 말이라도 고맙군."

"오늘 등 좀 빌려줄래?"

"무슨 뜻이야?"

"남자의 등 말고. 사람의 등."

"상관없겠지."

우리는 자리에서 일어나 2층에 있는 숙소로 올라갔다. 다시 스콜이 쏟아졌고 네온사인의 불빛이 창가에 어른거렸다. 아링은 내 등에 얼굴을 묻은 채 옅은 숨을 쉬었다. 술 냄새가 온 방 안에 진동했다. 하지만 개의치 않았다. 밤새도록 어른거리는 네온의 불빛과 어둠만을 응시했다. 잠은 들지 못했다.

아링은 아프가니스탄 임무 이후로 보지 못했다. 그전까지

수십 번은 등을 빌려준 것 같다. 눈을 감으면 새근거리던 아링의 숨소리가 아직 들려온다. 서로의 길을 가던 날, 아링이 내 손을 잡고 말했다.

"부탁 하나 해도 돼?"

"뭔데?"

"아직 살아 있는 쪽이 무덤에 꽃을 놓아주기로."

"우리에게 무덤이 허락될까?"

"죽는 곳이 우리 무덤일 테지."

"종류는?"

"뭐가?"

"꽃."

"안개꽃."

고개를 끄덕였다.

"너는?"

"같은 걸로 하지. 10대들이나 하는 유치한 짓 같지만."

"괜찮지 않아? 난 10대를 보낸 적이 없으니까."

아링의 얼굴을 보았다. 이제껏 본 적 없는 화사한 미소를 띠고 있었다.

19.   낯술

재떨이에 꽁초가 수북했다. 한 갑은 족히 태운 것 같았다. 자리에서 일어섰다. 아링에 대한 기억에서 빠져나오기 위해.

저택을 나와 마을 쪽으로 걸었다. 여름의 열기가 훅 밀려왔다. 담배를 물었다. 연달아 세 개비를 피웠다. 답답함만 더했다. 길을 돌자 직선으로 뻗은 도로와 그 옆으로 늘어선 낮은 민가들이 보였다. 그리고 내 쪽으로 걸어오는 마리가 보였다. 멀리서부터 방울 소리가 들려 짐작은 했다.

"아저씨 어디 가?"

"산책. 너는?"

"공부하러. 장 아저씨한테 가는 길."

고개를 끄덕였다. 별 뜻은 없었다.

"염소는 좀 어때?"

아이가 싱글싱글한 표정을 지으며 계속 서 있어서 나도 모르게 쓸데없는 질문을 했다. 마리가 염소를 내려다보았다. 염소는 그 와중에도 먹을 게 있는지 열심히 바닥을 살피고 있었다.

"잘 있는데?"

"그거 다행이네."

마리가 뭔가 궁금하다는 표정으로 나를 올려다보았다.

"아저씨, 소원 있어?"

"없다."

"소원이 없는 사람이 어디 있어?"

"여기."

"이상한 아저씨네. 그럼 지금부터 생각해봐."

"뭣 하러?"

"이루어질 테니까."

"누가 이뤄주는데?"

"염소가. 유니콘이니까."

마리가 염소의 목줄을 내 쪽으로 끌었다.

"뿔을 만지면 돼. 그리고 소원을 빌어."

혹이겠지 싶었다.

"소원 같은 거 없다."

"생각해보면 되잖아? 소원이 없는 사람은 없다니까."

"여기 있다니까."

말이 떨어지기 무섭게 마리가 내 정강이를 걷어찼다. 천재인지는 몰라도 버릇은 좀 고칠 필요가 있어 보였다. 할 수 없이 손을 들어 염소의 머리 위로 가져갔다.

"그럼 이제 소원을 빌어."

비는 척했다.

"다 빌었어?"

"응."

"뭘 빌었는데?"

"그런 건 자기만 알고 있는 거야. 알려주는 게 아니라. 알려주면 이루어지지 않거든."

"정말?"

"그래."

"그럼 나 어떡해? 엄마랑 살게 해달라고 빈 걸 장 아저씨에게 말했는데?"

거의 울 것 같은 표정이었다.

"그건 괜찮아."

"말하면 안 된다며?"

"엄마에 관한 소원은 예외야."

"정말?"

난들 알겠는가.

"응."

"그럼 엄마랑 살 수 있는 거야?"

"염소가 진짜 유니콘이라면."

"진짜라니까."

마리가 다시 내 정강이를 걷어찼다. 역시, 버릇을 좀 고칠 필요가 있었다.

"이제 그만 공부하러 가는 게 어떠냐?"

"아저씨보다 장 아저씨가 백 배는 더 좋아."

"알았다. 뜬금없는 대답이긴 하지만."

"천 배 만 배 더 좋아."

"알았다. 이제 그만 공부하러 가라."

"십만 배 백만 배 더 좋아."

그 말에 마리를 물끄러미 바라보았다.

"진짜 하고 싶은 얘기가 뭐냐?"

마리는 시선을 돌리며 입을 삐죽 내밀었다.

"진짜 하고 싶은 얘기가 있다면 그 얘길 하는 게 좋아. 그래야 상대도 알아듣는 법이다."

마리의 시선이 좌우로 흔들렸다.

"정말 얘기해도 돼?"

"된다. 좋은 친구가 생기려면 우선 너부터 솔직해야 해."

"나 정말 아저씨를 따라가야 하는 거야?"

마리는 두려운 얼굴이었다.

"안나가 그렇게 말했어?"

마리가 고개를 끄덕였다.

"아저씨가 가자고 한다면 그러라고."

"그런 일이 생기는 경우에는 나를 따라오면 돼."

"안나는?"

"아직까지는 모르겠다."

"엄마와도 헤어지는 거야?"

"아직까지는 모르겠다."

"난 엄마랑 살고 싶어."

"좀 전에 말했어."

"그런데 왜 아저씨를 따라 가야 해?"

"너 염소에게 소원을 빌었다고 하지 않았어?"

"응."

"그럼 네 소원을 믿어야지. 염소를 믿고. 아직 일어나지 않은 일을 두려워할 필요는 없어."

"하지만 안 이루어지면?"

"그걸 지금 네가 알 수 있어?"

마리가 고개를 저었다.

"너는 알 수도 없고 오지도 않은 일을 왜 두려워하지? 그런 건 유니콘에게 맡겨두면 돼. 넌 지금 공부를 하러 가면 되고. 알겠지?"

"무슨 말인지 모르겠는데?"

말하는 나 역시 마찬가지였다.

"장 아저씨에게 물어봐. 잘 알려줄 거야."

애를 떠넘기는 건 어른이 할 짓이 아닌데 싶었지만 마리와 대화를 계속하다간 끝이 없을 것 같았다.

"정말?"

"응. 빨리 가서 물어보렴."

이게 대체 뭐 하고 있는 짓인가 싶었지만 아이를 보고 있자니 기분이 좋긴 했다. 다시 마을을 걸었다. 건물이 끝날 때쯤 창문이 열리는 소리가 들리더니 누군가 나를 불렀다. 2층 창문을 올려다보니 이언이었다.

"케이 씨! 잠깐 올라오셔서 구경 좀 하시죠. 보여드릴 게 있습니다."

이언이 알은체를 하더니 올라와 보라고 손짓을 했다. 할 일도 없고 해서 1층의 문을 열고 안으로 들어갔다. 무술 도장의 분위기였다. 바닥에 깔린 파란색 매트. 운동복을 입은 스무 명의 남자들, 사범처럼 자세를 봐주고 있는 스콧이 있었다. 무사트의 나이프 파이팅 연습이었다. 훈련에 바쁜 탓인지 누구도 내가 들어온 것에 신경을 쓰지는 않았다. 잠시 보고 있자니 이언이 2층에서 계단으로 내려오는 것이 보였다. 역시 운동복 차림이었다.

"산책 중이신가요?"

이언이 사람 좋은 미소를 지으며 물었다.

"딱히 할 일이 없어서요."

"여기가 좀 지루한 곳이긴 하죠."

이언이 내 옆으로 가까이 다가왔다.

"몸 좀 풀어보시겠습니까?"

"글쎄요."

"저 친구들에게 한 수 가르쳐주신다는 기분으로 하시죠? 좋아할 겁니다."

"가르치는 데는 소질이 없습니다."

"어제 저희들은 한 번에 보내셨지 않습니까?"

"어쩔 수 없었으니까요. 실전이기도 했고."

"이 친구들에게 필요한 게 그겁니다. 운이 좋다면 목숨이라도 건지게 해주고 싶거든요."

무슨 말인지 선뜻 이해되지 않았다. 고개를 갸웃하는 내게 이언이 운동복을 가져와 내밀었다.

"갈아입으시겠습니까?"

"아뇨."

"이유가?"

"귀찮아서요."

이언의 표정이 조금 일그러졌다. 그는 운동복을 매트 위에 내려놓고 출입구 쪽으로 가서 문을 탕, 하고 닫았다. 그 소리에 사람들의 시선이 일제히 나를 향했다.

"실전이다."

이언이 소리쳤다. 도대체 왜 이러나 싶었다. 사람들이 조금씩 내게로 다가왔다. 이언과 스콧까지 스물두 명. 일반인이라면 상대하기 어려운 일이 아니다. 하지만 고강도로 훈련된 상대라면 타격기만으로는 체력적 한계가 있다. 주먹만으로는 준비된 상대를 한 방에 보내기 어렵다는 얘기다. 어지간해서는 유효타가 나오기 힘들고 상대의 실력이 좋을 경우 난타전이 될 수도 있다. 게다가 상대는 나이프를 들었다. 연습용이라 날은 서 있지 않지만 강도는 높다. 마음만 먹으면 충분히 치명타를 입힐 수 있다.

쓸데없는 에너지를 쓰고 싶지도 않았고 길게 끌고 싶은 생각도 없었다. 우선 가장 가까이 다가온 첫 번째 상대의 칼을 뺏기로 했다. 허리춤에 헥스D-123 헌팅 나이프가 있었지만 살상을 하고 싶지는 않았다. 그럴 이유도 없었고. 방어 각도를 줄이기 위해 조금씩 코너로 물러섰다.

맨 앞의 남자가 몇 번 페인트모션을 쓰더니 이내 몸통 쪽으로 깊숙이 파고들었다. 보여주기식 호신술이라면 칼을 잡은 상대의 손을 잡고 제압하는 게 가능하겠지만, 이는 어디까지나 보여주기일 뿐 실전에서는 미친 짓이다. 칼은 피하는 것이지 빼앗는 게 아니다. 쉽지도 않을뿐더러 십중팔구는 그대로 찔리거나 베인다. 인간이 아무리 단련을 한다고 해도 칼에 단련된 근육이란 존재하지 않는다. 먼저 찌르거나 베는 쪽이 승기를 잡게 되어 있다. 고통은 운동신경을 마비시키고 근육의 움직임을 멈추게 하기 때문이다.

상대도 그걸 아는 듯했다. 당연한 얘기다. 나이프 기술의 기본이니까. 하지만 날이 없는 연습용 칼이기 때문에 베기보다 찌르기를 선택한 것 같았다. 몸통을 살짝 옆으로 돌렸다. 상대의 팔이 내 몸통을 살짝 지나 허공 속으로 깊게 들어갔다. 상대의 목을 수도로 내려치자 픽, 소리와 함께 남자가 바닥으로 쓰러졌다. 잽싸게 나이프를 주웠다.

이제 필요한 것은 치명적인 한 방이었다. 영화에서는 칼과 칼이 수없이 싸움을 하지만 그 역시 실전에서는 거의 일어나지 않는다. 실력이 종잇장 한 장 차이라면 종잇장 한 장 차이로 먼저 칼이 들어가는 쪽이 이긴다. 나이프 기술에 필요한 것은 세 가지밖에 없다. 스텝, 스피드, 대담한 판단. 머리는 눈보다 늦고 눈은 손보다 늦다. 손은 발의 연장선일 뿐이다. 발과 스텝의 연장선에 손이 있다. 하수일수록 손기술이 화려하고 고수일수록 스텝이 종잡을 수 없을 정도로 빠르다. 훈련이란 이 단순한 진리를 머리가 아닌 근육이 기억하도록 만드는 것이다.

두서너 명씩 상대가 몰려왔다. 되도록 팔이나 다리를 먼저 찔렀다. 베는 것만큼은 아니지만, 찌르기도 강도에 따라 얼마든지 타격을 줄 수 있다. 상대를 잠시 멈칫거리게만 할 수 있다면 다음의 한두 번은 몸통이든 목이든 얼마든지 내가 원하는 대로 찌를 수 있다. 벽을 따라 코너를 돌면서 그렇게 상대를 줄여나갔다. 마지막으로 이언을 상대할 때는 다른 사람들보다 두세 번 더 찔렀다. 좀 더 아프라고. 난 산책을 하러 나온 거지 쓸데없이 에너지를 낭비하러 나온 게 아니니까. 바닥에 쓰러진 이언의 몸통 위에 연습용 나이프를 집어던졌다. 출입구 쪽에 물통이 있어 몇 모금 마셨다. 도장 안에 신음 소리가 가득 찼다. 맨 먼저 일어난 것은 스콧이었다.

"지, 지, 지도 가, 감사합니다."

스콧은 90도로 허리를 숙였다. 지도는 무슨, 억지로 끌어 들여 놓고서는. 좋은 소리가 나올 것 같지는 않아 대답하지 않았다. 하나둘 매트 위에서 일어나 스콧 옆에 섰다. 마지막으로 이언이 일어나 몸을 추스르더니 내게 다가왔다.

"남은 시간 동안 저희를 가르쳐주지 않겠습니까?"

"그 방면으로는 재주가 없다니까요."

"부탁입니다."

억지로 싸움을 붙일 때는 언제고 이제는 부탁이라니. 도무지 종잡을 수 없는 성격이었다.

"이러시는 이유를 모르겠군요."

내 말에 이언이 스콧과 주변의 남자들을 쓰윽 둘러보았다.

"술이나 한잔하실까요?"

생뚱맞았다.

"대낮인데요?"

"낮술은 안 하십니까?"

'그럴 리가.'

"스콧과 간혹 가는 분위기 좋은 곳이 있습니다. 제가 대접하겠습니다."

이언이 출입문으로 나를 이끌었다.

항구에 정박해 있는 조그만 어선이었다. 덥수룩하게 수염을 기른 선장이 30분 거리의 가까운 바다로 배를 몰더니 갓 잡은 생선회를 내놓았다. 바다와 파도, 떨어지는 햇살을 보며 말없이 술을 마셨다. 어느 정도 취기가 올라왔을 때 이언이 입을 열었다.

"가슴이 답답할 때는 바다죠."

이언의 시선이 수평선을 향해 있었다. 그렇다니 그런가 보다 했다.

"별로 안 드시는군요. 신선한 고등어회는 별미입니다. 좀 더 드셔보시죠."

이언의 권유에 한 점 더 집어 먹었다. 나쁘지 않았다.

"한 잔 더 하시겠습니까?"

이언이 소주잔을 들며 말했다. 잔을 들어 부딪치고는 한 입에 털어 넣었다.

"공정통제사 출신입니다. 스콧도 그렇고."

공군 제5공중기동비행단 소속으로 적군의 공항 점령과 관제 업무까지 포함하는 부대였다. 이언과 스콧의 실력에 애를 좀 먹었는데 이해가 됐다.

"케이 씨는?"

대답하지 않았다. 그럴 줄 알았다는 듯 이언은 잠시 대답을 기다리다 바다 쪽으로 시선을 돌렸다.

"책에는 전혀 관심이 없습니다. 책을 좋아하는 장의 제안에 응했을 뿐입니다. 스콧이나 보리스, 에밀리도 마찬가지였을 겁니다. 특수부대 출신이라는 공통점이 우리를 묶은 거라고 생각합니다. 우리 같은 군인들은 쓸데없는 엘리트 의식이 있으니까요. 출신만으로 전우애를 느낀다고 할까요? 그렇지 않습니까?"

"그런 사람들도 있겠죠. 그래서 저를 여기까지 데리고 나온 이유가 뭡니까?"

"풍경이 좋지 않습니까. 조용하고. 부인이고 손자들이고 생각할 필요도 없고 말입니다. 하지만 무엇보다 케이 씨의 도움이 필요하기 때문이겠지요."

"제가 무슨 도움이 될지 모르겠습니다. 전 여기에 개인적인 볼일밖에 없습니다."

"원래 그렇게 타인에 대해 무신경하십니까?"

"원래는 어땠는지 모르겠지만 대개는 그렇습니다."

"상처가 많으시군요."

"논리가 비약되는 것 같습니다."

"타인에 대해 무관심한 경우는 두 가지밖에 더 있겠습니까? 악인이거나 심하게 상처받았거나."

"인간이 그렇게 단순한 존재라면 좋긴 하겠군요."

술이나 마셨다.

"제대하고 경찰에 들어갔습니다. 스콧도 그렇고요. 서로 알고 지낸 지는 5년 정도 되었습니다. 둘 다 좌천당해서 파출소를 돌다가 만났습니다."

모르는 사람의 과거 얘기 따위는 듣고 싶지 않았다. 그렇다고 입 밖으로 꺼낼 만큼의 용기도 없었다. 다시 술이나 마셨다.

"경찰에 대해 좀 아십니까?"

"글쎄요. 민중의 지팡이?"

내 말에 이언이 실없는 웃음을 지었다.

"썩은 지팡이도 많죠."

들었다는 듯 고개만 끄덕였다.

"경찰도 사람입니다. 자신이 담당한 범죄에 비슷하게 물들어가죠. 조폭을 담당하면 조폭 스타일로 물들기 쉽습니다. 상납을 받고 동료들과 나누고 적당히 눈감아 주고 말입니다. 좀 더 나아가면 비호도 하게 됩니다. 다 그렇다는 건 아니지만 털어서 먼지 안 나오는 사람은 드물죠. 누구든 얼마간은 물들어 있습니다. 정말 심각한 건 경찰 조직이 물들어 있다는 겁니다. 말단이건 최상층부이건 말입니다."

역시, 술이나 마셨다. 스콧이 이언의 팔을 살며시 잡는 게 보였다.

"혀, 혀, 형님. 그, 그만."

조금 괴로워하는 표정이었다. 자신이 아니라 이언이 괴로워하는 게 싫은 것 같았다. 이언이 스콧의 손을 조심스럽게 뗐다.

"내부 고발을 했습니다. 전 상납금을 받고 싶지 않았습니다. 동료들을 고발하고 싶지 않았지만 참는 것도 한계가 있었습니다. 내사가 시작됐지만 돌아온 건 가벼운 징계뿐이었습니다. 저는 따돌림당했고 말입니다. 그렇게 5년을 버텼습니다. 상부의 질책, 동료들의 혐오, 수사에서의 배제. 하지만 견뎠습니다. 그래도 버티자 파출소 발령을 내더군요."

이언이 고등어회 한 점을 입으로 가져가 오물오물 씹었다.

"스콧은 파출소에서 만났습니다. 같은 군부대 출신이니 죽이 잘 맞았습니다. 둘 다 결혼을 하지 않아서 같은 집에서 살았고요."

스콧은 더 이상 말리지 않았다. 말없이 이언의 말을 들으며 간혹 소주를 홀짝일 뿐이었다.

"파출소에서 취객을 상대하는 건 일상입니다. 피곤한 일이기도 하고요. 까딱 잘못하면 소송 걸리기 일쑤니까요. 스콧이 그 취객을 밀었을 때 저는 분명히 보았습니다. 아무리 진정시키려 해도 되지 않아서 취객의 손을 뿌리쳤을 뿐이거든요. 취객은 벽에 부딪혔고 타박상을 입었습니다."

관심은 없지만, 이언에게는 뒷이야기를 궁금하게 만드는 재주가 있었다.

"그래서요?"

나도 모르게 물었다.

"다음 날 그 취객이 형사 고소를 했습니다. 전치 6주의 상해로 말입니다. 판결이 어떻게 났는지 아십니까?"

고개를 저었다.

"독직 폭행으로 2억 원을 배상하라고 판결 났습니다."

독직(瀆職), 직책을 더럽혔다는 뜻이다.

"하지만 더 가관인 건 다음이었죠. 그 취객이 민사소송을 제기했습니다. 5억 원을 배상하라는 판결이 났죠."

이언이 씁쓸한 표정으로 소주를 입에 털어 넣었다.

"국가에 봉사하겠다는 일념으로 경찰에 투신했는데 돌아오는 건 갚을 길 없는 빚이었습니다. 그 상황을 보고 있자니 모든 게 후회스러웠습니다. 형사 생활에서부터 파출소 근무까지. 스콧도 마찬가지였을 테지요. 전 그 모든 걸 견딜 수가 없었습니다."

"그래서요?"

이언은 한동안 말이 없었다.

"5층 집 베란다에서 뛰어내렸습니다."

술이 올랐는지 그의 얼굴이 붉게 달아올랐다.

"운이 좋았는지 2층 높이의 나무에 걸렸습니다. 대신 나뭇가지에 복부가 관통당했죠. 있는 힘을 다해 다시 떨어졌습니다. 이번에는 아스팔트 주차장의 바닥에 바로 떨어질 수 있었죠."

나는 소주를 들어 이언의 빈 잔에 따랐다.

"살아 계신 걸 보니 누군가 바로 발견했나 보군요. 스콧인가요?"

그가 고개를 끄덕였다.

"6개월을 병원에 있었습니다. 스콧은 그날 저를 발견했을 때의 충격 때문인지 말을 더듬기 시작했고요. 둘 다 경찰 노릇은 관뒀습니다."

"PTSD?"

"그렇겠지요. 케이 씨는 없습니까?"

"간혹 냉장고를 붙들고 말을 걸긴 합니다."

"병원에 가보셔야겠군요."

"그럴 겁니다. 냉장고가 대답을 하기 시작하면."

이언과 스콧이 악의 없이 웃었다.

"그러다 여기까지 오시게 된 겁니까?"

화제를 돌렸다.

"부인에게는 우리 같은 출신들이 필요하니까요. 우리도 다시 경찰복을 입을 수도 없고. 아, 직업이 싫어졌다는 말은 아닙니다. 지금도 천직이라고 생각하고 있습니다. 경찰관들이 싫어졌을 뿐이죠."

이언의 말에 고개를 끄덕였다. 딱히 대답할 말은 찾지 못했다. 어느새 이언의 얼굴색이 다시 정상으로 돌아와 있었다.

"조만간 손자들이 쳐들어올 거라는 건 알고 계시죠? 에밀리에게 들었을 테니 말입니다."

"알고 있습니다."

"이번에는 어떤 식으로든 결과가 나올 겁니다. 부인이든 손자든 잔뜩 벼르고 있으니까요. 서로 피를 많이 흘릴 겁니다. 그리고…… 스콧과 저는 되도록 좀 전의 그 친구들을 보호하고 싶습니다. 그 친구들이 저희들에게는 생사를 함께 넘은 진짜 동료니까요."

"무슨 말씀인지는 알겠습니다. 하지만 제가 무슨 도움이 되는지는 모르겠습니다."

"전술을 잘 짜주십시오. 훈련도 지금보다 강도 높게 해주시고요. 그러면 여기서 살아 나갈 수 있는 사람이 조금은 늘겠지요."

"공정통제사 출신이지 않습니까? 더 이상의 훈련이 필요할까요?"

"특화된 훈련이죠. 케이 씨와 다른 부분이 꽤 있을 겁니다."

특수부대 출신들은 상대를 인정하면서도 어지간해서는 도와달라는 말을 하지 않는다. 자부심이 있기 때문이다. 그럼에도 이언은 부탁의 손을 내밀었다. 자존심보다 동료애가 먼저인 사람이었다.

"전술은 안나가 짤 겁니다. 그 부분에서는 탁월하니까 믿으셔도 됩니다. 훈련이라면…… 함께할 수는 있을 겁니다. 거기까지가 제가 해드릴 수 있는 전부입니다."

"감사합니다."

요란한 소리와 함께 배의 엔진이 켜졌다. 이야기가 끝난 걸 눈치챈 노련한 선장은 뭍으로 뱃머리를 돌렸다. 바다와 파도와 햇살이 한동안 시야에서 머물렀다.

배가 항구에 들어서자 멀리서 안나가 기다리는 게 보였다. 검은색 세단 앞이었다. 이언, 스콧과 함께 그쪽으로 다가갔다.

"여기서 뭐 해?"

안나에게 물었다.

"부인의 심부름."

안나의 손에 봉투가 들려 있었다. 둘째에게 줬던 것과 같아 보였다. 왜 메일을 쓰거나 전화를 걸지 않는지 이해되지 않았다. 하지만 나이를 생각해보면 옛날 것이 익숙할 것 같기도 했다. 그때 조수석에서 검은 양복을 입은 남자가 내리더니 뒷문을 열었다. 첫째 해왕이 차에서 나왔다.

"연락하려고 했는데 마침 잘됐군. 시간 되나?"

개기름이 뚝뚝 흐르는 얼굴로 첫째가 물었다. 반말이었다.

"알아서 뭐 하게?"

첫째의 인상이 찌푸려졌다. 문을 열어준 검은 양복이 나를 쏘아보았다.

"말투가 그게 뭔가?"

"네 말투부터 고치면 나도 고쳐보도록 하지."

검은 양복이 첫째를 바라보았다. 첫째는 여전히 나를 보고 있었고.

"시간 됩니까?"

가까스로 화를 참는 듯했다.

"일행이 있습니다."

첫째가 내 뒤의 스콧과 이언을 흘깃 바라보았다.

"할 얘기가 있으니 잠시면 됩니다. 시간 되십니까?"

적을 알아둬서 나쁠 건 없었다. 고개를 끄덕였다.

"따라오시죠. 안나도 함께 오고."

첫째가 다시 차에 탔다. 흘낏 안나를 보았다. 안나가 고개를 끄덕였다. 안나가 차에 시동을 걸고 검은색 세단의 뒤를 쫓았다.

세단은 항구를 벗어나 산골로 향했다. 외길을 15분쯤 더 들어갔다. 돼지 축사를 지나자 커다란 창고가 보였다. 세단에서 내린 첫째가 철문을 열고 창고 안으로 들어갔다. 안나는 검은색 세단으로부터 10미터쯤 거리를 두고 차를 세웠다.

"글로브박스를 열어봐."

글로브박스를 열었다. MK23 권총이 있었다. 소음기가 하나, 예비 탄창이 다섯 개였다.

"용케 구했네."

소음기를 장착한 후 허리춤에 총과 탄창을 꽂아 넣으며 말했다.

"저택에 무기고가 있으니까."

하긴, 손자들을 생각하면 탱크나 헬기가 있어도 이상할 것 같진 않았다.

"다른 손자들을 만날 때는 무기를 소지하지 않았잖아?"

"이놈은 달라. 겉모습과 달리 단순 무식한 인간이거든. 게다가 이런 외진 장소라면 말할 것도 없지."

"함정이 있을 거란 얘긴가?"

"아마도."

"그럼 만날 필요가 있었나?"

"이놈 전력이 가장 막강해. 러시아와 거래해서 은퇴한 스페츠나츠들이 꽤 있어. 북한의 항공육전단이나 정찰대대 출신도 있고. 전투력을 파악해둘 필요가 있어."

"여차하면?"

"쓸어버려야지."

"설마 그 친구들을 권총만 가지고 쓸어버릴 수 있다고 생각하는 건 아니겠지?"

"왜 권총뿐이라고 생각해?"

안나가 차에서 내리며 말했다. 창고로 들어서니 높이 7미터 정도의 직사각형 트러스 구조물이었는데, 내부는 텅 비어 있었다. 첫째를 둘러싼 검은색 양복 네 명에 날카로운 눈빛의 남자가 일곱 명 더 있었다. 서양인 다섯은 아마도 러시아군, 동양인 둘은 북한군 출신일 것 같았다.

"단톡방에서 얘기하자는 뜻인지는 몰랐습니다."

첫째를 보며 말했다.

"닥쳐. 이 자식아."

참았던 화가 폭발하는 것 같았다. 고혈압인가. 금방이라도 눈알이 튀어나올 것 같았다.

"어떻게 닥쳐줄까? 가로로? 세로로?"

첫째의 이마 혈관이 두드러지게 튀어나왔다.

"농담을 좋아하나 보지?"

"네가 얘기 좀 하자고 했잖아? 설마 전기차와 배터리 산업의 발전 방향과 미래 산업에서의 위치에 대한 고찰을 하자는 건 아닐 테고."

첫째가 콧방귀를 뀌었다.

"그래. 실컷 떠들어보라고. 여기가 어떤 곳인 줄 알아?"

"돼지 축사 창고 아냐?"

"맞아. 내가 왜 여길 가지고 있는 줄도 알고?"

"글쎄. 우리를 사료로 줄 생각인가? 축사 경영이 어려운가 보지?"

첫째가 딱, 손가락을 부딪쳐 소리를 냈다.

"맞아. 너희들을 죽이고 돼지 사료로 줄 거야. 여기서 기르는 돼지가 300마리야. 너희를 적당히 잘라서 주면 돼지들이 뼈째로 씹어 먹을 거야. 10분도 안 돼서 니들은 흔적도 없어지는 거지. 그러니까 여기가 너희 무덤이라는 얘기야."

"아직 묘비명을 못 정했는데?"

"이 자식이 끝까지 입을 놀리는군."

첫째는 믿는 구석이 있는지 여유 만만했다.

"난 성질이 급해. 내 편으로 만들든가 없애버리든가 둘 중

하나야. 처음에는 안나를 포섭할 생각이었어. 쓸 만하잖아. 과묵하고 태도도 좋고. 그런데 넌 아니야. 너무 건방져. 첫인상부터 마음에 안 들었어. 그래서 중간에 방향을 틀었지. 그냥 지금 여기서 없애버리는 게 낫겠어."

말이 떨어지기 무섭게 남자 일곱이 권총을 빼 들었다. 동시에 나도 허리춤에서 권총을 빼 들었다.

"지랄은 그만하지. 네가 한 발을 쏘면 일곱 발을 맞을 거다. 총 내려."

첫째가 같잖다는 듯 말했다.

"그렇겠지. 한 발은 너의 이마를 뚫을 테고."

그때 안나가 소리쳤다.

"이건 어때?"

안나의 양손에 K413 세열수류탄이 한 개씩 쥐어져 있었다. 안전핀은 뽑혀 있었다. 순간 모두 멈칫했다. 첫째가 입맛을 다시더니 내 쪽을 보고는 입을 열었다.

"이쪽으로 올 생각 없나? 섭섭지 않게 지불할 거야."

"이제 내 첫인상이 마음에 드나 보지? 금액은?"

"따로 말해줄 거야."

"당신도 10억인가?"

"따로 말해줄 거야."

"저 친구들이 들으면 안 되는 이야기인가 보군. 얼마에 고용한 거야? 한 장? 두 장? 더럽게 후려쳤나 보군. 여기서는 말을 못 하는 걸 보니."

첫째가 힐긋 뒤를 돌아보았다. 남자들은 무표정했다. 만만치 않은 실력들일 것 같았다.

"변태인 줄 알았는데 수전노이기까지 한가 보네? 그냥 바다에 던지면 물고기들이 알아서 해줄 텐데 굳이 돼지우리에 던지는 이유가 뭐야? 우드득 우드득 뼈 씹는 소리가 들리면 네 쪼그만 거시기라도 서나? 변태인 건가? 돈 얘기에 꿀 먹은 벙어리가 된 걸 보니 더럽게 짠가 보군. 저 용병들이 그 돈으로 널 위해 목숨을 내줄까?"

"올 생각이 없나 보군."

"네 대답을 그대로 돌려주지. 닥쳐. 이 자식아."

첫째의 이마에 다시 핏줄이 불거졌다. 아무래도 고혈압 약을 좀 먹어야 할 것 같았다. 안나가 천천히 뒤쪽으로 발걸음을 옮겼다. 내가 먼저 문밖으로 이동한 뒤, 안나가 완전히 나올 때까지 엄호했다. 적들의 총구는 끝까지 우리를 겨냥했지만 쏠 것 같진 않았다. 안나가 수류탄을 떨어뜨리기라도 하면 다 같이 저승행일 테니까. 천천히 철문을 닫았다.

"운전해."

안나가 조수석 옆에 서서 말했다. 운전석에 앉아 시동을 걸자 동시에 창고에서 적들이 뛰쳐나왔다. 안나가 검은 세단 밑으로 수류탄을 던져 넣었다. 펑, 하는 소리와 함께 차가 뒤집어지며 창고 쪽으로 한 바퀴 굴렀다. 나머지 수류탄은 적들이 튀어나온 문 쪽으로 던졌다. 동시에 적들이 사방으로 흩어졌다. 다시 펑, 하는 소리에 창고 문과 건물 일부가 날아갔다. 안나가 재빨리 조수석에 올라탔다. 급히 가속페달을 밟았다. 룸미러로 검은 연기가 멀어지는 게 보였다.

"제발 다른 사람 신경 좀 안 건드릴 수 없어?"

안나가 한숨을 쉬며 말했다. 딱히 책망하는 듯한 말투는 아니었다.

"내가 그랬나?"

안나가 고개를 절레절레 흔들었다.

21.　　　　　　　　　　　　　실마리

　시간은 빠르게 흘렀다. 대부분의 시간을 이언, 스콧과 함께 체육관에서 보냈다. 그사이 두 명의 목이 주방에서 차례로 발견되었지만 나와 안나는 더 이상 관심을 가지진 않았다. 배후는 이미 밝혀졌으니까. 그보다는 다가올 손자들의 공격을 대비하는 게 급선무였다.

　안나는 지하 창고의 무기고를 열어 사람들에게 장비를 지급했다. 기대했던 것보다는 장비가 빈약했다. HK416 소총과 글록17이 모두 100정, 소음기, 야간 투시경, 플레이트 캐리어가 몇 개 있었다. 그것 말고는 아무것도 없었다는 얘기고. 소소한 개인화기는 그렇다 치더라도 통신 장비가 없다는 게 치명적이었다. 통신 장비가 없으면 전술에 맞춰 유기적으로 공격과 방어를 할 수 없다. 그럼에도 안나는 이미 알고 있었다는 듯 불평불만이 없었다.

　안나의 지시대로 맡은 임무를 여러 차례 확인하고, 체육관에서의 훈련에 매진했다. 땀을 흘린 뒤 방으로 돌아와 샤

워를 하고 바로 잠자리에 들었다. 한동안 아프가니스탄은
떠오르지 않았다.

　보리스가 내 방에 온 건 어느 날 밤의 일이었다. 두 번의
노크 소리가 나더니 대답을 기다리지 않은 채 문이 열렸다.
　"자는데 방해한 건가?"
　반말의 보리스. 나 혼자 보리스에게 붙인 별명이었다.
　"별로. 무슨 일이야?"
　거의 말을 섞지는 않았지만 함께 훈련을 하다 보니 어느
정도의 친밀감은 있었다. 보리스가 등 뒤에 둔 팔을 앞으로
내밀었다. 손에는 조니워커블랙이 들려 있었다. 머그컵 두
개를 꺼내 테이블 의자에 앉았다. 보리스가 자리에 앉은 후
술을 따랐다.
　"혼술도 지겨울 때가 있잖아."
　보리스가 한 모금 마시며 말했다.
　"그건 그렇지."
　나도 한 모금 마시며 답했다.
　"피 냄새가 나는데? 목욕은 하지 않았나?"
　담배 냄새처럼 피 냄새도 몸에 밴다.
　"귀찮아서. 옷만 갈아입었어."
　"누구였지?"

"요리사들."

고개를 끄덕였다. 보리스가 그런 나를 잠시 바라보더니 엷은 미소를 지었다.

"누구 명령인지 아는가 보군."

"짐작은 가."

부인이겠지. 하지만 이유는 알 수 없었다. 본인이 시킨 일이라면 왜 죽였을까? 안나와 나에게 입을 놀린 탓일까? 하지만 딱히 비밀스러운 얘기를 한 것도 아니었다. 고용주에 대한 불만은 가득한 것 같았지만.

"알면서 왜 말해주지 않았나?"

"고용주에 대해서는 어떤 말도 하지 않는 게 용병이니까."

"우리 중에 누군가의 목이 주방에 올라갈 수도 있었어."

"배신자라면 그랬겠지. 내가 개입할 문제도 아니고."

보리스가 한동안 잔을 만지작거렸다.

"너 좀 묘한 캐릭터인 거 알아?"

"몰라."

"어떤 때는 세상 다 산 사람 같다가도 어떤 때는 아이같이 유치하고 어떤 때는 지나치게 냉정해."

"타인의 성격을 분석하는 데 관심 있는 줄은 몰랐는데? 요즘 아들러를 읽고 있나?"

보리스가 맥없이 웃었다.

"장은 네가 유닛 출신일 거라던데?"

"상상이야 자유지."

"707보다 몇 배 더 힘들지?"

자신은 제707특수임무단 출신이란 얘기였다. 한동안 말
없이 보리스의 얼굴만 바라보았다.

"어떻게 죽였나?"

말머리를 돌렸다.

"누구? 요리사들?"

보리스의 말에 고개를 끄덕였다.

"카바(Ka-Bar) 나이프로 목을 베었지. 아마추어들인데 뭘.
진짜 살인의 프로는 군인이잖아?"

"빨리 끝났겠군."

"마음 같아서는 질질 끌며 고통을 주고 싶었는데 귀찮더
라고."

귀찮다, 라는 단어가 귀에 남았다. 이런 친구들이 간혹 있
다. 전투와 살인만이 생을 자각하게 만드는 부류. 마음이 무
너져 내린 것이다. 보리스가 내 눈을 들여다보았다.

"그런 눈빛을 잘 알지. 나를 안다고 생각하는 그 눈빛."

"어쩔 수 없잖아? 세상 다 산 듯한 유치하고 냉정한 인간
이니까."

보리스의 딱딱한 얼굴에 맥없는 웃음이 번졌다.

"어떻게 극복했나?"

많은 것들이 함축되어 있는 질문. 그 역시 용병으로 여러 전쟁터를 전전한 듯했다.

"극복이 되나? 견디는 것뿐이지."

다시 보리스가 맥없이 웃었다. 의미는 알 수 없었다.

"한 가지 부탁이 있어."

"뭔데?"

"내가 죽으면 이 칼과 함께 묻어주겠나?"

보리스가 등 뒤의 허리춤에서 카바 나이프를 꺼내 테이블 위에 놓으며 말했다.

"사연이 있는 칼인가?"

"듣고 싶나?"

"아니."

"그럼 됐군."

"왜 죽을 거라고 생각하지?"

"죽을 때가 됐으니까. 자네는 잠을 제대로 자나?"

"어떤 때는."

"7년 동안 제대로 잔 적이 없어."

"안됐군."

"그래서 부탁은?"

"왜 하필 나지?"

"세상 다 산 듯한 유치하고 냉정한 놈이니까."

이번에는 내가 맥없이 웃었다.

"살아 있게 된다면."

보리스가 칼을 챙기더니 일어섰다.

"내 몫까지 마시게."

"그거 고맙군."

보리스가 문을 열고 나갔다. 그의 몫까지 마셨다. 부탁한
대로 말이다.

22.   아미고 델 디아블로

바람이 선선한 날이었다. 해서에게서 저녁 식사를 함께하자는 연락이 왔다.

"드레스 코드도 있는 겁니까?"

"로비로 내려오세요."

시답지도 않는 말에 대꾸할 필요가 없다는 듯 해서가 화제를 돌렸다. 전화를 끊고 내려갔다. 빨간색의 스포츠카가 대기하고 있었다. 엠블럼이 앞발을 들고 있는 말이었다. 비싼 차일 듯싶었다. 조수석에 타자 위로 올라간 차문이 자동으로 내려왔다. 조금 신기했다. 해서가 시동을 켜고는 달리기 시작했다. 배기음이 유난히 시끄러웠다. 비싼 차 같은데 머플러는 왜 안 고치는지 의문이 들었다.

해서는 목적지를 밝히지 않고 달리기만 했다. 무얼 먹겠냐고 물어보지도 않았다. 도착한 곳은 셋째 해창의 사무실이었다. 문을 열고 들어가니 테이블 위에 고깃집의 화로와 불판, 여러 종류의 쌈과 밑반찬이 차려져 있었다. 고기를 굽는 셋째의 뒤에는 보디가드인 듯한 사내 한 명이 있었다. 170센티 정도의 키에 바짝 마른 몸이었다. 눈빛이 날카롭고 스포츠머리였는데 검은 재킷 안에 숄더 홀스터를 차고 있었다. 쌍권총이었고 스테츠킨이었다. 셋째가 남자를 보는 나의 눈길을 느꼈는지 슬쩍 자신의 뒤를 돌아보았다.

"작전총국인지 뭔지 출신이라는데 새로 구했다 아이요."

북한 총참모부 작전총국소속 525특수작전대대 출신이라는 말 같았다.

"사람은 배가 마이 고파야 강한 뱁이거든. 북한 아들이 배가 좀 고프잖아? 저번에 스페츠나츠인지 뭔지 하는 곰탱이는 영 아이드만. 형씨한테 한번에 가삐고."

셋째가 걱정하지 말고 앉으라는 듯 손짓을 했다.

"마 쓸데없는 소리는 됐고 이리 와 앉으소. 이 고기가 언양 소고기거든. 마블링이 마 죽이는 기라. 와서 한 입 묵어봐요. 입 안에서 살살 녹는다 마. 해서 니도 마이 묵고."

반가운 손님이라도 맞는 듯 셋째가 호들갑을 떨며 앞에 놓인 접시에 고기를 내려놓았다.

"소주도 한잔하고. 소고기에는 양주고 지랄이고 소주가 딱인 기라? 안 그렇소?"

셋째가 잔을 들어 건배를 권했다. 입은 고기를 씹는다고 오물거리고 있었다.

"어떻소? 이 친구는 좀 빡시 보이요?"

셋째의 말에 고개를 들어 검은 재킷을 한 번 더 봤다.

"그래서 용건이 뭡니까?"

내가 물었다.

"아따, 그 사람 퉁명스럽기는. 동생이 말 안 하던교?"

"저녁 식사라고 알고 왔습니다."

셋째가 해서를 한 번 보고는 다시 내게 시선을 돌렸다.

"내 동생이지만 입이 좀 무겁소."

그러고는 가볍게 해서를 질책하듯 말했다.

"가시나 미리 말을 좀 하지, 꼭 이 오빠야가 입 아프게시리 말하게 만들어야 속이 시원한가배?"

셋째가 오물거리던 고기를 삼켰다.

"이번에 야하고 내가 동맹을 맺기로 했거든. 할마시 내보내면 저택은 야가 갖고 나머지 사업은 내가 갖고. 그라믄 우리도 한번 해볼 만한 기라. 안 그라요?"

그제서야 뒤늦게 의문이 들었다. 당연히 가졌어야 할 의문. 왜 해서는 자기 조직이 없냐는 것이었다. 독서 클럽 멤버들도 엄밀히 말하면 부인의 용병이지 해서의 용병은 아니다.

"행님들이 지 잘난 줄 알지만 다 헛똑똑이거든. 야는 조직이 없으니까 당연히 논외라고 생각하는가 본데 난 아이거든. 할마시 마음은 야한테 있다 이기라."

세상에는 사물을 논리로 보는 사람과 직관으로 보는 사람이 있다. 셋째는 후자였고 보기와 달리 머리가 꽤 돌아가는 인간이었다.

"그런데 왜 밑에 아그들이 없느냐? 그래야 행님들이 신경을 안 쓰거든. 저택에서 허드렛일이나 시키고 행님들 사정권 밖으로 딱, 빼놓고 키우고 있다 이건 거지. 참 능구렁이 같은 할마시 아이요? 머리도 좋고. 그리고 해서 야는 이미 할마시 사람들 다 자기 편으로 만들어놨고."

셋째가 말을 멈추고는 내 생각이 맞지요? 라는 얼굴로 나를 보았다. 딱히 내가 해줄 말은 없었다.

"나도 얼마 전까지는 위에 두 행님들만 처리하면 될 끼다 싶었는데 탁, 하고 깨달음이 온 기라. 아이고 마, 내가 완전히 잘못 짚고 있었네 하고 말이요. 그럼 누구하고 편을 먹어야겠소? 할마시 재산하고 사업을 물려받을 수 있는 해서 아니겠소? 그란데 난 할마시 재산에는 관심이 없으니 해서 야도 나쁠 게 없고. 행님들이야 할마시 재산이나 정보에도 관심이 많지만 난 그런 거 필요 없거든. 사업만 먹으면 뇌물이야 돈으로 만들면 되지 뭐 그것도 정보라고. 돈에 장사가 어딨노? 원하는 대로 찔러주면 넘어오는 게 사람 아이오? 안 그라요?"

셋째가 말을 마치고는 소주를 한 잔 털어 넣었다.

"그렇겠죠. 그런데 저를 여기 부른 이유는 뭡니까?"

"아이고야. 내가 본론을 얘기 안 했네. 할마시와 계약했지요?"

내가 부인과 계약했다는 사실을 아는 건 집사와 안나밖에 없다. 그러나 둘 다 정보를 흘릴 사람은 아니다. 자연스레 해서에게 시선이 갔다.

"말 안 해도 돼요. 안나를 보호하기로 했다믄서요?"

말없이 술이나 마셨다.

"아따 과묵하데이. 하모, 남자가 과묵해야지. 팔랑거리가 어데 쓰겠노? 그지요?"

자아성찰이 좀 필요해 보였다.

"그래서 말인데 내가 공격 날짜하고 침입 루트를 알려줄 기요. 일단 우리 삼형제는 연합하기로 했거든. 마, 다들 꼼수는 숨기고 있겠지만서도."

"그래서요?"

"행님들 먼저 치소. 그럼 안나는 안전하게 보내줄 거니까."

"안나에게도 말했습니까?"

"안나? 안나 참 괘안은 사람이지. 실력도 좋고. 하지만 언제 발작할지도 모르는데 그건 도박이지. 도박장 운영하는 놈하고 마약 파는 놈 공통점이 뭔 줄 아요? 지는 절대 안 하는 기거든. 난 도박은 안 하요."

"전 안나의 동료입니다."

"알고 있소. 당신이 동료니까 안나하고 얘기해보라고 부른 기요. 두 사람이 결정만 내리주면 우리가 이기는 건 일도 아이니까."

"절 너무 과대평가하시는군요."

"아이고 마. 뭔 겸손이요. 나도 정보력이 좀 있거든. 콜롬비아에서 당신이 한 걸 보니까 그거 완전 전설이드만. 혼자서 마약 조직 하나를 거덜 냈다민서? 뭐라 카드라. 아미고 델 디아블로? 마약상들이 붙이준 별명이 '악마의 친구'라 카던데?"

쓸데없는 과거다. 셋째의 말에 소주를 한 잔 비웠다.

"혼자서 100명을 쓸어버렸다 카던데?"

"아흔여덟 명이었습니다. 시날리오 카르텔의 중간 조직 중 하나였을 뿐이고."

"아흔여덟 명이나 100명이나. 아따 마, 내가 그 정보를 듣고는 적으로 만들어서는 안 되겠다 딱 생각했는 기라."

뒤의 검은 재킷이 눈을 반짝이며 나를 쳐다보았다. 술잔이나 들었다.

"저번에도 말했지만 열두 장? 됐소?"

셋째의 표정이 심각해졌다.

"안나와 상의해보죠."

"당연히 그래야지. 내가 할마시를 배반하라는 것도 아이고 행님들 먼저 쓸어달라는 것뿐인데. 그 정도는 할마시하고의 계약 내용 안에 다 있는 것 아이오? 유도리만 쫌 부리면 열두 장이 손에 탁, 하고 떨어지는 거 아이오. 아이고 마. 돈 놓고 돈 먹기가 따로 없다 따로 없어. 돈 벌기 억수로 쉽네."

셋째는 혼자 신나 있었다.

"본론은 얘기했으니 이제 술이나 듭시다. 여기 고기도 쫌 묵고."

셋째가 접시에 고기를 옮겨 담았다.

"아따 이제 마 내가 걱정을 한시름 팍, 놓았는 기라. 아미고 델 디아블로. 별명도 우째 이리 멋있노?"

신이 나 떠드는 셋째와 달리 검은 재킷은 계속 나를 말없이 보고만 있었다. 카타나를 들고 있던 둘째의 보디가드와 분위기가 비슷했다. 만만치 않아 보였다. 맞붙는다면 생사를 염두에 두어야 할 것 같았다.

두어 병 정도 마신 뒤, 다시 해서의 차에 올라탔다. 차는 순식간에 저택으로 돌아왔다.

"피곤하세요?"

차를 세우고 해서가 물었다.

"그닥."

"그럼 얘기 좀 할까요?"

"당신 남매들은 얘기하는 걸 좋아하나 보군요."

해서가 피식 웃었다. 저의가 없는 순수한 웃음이었다.

"케이 씨는 참 묘한 사람이에요. 시답잖은 농담에, 사소한 것에는 목숨을 걸고, 정작 남들이 중요하다고 생각하는 것에는 무관심하고."

"바보라는 단어를 지적으로 말씀하시는군요."

해서가 다시 피식 웃었다. 어쩔 수 없는 사람이라는 듯이.

"옥상에 가본 적 있어요?"

"없습니다."

"가요. 별을 보기에 좋은 곳이에요."

건물 면적의 3분의 1 정도를 차지한 옥상 정원은 키 낮은 나무들과 인공 연못으로 조화롭게 꾸며져 있었다. 천장과 벽은 유리로 되어 있었는데 비 올 때를 대비해 자동으로 개폐가 가능해 보였다. 저만치 돔 지붕이 씌워진 부인의 거처가 보였는데 정원이 보이는 창은 모두 닫혀 있었다. 부인의 방에서 왜 한 번도 옥상 정원의 풍경을 보지 못했는지 이해가 됐다. 엉덩이와 등받이 부분이 두툼하게 가죽 처리된 의자가 보였다. 술이 올라오는 게 느껴졌다. 편하게 몸을 기댔다. 해서의 말처럼 별을 보기 좋았다.

"여기 오신 지 한 달이 다 되어가죠?"

"아마도."

"떠날 때가 얼마 남지 않았네요."

"떠날 수 있게 된다면."

한동안 우리는 말없이 별만 바라보았다. 내가 먼저 입을 열었다.

"할 얘기가 뭡니까?"

"잊었어요."

"예?"

"하지 않는 게 나을 것 같다는 뜻이에요."

고개를 끄덕였다. 이유가 있겠지 싶었고 굳이 말하지 않겠다는 걸 캐물을 이유도 없었다.

"안나 씨와는 얘기해볼 건가요?"

"물어는 봐야겠죠."

"거절한다면?"

"안나의 뜻에 따라야겠죠."

"우리를 먼저 칠 수도 있다는 뜻인가요?"

해서의 말에 작게 웃었다.

"한다면 셋째겠죠. 해서 씨는 아니고. 그 정도는 본인도 알 거라고 생각하는데요? 바보이긴 해도 구제 못 할 정도는 아니에요."

해서는 대답 없이 미소만 지었다. 무얼 의미하는지는 알 수 없었다. 부인의 의중은 예전에 파악하고 있었다는 뜻일까? 아니면 게임에 승산이 있음을 확신하는 것일까? 이 여자만이 자신의 속마음을 한마디도 얘기한 적이 없다. 손자들은 물론이고 심지어 부인조차도 조금은 털어놓았는데 말이다. 성격이 어떤지 잘은 모르겠지만 보스의 자질 중 한 가지는 확실히 갖추고 있었다. 아랫사람들에게 절대 의중을 들키지 않는 능력 말이다.

"한 가지 여쭤봐도 됩니까?"

내가 물었다.

"그러세요."

"이 건물을 지은 사람이 누굽니까?"

해서가 약간 놀란 눈빛으로 나를 바라보았다.

"그런 질문을 한 사람은 케이 씨가 처음이에요."

"사소한 데 목숨을 거는 사람이라서겠죠. 해서 씨 말대로."

"그런데 그게 왜 궁금하죠?"

"건물을 처음 봤을 때 너무 위화감이 들었거든요. 건축양식도 그렇고, 박공지붕에 새겨진 로마노프라는 이름도 그렇고. 귀족처럼 보이는 부인의 태도도 그렇고. 아무리 봐도 한국이라는 나라와는 이질감이 너무 크지 않습니까?"

해서의 얼굴에 흥미롭다는 표정이 떠올랐다.

"그래서 무슨 생각을 하셨나요?"

"뭐 별것 있겠습니까? 러시아 사람이 세웠나 싶었죠. 오래된 건물이니 현대 러시아와 정식 수교 전일 것 같았고, 그렇다면 가능한 시기는 대한제국 때나 적백내전 후일 텐데 그 시기에 이 정도의 건물을 짓는다는 건……."

"표트르 니콜라예비치 림스키 코르샤코프 백작. 증조부님 성함이에요. 거창하죠?"

해서의 얼굴에 아이 같은 미소가 떠올랐다. 처음 보는 표정이었다.

"사실 이름만 거창하지 속은 음흉한 사기꾼이었나 봐요."

어렸을 때 읽은 동화를 얘기하는 듯한 말투였다.

"우크라이나에 영지를 갖고 있었다는데 적백내전이 발생하자 해군으로 백군에 참전했대요. 그때만 해도 20대에 막 작위를 계승했을 때니까 젊은 혈기가 넘쳤겠죠. 재산을 처분하고 적백내전에 뛰어들었으니까요. 패전 후에 오스카 루드빅 스타크 중장을 따라 원산에 입항했고요."

"하지만 여기는 경상도이지 않습니까?"

"어떻게 여기에 집을 지었냐는 뜻인가요?"

해서가 숨을 한 번 골랐다.

"전쟁 기간 동안 사람이 변했나 봐요. 케이 씨는 전쟁터를 누볐죠? 그러면 사람이 변하나요?"

"변한다는 것의 범위를 모르겠군요. 하지만 보통 망가지기는 합니다. 회복 불능이 되기도 하고요."

해서가 알아들었다는 듯 고개를 끄덕였다.

"변했거나 망가졌거나 아무튼 그런 종류겠죠. 영지를 정리하고 내전에 참전한 남자가 원산항에 내렸을 때는 남은 군자금을 훔쳐 잠적한 사람이 되었으니까요."

해서가 담배를 하나 꺼내 물었다. 불을 붙여줬다. 검사겸사 나도 한 대 물었다.

"훔친 거금에, 망하긴 했지만 로마노프 왕조의 휘황찬란한 작위에, 달변과 처세술까지 갖추었으니 일제 치하에서도 살아남는 건 일도 아니었을 거예요. 유력 친일파의 딸과 결혼하고 일제와 친일파의 비호를 받아 사업을 키우고 해방 후에는 유창한 영어로 미군정에 붙고, 이승만 정권에 붙고. 처세술 하나는 정말 대단하신 분이었던 것 같아요. 하지만 박정희 군부에서는 힘들었나 봐요. 재산이 거의 거덜 났다고 하니까. 그걸 다시 궤도에 올린 사람이 할머니죠."

"여기에 저택이 있는 이유도 그런 처세의 일환인가요?"

"그렇죠. 서울에 주로 계셨지만 사업의 전면에 나서는 일은 없었어요. 항상 배후에만 있었죠. 내전에서 배운 교훈인지도 모르고. 그래서 저택도 이런 외진 곳에 지은 거예요. 드러나지 않게 말이에요. 여름의 한 달은 꼭 이곳에서 지내셨다는데, 아마 영주의 기분을 내고 싶었던 거겠죠. 우크라이나에 있던 당신의 장원과는 비교도 되지 않았겠지만 말이에요."

"로마노프라는 글자를 새긴 이유는 뭡니까?"

"글쎄요. 저도 정확히는 몰라요. 마지막 남은 귀족으로서의 자존심 아니었을까요? 황제에 대한 충성 같은 거 말이에요. 하긴, 그걸 누가 알겠어요? 할머니도 모를걸요."

"부인께서 사업을 이어받은 이유는?"

"딸밖에 없었으니까요. 애지중지했나 봐요. 스위스의 르로제를 졸업하고 옥스퍼드에서 학위를 받았죠. 증조할아버지가 귀족인 데다 증조할머니도 친일파 백작의 딸이었고, 게다가 그런 학교를 다녔으니 할머니 자신도 뼛속까지 귀족의 피가 흐른다고 생각하죠."

해서가 바닥에 담배꽁초를 버리고 발로 비벼 껐다.

"하긴, 학벌이야 모두 좋죠. 큰오빠가 하버드, 작은오빠가 서울대. 셋째 오빠야 일찍부터 공부를 포기했지만. 하지만 그러면 뭐 하겠어요? 가업이라고 해봐야 범죄인데. 마약, 매춘, 도박. 아마 범죄를 저지르기 위해 학위를 따는 집안은 우리밖에 없을 거예요. 웃기는 집안이죠?"

그렇게 생각하지 않냐는 듯 해서가 나를 보았다. 어딘지 쓸쓸해 보였다.

"할머니가 가장 좋아하는 책이 뭔지 아세요? 『바람과 함께 사라지다』. 자신을 스칼렛 오하라라고 생각하는 것 같아요. 세상으로부터 타라를 지키는 스칼렛 오하라. 할머니에게는 이 저택이 타라인 거죠. 저택을 유지하기 위해서는 어떤 짓을 해도 상관없고."

해서의 얼굴에 그늘이 졌다. 자신에 대해서는 한마디도 하지 않았지만 그런 환경 속에서 어떤 짐을 지고 어떤 무게로 인생을 터벅터벅 걸어왔을지, 선뜻 짐작되지 않았다. 그래서였을까? 나도 모르게 말이 튀어나왔다.

"아버지는 군인이었습니다. 그런데 제대한 뒤 사회에 적응하지 못했죠. 급기야 술집에서 사람을 죽이고는 감옥에서 병으로 돌아가셨습니다."

누구에게도 하지 않았던 얘기를 왜 이 여자에게 하는지 나로서도 이해가 되지 않았다. 하지만 입이 혼자 떠들고 있었다. 상대가 하나를 꺼내 보이면 나도 하나를 꺼내 보여주는 게 예의라고 생각해서일까? 해서는 뜬금없는 나의 말을 말똥한 얼굴로 보고 있었다.

"케이 씨도 감옥에 안 가게 조심해야겠네요. 꽤나 위험한 일에 몸을 담그고 있으니까."

"글쎄요. 그때는 저희 집안에도 가업이 생기는 거겠죠."

해서의 오른쪽 입꼬리가 슬며시 올라갔다.

"한 가지만 더 물어봐도 되겠습니까?"

"그러세요."

"1층의 금고를 냉동고로 사용하는 이유가 뭡니까?"

순간, 해서의 눈빛이 날카로워졌다. 입가에 번졌던 미소도 사라졌다.

"무엇 때문에 물으시는 거죠?"

"그냥 궁금증일 뿐입니다."

"케이 씨는 답을 알았나 보군요."

"소설은 썼습니다. 방금 해서 씨에게서 들은 얘기로 좀 더 썼고."

해서가 한숨을 내쉬었다.

"케이 씨는 정말 이상한 분이에요. 매사가 퉁명스럽고 세상만사 무관심한 사람인 것 같은데 아무도 눈길 두지 않는 것에는 이상하게 집착하거든요. 그런데 보고 있으면 보는 사람이 묘하게 안심이 돼요. 딱히 상대의 얘기를 귀 기울여 듣지도 않는 것 같은데 말이에요."

"오늘로써 두 번째군요. 바보라는 단어를 지적으로 돌려 말씀하시는 게."

해서는 웃지 않았다.

"그럼 케이 씨의 소설을 한번 들어볼까요?"

"당신의 증조부인 백작은 난세를 산 사람입니다. 재산은 권력층이 바뀌면 언제든 뺏길 수 있다고 생각했겠지요. 그래서 사람들 눈에 보이는 곳에 두면 안 되었을 겁니다. 때문에 가장 안전하다고 생각하는 곳에 두었겠지요."

"그곳이……."

"금고."

"거기야말로 빼앗기기 쉬운 곳이에요."

"금고에 내용물이 있다면 그렇겠죠. 텅 비어 있다면 얘기가 달라지고요."

"그래서요?"

"생각의 사각이죠. 재산을 금고에 두는 것이 아닌 금고 자체가 재산이라면?"

해서는 아무 말 없이 내 얘기를 듣고만 있었다.

"예나 지금이나 가장 안전한 자산은 황금입니다. 그리고 당신 가문은 황금을 금고에 보관했겠죠. 금고 안이 아닌 금고 벽 안에. 부인은 좀 더 안전하게 금고를 냉동고로 쓰는 중이고요. 누구도 주방에 있는 냉동고 벽 안에 금괴가 있을 거라고는 생각하지 못할 테니까요."

해서의 표정은 평소처럼 무표정하게 돌아왔다. 아마, 자신의 생각이나 감정을 더 이상 드러내지 않으려는 심산인 것 같았다.

"살인범을 찾으려고 건축도면을 훑었습니다. 아무래도 이해가 되지 않는 게 금고의 용도였죠. 금고의 위치도 너무 이상했고 말입니다."

해서는 여전히 대답이 없었다.

"그래서 2층의 접객실에 가신 건가요?"

역시 내 일거수일투족은 감시당하고 있었다. 일주일 전, 아무래도 신경이 쓰여 야밤에 텅 빈 접객실을 살펴봤으니까.

"예. 내 생각이 맞나 확인해볼 필요가 있었죠. 금고 자체를 금고로 쓴다면 문제가 하나 생깁니다. 금고 벽 사이로 넣을 방법이 있어야 한다는 거죠. 그래서 같은 위치의 2층 접객실을 살폈습니다. 금고 모서리 위치의 바닥재인 대리석을 살폈죠. 깨끗하게 마무리를 해놓았지만 조금씩 모서리가 깨져 있더군요. 아마 연장으로 들어내면서 생긴 걸 겁니다. 대리석을 들어내 보지 않아서 슬라브는 어떻게 분리했는지 모르겠지만 말입니다."

해서의 왼쪽 입꼬리가 살며시 위로 올라갔다.

"소설은 절대 쓰지 마세요."

한동안 해서는 말없이 별만 바라보았다. 그리고 말을 이었다.

"스페인에 이런 속담이 있다더군요. 내 비밀을 타인에게 말하는 것은, 내 인생을 그 사람 손에 쥐여주는 것이다."

해서가 자리를 털고 일어섰다.

"당신은 입조심할 필요가 있어요. 자신의 생각을 너무 쉽게 얘기해요."

단호한 말투였다. 안나에게서도 자주 듣는 말이었고. 나는 해서를 따라 일어섰다. 우리는 언제 대화를 나눈 적이 있었냐는 듯, 어색한 침묵 속에서 걷기 시작했다.

24.　　　　　　　　　　　　　　　　배럿

안나 역시 술을 마시고 있었다. 안나의 병이 걱정되긴 했지만 말린다고 들을 안나도 아니어서 말없이 맞은편 의자에 앉았다. 셋째와 해서의 이야기를 해줬다. 얘기가 끝나가는 동안 안나는 대답 없이 듣고만 있었다.

"우리에게 필요한 건 효율적인 방어와 공격뿐이야. 정보가 정확하다는 보장도 없고."

예상한 대답이었다. 한동안 말없이 술만 마셨다. 시계가 정확히 자정을 가리켰다. 안나가 입을 열었다.

"이번 작전은 여러모로 불리해. 독서 클럽 멤버들은 믿고 기댈 수 있는 동료가 아니야. 자칫하면 우리도 목숨을 잃을 수 있어."

"너만 원한다면 지금이라도 마리를 데리고 나갈 수 있어."

"아링의 범인은 어쩌고?"

안나가 아픈 데를 찔렀다.

"네 부탁이 먼저야."

안나가 쓰게 웃었다.

"데리고 나갈 수는 있지만 이레나가 죽겠지. 잔금도 못 받고 암살자가 따라다닐 테고."

"부인이 약속을 지킬 거라는 보장은?"

"없지. 하지만 우리 일이 그런 거잖아."

"아프가니스탄은 아니길 바라야겠군."

"그래야겠지."

우리는 다시 침묵 속으로 빠져들었다. 안나나 나나 같은 과거를 떠올리고 있다는 것을 말하지 않아도 알 수 있었다.

그때 우리는 모두 죽음을 각오하고 있었다. 안나와 나는 RPG 유탄에 맞아 팔과 다리에 꽤 많은 상처를 입은 상태였다. 안나가 포탄을 먼저 발견하고 나를 안고 뒹군 덕에 겨우 목숨을 건질 수 있었다. 아링은 산비탈에서 굴러떨어지다 바위에 부딪혀 갈비뼈와 오른팔이 부러졌다. 총소리가 점점 가까워졌다. 우리는 바위 뒤에 급히 몸을 숨겼다. 본능적으로 알 수 있었다. 우리가 숨쉴 수 있는 시간은 채 5분도 남지 않았다는 것을.

사방에서 총소리가 들렸다. 적이 빠르게 다가오는 걸 막기 위해 간간이 대응 사격을 했다. 그러나 총알은 빠르게 소진되었고, 마지막으로 권총을 빼어 들었을 때 커다란 굉음이 연속적으로 들렸다. 아파치의 헬파이어 미사일이 비명을 지르며 날아가고, 체인건의 총알이 바닥 먼지를 일으켰다. 사방에서 요란하게 쏟아지던 총소리도 잠잠해졌다. 그때 블랙호크 세 대에서 네이비실 대원들이 내려왔다. 그제야 알았다. 우리가 미끼였음을. 고가치목표인 모하마드 샤의 위치를 노출시키는 역할임을 말이다. 그리고 우리는 모튼의 버리는 패라는 것을.

우리는 모튼에 복귀하지 않고 회장의 동선을 파악하는 데 모든 시간과 돈을 들였다. 3개월 후, 마침내 남아프리카공화국 요하네스버그의 더 팔라초 몬테카지노 호텔 앞에서 차에 오르려는 스콧 앤더슨 회장을 발견할 수 있었다. 나와 아링이 지켜보는 가운데, 안나가 배럿 M82 대물 저격총으로 1.8킬로미터 떨어진 거리에서 머리를 날려버렸다. 회장의 머리는 수박이 터질 때와 비슷했다. 온 사방으로 피와 뼈, 그리고 살점이 퍼졌다.

회장을 저격한 후 비로소 우리는 우리가 했어야 할 일을 했다. 동료들의 시신을 수습하는 일. 시신은 동물들과 바람에 의해 형체를 알아볼 수 없을 정도로 훼손되어 있었다. 군번줄과 일부 뼛조각, 해진 군복이 우리가 얻은 전부였다. 모두 한곳에 묻었다.

아프가니스탄을 떠나던 날, 카불의 노천까페에서 셋은 커피를 마셨다. 아링이 먼저 리비아로 출발했다. 안나와 나는 짧은 대화를 나눈 후 자리를 떴다. 나는 한국으로, 안나는 체첸으로.

자리에서 일어서자 안나가 말했다.
"가려고?"
붙잡을 생각은 없어 보였다. 고개를 끄덕이곤 방을 나왔다. 침대에 기댄 채 조니워커를 들이부었다. 도저히 맨정신으로는 잠이 올 것 같지 않았다. 한 병이 바닥을 보일 때쯤 머리가 빙글빙글 돌기 시작했다. 정신을 놓았다.

25.   전투

그 뒤로 해서는 말이 없었다. 몇 번 로비에서 마주쳤을 때
에도 안나와의 얘기가 어떻게 됐는지는 묻지 않았다. 침묵
이 답이라는 걸 아는 것 같았다. 그래도 해서는 공격 날짜가
언제라는 것을 안나에게 말해주었다. 모레 밤 11시라고 했
다. 해서의 말을 들은 안나는 바로 내 방으로 올라왔다.

"바로 전투 준비를 시작하지."

"해서의 말을 못 믿는 건가?"

"우리가 믿을 건 상황과 사실뿐이야. 사정에 밝은 내부자
의 말은 믿을 게 못 돼. 정보라기엔 변수가 너무 많아."

맞는 말이었다. 해서의 말이 거짓일 수도 있고, 셋째가 해
서에게 건네준 정보가 거짓일 수도 있다. 오히려 이건 정보
라기보단 우리를 혼란스럽게 만들려는 책략에 가까웠다. 그
리고 적은 그날 밤 11시 50분을 기점으로 진입로와 호텔을
둘러쌌다.

안나는 전형적인 망치와 모루 전술을 택했다. 거기에 게릴라 전술을 더했다. 세 배 가까운 적보다 우리가 나은 점이 있다면 지형을 선점할 수 있다는 것이었다. 먼저 상대적으로 개방되어 있는 로비와 2층을 포기했다. 대신 모든 엘리베이터의 작동을 멈추고 계단으로 적들을 유도한 뒤 층마다 게릴라식으로 치고 빠지면서 적의 수를 줄이기로 했다. 그렇게 적을 분산시키며 7층에 다다르는 속도를 최대한 늦추는 동안 나와 보리스가 망치가 되어 1층부터 역습하기로 했다. 장, 이언, 스콧, 에밀리, 그리고 안나는 모루의 역할이었다.

나와 보리스를 포함한, 여덟 명의 팀원들은 저택 출입문에서 10미터쯤 떨어진 정원에 비트를 파고 잠복했다. 자정이 되자 적들이 사방에서 요란하게 총을 쏘며 일시에 달려들었다. 하지만 총소리는 곧 멈췄다. 대응사격이 없었기 때문이다. 아마 저쪽에도 상황을 통솔하는 지휘관이 있는 듯했다.

적들은 숨을 죽인 채 문과 창문을 통해 건물 안으로 진입했다. 출입문 쪽으로 들어가는 인원만 해도 100명은 넘어 보였다. 잠시 뒤 3층에서부터 총소리가 들리기 시작했다. 우리는 주위를 살핀 뒤 재빠르게 건물 쪽으로 달려갔다. 안나가 세운 계획 중 가장 위험한 순간이었다. 비트를 나와서부터 2층으로 올라갈 때까지는 마땅한 엄폐 공간이 없었다.

미리 야외와 1, 2층 전기를 차단해두어서 어둠 속에 몸을 숨기기는 좋았지만, 그건 적들이 매복하기에도 좋다는 뜻이었다. 다행히 바깥에는 매복조가 없었다. 적들은 최대한 빠르게 응집력을 발휘해 건물을 점령하는 방법을 선택한 것 같았다.

1층에는 네 명의 경비조가 있었다. 2층에는 세 명이 보였다. 우리 팀 네 명이 1층, 보리스 팀 네 명이 2층을 맡기로 했다. 총 끝에 소음기를 달았다. 고립된 장소에서의 전투는 총소리를 걱정할 필요가 없지만, 총알이 발사될 때의 불꽃이 야시경 시야를 방해하기 때문이었다. 게다가 어떤 전투는 시끄러운 쪽보다는 조용한 쪽이 유리하다.

푸슉, 푸슉.

적들은 일시에 쓰러졌다. 홀의 창문 안쪽에 한 명, 엘리베이터 앞에 한 명, 왼쪽 첫 번째 방의 창문 안쪽에 한 명, 2층으로 올라가는 나선형 계단 아래 한 명이었다. 동시에 우리 쪽에서 팀원 둘이 쓰러졌다. 하나는 머리에, 하나는 가슴이었다. 2층에 야시경을 쓴 저격수가 있는 듯했다. 가슴에 맞은 팀원이 쓰러지면서 정면과 천장으로 소총을 발사했다. 천장에 달린 샹들리에가 쨍, 하고 깨지면서 떨어졌다. 보리스가 재빨리 팀원들을 이끌고 2층으로 뛰어올라갔다. 2층에서 두 번의 총소리가 울렸다.

"클리어."

보리스가 소리쳤다.

2층으로 올라갔다. 보리스 옆에 팀원 두 명이 경계를 서고 있었다. 벌써 셋을 잃었다. 계획보다 피해가 컸다. 야시경을 올리고 소음기를 풀었다. 인원이 적은 우리에겐 소리가 아군이었다. 밀폐된 실내에서는 총소리가 더 커지고, 소리가 크게 울릴수록 발원지를 찾기도 힘들어지기 때문이다.

3층은 곳곳에서 총소리가 울려 퍼지고 있었다. 3층부터 7층까지는 길게 이어진 복도를 따라 양쪽으로 방들이 배치되어 있는 구조였는데, 계단은 건물 왼쪽과 오른쪽 중앙에 두 개가 있었다. 우리 편은 계단에서 적들을 막다가 상황이 불리해지면 각자 약속된 방으로 도망쳐 적과 교전을 나누는 게릴라전 방식을 택하고 있었다.

적들은 안나의 예상대로 가능한 한 빨리 꼭대기층을 향해 돌진했다. 통로만 확보되면 각 층에 최소 인원을 남겨두고 부인을 잡으러 가는 것이다. 굳이 병력과 총알을 소비할 필요도 없고, 그럴 시간도 없었으니까. 아마 3층에 전 병력을 투입했다면 3층에는 이미 아군이 남아 있지 않을 터였다.

보리스가 둘, 내가 한 명의 팀원을 데리고 반대 방향으로 나아갔다. 예상한 대로라면 적은 한 층에 20명 정도 있을 것이다. 한 층에 네다섯 명의 인원 정도밖에 배치할 수 없던 우리로서는 보리스와 내가 빠르게 뒤를 기습한 뒤, 잔존 인원과 합류하여 위층으로 올라가는 것이 최선의 방법이었다.

군인은 전투라고 말하지만 사실은 살인이다. 우습게도 살인 역시 인생의 다른 모든 것들과 마찬가지로 연습과 실전을 통해 능숙해진다. 그리고 무엇보다도 재능이 중요하다. 전쟁터도 다르지 않다. 똑같은 훈련을 받고 똑같은 실전을 뛰어도 특출하게 수행하는 인간들이 있다. 그것이 재능이다. 그런 재능을 가진 인간들이 고강도의 훈련을 받으면, 바늘만 한 틈새에 총알을 박아 넣을 수 있고, 순간적으로 공격 포인트를 캐치해서 공략하며, 소총과 권총, 단검을 자기 몸처럼 자유자재로 사용할 수 있게 된다. 스페츠나츠, 북한 특수부대, 칼잡이…… 한 끗 차이로 사람을 죽이는 사람들. 아군의 손실은 거기에서 발생할 것이다.

15미터 정도를 이동하면서 적을 제압했을 때 함께 있던 팀원이 죽었다. 적이 쓰러지며 쏜 총알 중에 하나가 그의 머리를 관통했다. 팀원의 허리춤에 달린 탄창 두 개를 빼서 파우치에 넣었다. 모잠비크 드릴의 사격 방식은 총알 소비량이 많다. 몸통에 한두 발, 머리에 한 발. 방탄복의 성능이 좋아지면서 때로는 한두 발이 더 필요할 때도 있었다. 어쨌든 총알은 많을수록 좋다. 그리고 이제 내게 남은 팀원은 없다.

다시 앞으로 전진했다. 총소리가 복도 여기저기에서 계속 울렸다. 총소리가 끊기는 사이에 온 신경을 기울였다. 어느 문 앞을 지나는데 안에 사람이 기대고 있는지 옷 쓸리는 소리가 났다. 문을 향해 세 발을 쏘았다. 쿵, 하는 소리가 들렸다. 천천히 문을 열고 방 안을 살폈다. 적군 한 명이 뒤로 나자빠져 있었다. 머리에 한 발을 더 쏘았다. 죽었는지 살았는지 살펴볼 시간은 없다. 확인사살이 빠르다. 그때 오른쪽 벽아래에서 갑작스레 팔이 튀어나왔다. 손에 권총이 들려 있었다. 순간 응사를 했지만 턱, 하니 숨이 막혀왔다. 방탄조끼에 맞은 것이다. 다행히 벽에 기대어 뒤로 넘어지는 것은 막을 수 있었다. 그래도 벽에 맞고 튕겨 나온 데다 총알의 충격까지 있어 몇 초간 정신을 차리지 못했다. 다행히 권총을 쥔 적의 손은 방의 한 귀퉁이로 날아가 있었고 삐져나온 머리는 윗부분이 날아간 상태였다.

보통 군인들은 이런 경우 아드레날린이 폭주한다. 베테랑도 마찬가지다. 하지만 다스린다. 폭주는 죽음이다. 상황이 긴박할수록 철저히 훈련 매뉴얼에 따르고, 머리가 아닌 근육이 기억하는 대로 행동한다. 심장이 금방이라도 터질 듯 뛰고, 땀이 비 오듯 흘렀다. 왼쪽 옷소매로 이마를 훔쳐냈다. 다시 한번 얼굴 전체를 최대한 빠르게 닦았다. 땀은 적만큼이나 무섭다. 혹여 작전 수행 중 눈에 들어가면 재수 옴 붙은 날이 된다. 사격에서 잠시의 멈칫거림은 상대에게 나를 죽여 달라는 것과 다를 바가 없다.

다시 전진했다. 이번에는 앞에 쓰러져 있던 적이 갑자기 고개를 들더니 내 왼쪽 발등을 공격했다. 미 군용 단검 카바였다. 순간 발을 빼면서 머리를 두 발 쐈다.

모퉁이를 도니 보리스가 나왔다. 하마터면 방아쇠를 당길 뻔했다. 보리스도 마찬가지라는 표정이었다. 다행히 적들은 위장복을 입고 있었고 우리는 사복에 방탄조끼만 걸치고 있어서 피아식별이 빨랐다. 보리스가 앞장서서 계단 쪽으로 향했다. 뒤따르는 인원은 없었다. 그때 계단 바로 앞에 위치한 방에서 총소리가 울렸다. 근처에는 유독 시체가 많았다. 시체를 밟지 않고는 방으로 들어가기 어려울 정도였다. 그리고 그 방 안 거실에 스콧이 숨을 헐떡이고 있었다. 총상도 있었지만, 치명상은 목에 찔린 칼자국이었다.

"혀, 형⋯⋯."

스콧은 끝내 말을 잇지 못했다. 이언을 불러달라는 말이었을까? 아니면 살려달라는 말이었을까. 보리스가 방 안을 수색하는 동안 가만히 스콧의 눈을 감겨주었다. 스콧의 숨이 끊어진 걸 확인한 보리스가 어서 움직이자고 신호를 주었다. 나는 먼저 올라가라고 눈짓을 한 뒤 이언의 시체를 찾기 시작했다. 보리스가 코웃음을 치더니 성큼성큼 4층 계단으로 올라갔다.

이언을 찾는 건 어렵지 않았다. 보리스가 사라지자마자 옆 방의 문이 부서지면서 두 사람이 엉켜 나왔다. 재빠르게 사격 자세를 취했지만, 두 사람이 뒹구는 속도가 너무 빨라서 조준이 어려웠다. 위장복을 입은 적이 먼저 일어나 이언을 잡고 내 쪽으로 강하게 밀치면서 이언의 등에 권총을 다섯 발 쏘았다. 이언을 안고 넘어지면서 나도 권총을 꺼내 상대에게 네 발을 쏘았다. 그러나 적의 동작은 빨랐다. 다시 방 안으로 몸을 날리더니 문을 닫았다. 나는 이언을 한쪽으로 밀쳐내고 소총을 집어 들어 문 안으로 마구 쏘아댔다. 총알은 순식간에 떨어졌다. 그때 상대가 문을 박차고 나오더니 훅, 목덜미를 향해 뭔가를 깊이 찔러왔다. 손가락 사이에 끼워서 쓰는 푸시 대거였다. 순간적으로 피하고는 옆으로 구른 뒤 쿠크리를 빼 들었다. 비슈누가 어머니에게 전해달라던 칼. 비슈누의 어머니는 어쩐 일인지 나에게 그 칼을 다시 주었다. 친구를 기억해달라는 뜻이었을까? 알 수 없었다.

칼을 들고 마주하니 그제서야 얼굴이 정확히 보였다. 셋째의 새 보디가드 검은 재킷이었다. 바짝 독이 오른 독사의 안광 같은 눈은 여전했다. 둘 다 총을 잡을 생각은 없었다. 이 거리라면 칼이 훨씬 빠르다. 문제는 칼의 종류였다. 푸시 대거를 쓰는 상대라면 속도에 자신 있다는 뜻일 것이다. 저

칼은 철저하게 공격용으로만 만들어진 무기니까. 그것도 한 방 기습에 특화된 무기. 반면에 쿠크리는 찌르기보다 베기에 능한 칼이다. 날이 휘어져 있어서 방어가 쉽지 않다. 다만 상대를 베기 전에 찔린다면 무용지물이다. 칼을 꺼내는 순간 나도 검은 재킷도 알고 있었다. 단 일격으로 모든 것이 결정될 것임을 말이다.

생사의 순간에 적을 마주하고 있으면 한두 시간을 대치한 느낌이 들지만 실제로는 2~3초, 길어봐야 10초다. 그사이 오만 가지 생각이 머릿속을 맴돈다. 상대의 공격과 방어가 머릿속에 선명하게 그려졌다 지워지기를 반복한다. 그러다 찰나의 순간, 모든 게 끝난다.

검은 재킷의 오른손이 빠르게 내 목으로 다가왔다. 등골이 서늘할 정도로 빠른 속도였다. 하지만 정확히 내 목을 노린다는 게 문제였다. 나는 칼이 날아옴과 동시에 상대쪽으로 몸을 날렸다. 푸시 대거의 칼끝이 방탄복에 아슬아슬하게 걸렸다. 동시에 그의 오른손을 쿠크리로 올려 쳤다. 손목이 날아갔다. 그대로 칼의 방향을 돌려 목을 베었다. 검은 재킷의 왼손이 목을 부여잡았다. 하지만 터져 나오는 피를 막을 수는 없었다. 검은 재킷이 서서히 뒤로 넘어가더니 마침내 쿵, 하는 소리와 함께 바닥에 쓰러졌다.

나는 재빨리 소총과 권총의 탄창을 교환한 뒤 쓰러진 이

언을 일으켜 벽에 기댔다. 방탄복 안에서 피가 계속 흘러나
왔다. 이언은 왼쪽 허벅지에도 총을 맞은 상태였다. 방탄복
을 벗기자 그의 호흡이 조금은 편해졌다.

"죽였나?"

이언의 말에 고개를 끄덕였다. 그러자 이언이 경련을 일
으키며 몇 번 쿨럭였다.

"동생의 길동무는 돼줄 수 있겠군."

이언의 말소리가 점점 작아졌다. 그의 손을 잡았다.

"케이."

거의 들릴 듯 말 듯한 이언의 목소리.

"이놈들은 다 범법자들이야."

다시 고개를 끄덕였다.

"난 형사고."

이언이 마지막 힘을 짜내어 말했다. 그러고는 긴 숨을 한
번 쉬었다. 인간이 생을 마감할 때 내는 단 한 번의 숨소리.
자신의 죽음을 알고 가는 자의 마지막 숨소리. 이제 모든 것
이 끝났다는 체념의 숨소리. 생의 촛불이 꺼진 걸 자신의 눈
으로 확인한 자의 숨소리. 이언의 손이 축 늘어졌다. 이언의
눈을 감겼다.

4층은 에밀리가 맡은 구역이었다. 보리스는 보이지 않았

다. 실내의 경우 보통 네다섯 명이 팀을 이루고 전후좌우를 모두 경계하며 나아가는 게 원칙인데, 보리스는 혼자 움직이는 만큼 멀리 가지는 못했을 것 같았다. 물론 혼자 움직일 때의 장점도 있다. 팀이 있으면 특수한 상황이 생겨도 정해진 동선을 지켜야 한다. 어긋나는 순간 나 때문에 다른 팀원들의 목숨이 위험해질 수도 있으니까. 하지만 혼자서는 은폐와 엄폐가 자유롭고, 그만큼 적의 눈에 띌 확률도 적어진다. 최대한 조용히 전투를 치를 수 있다는 얘기다.

발소리를 죽인 채 복도와 방을 탐색했다. 소총, 권총, 쿠크리, 쓸 수 있는 무기를 모두 동원해 적들을 죽였다. 근접전까지는 괜찮았다. 하지만 되도록이면 근접 격투가 벌어질 상황은 만들지 않았다. 체력 소모도 크지만 뒤가 무방비인 상태로 시간을 너무 끌면 허점을 보일 확률이 높았다. 되도록 머리를 노렸고 대부분 한 방으로 해결했다. 아홉을 그렇게 처리했다. 살아 있는 아군은 보이지 않았다. 수가 너무 압도적이었다. 검은색 문에서 갑자기 적이 하나 튀어 나왔다. 칼을 피한 뒤 반사적으로 쿠크리로 목을 베었다. 열. 목을 잡고 바둥거리는 녀석을 방문으로 밀어 넣자 난사하는 총소리가 들렸다. 문 바로 뒤에서 쏘는 것 같았다. 총소리가 멈추길 기다렸다가 재빨리 뛰어들어가 가슴에 두 발, 머리에 한 발을 쏘았다. 열하나. 아무리 죽여도 우리 쪽 생존자는 보이지 않았다.

　예상과 달리 보리스는 모퉁이를 돌았을 때에도 보이지 않
았다. 육탄전을 벌이고 있거나 죽었거나 둘 중 하나일 것이
다. 복도를 뒹구는 시체 가운데 베레모를 쓴 서양인이 셋, 동
양인이 둘 있었다. 첫째를 따라갔던 창고에서 만난 스페츠
나츠와 북한군 특수부대 출신들이었다. 그때 보았던 서양인
은 분명 다섯이었다. 아직 스페츠나츠 둘이 더 있다는 얘기
였다.

　복도에 바싹 붙어서 앞으로 향했다. 바로 앞의 문이 열리
더니 에밀리가 튀어나왔다. 그녀는 방 안으로 소총을 난사
한 뒤 옆으로 구르고는 벽에 달라붙어 섰다. 에밀리가 나를
발견하고는 손가락 두 개를 폈다. 나는 고개를 끄덕였다. 에
밀리가 내 반대편으로 멀어져가며 벽을 향해 총알을 갈겼
다. 그러자 에밀리가 도망간다고 생각한 적들이 황급히 밖
으로 튀어나왔다. 그 기회를 놓치지 않고 방아쇠를 당겼다.
확인 사살을 하려고 했지만 둘 다 이미 머리를 관통당해서
그럴 필요는 없어 보였다. 에밀리가 전방, 내가 후방을 맡으
며 계단까지 움직였다. 계단에서 보리스가 적의 잘린 머리
를 들고 나타났다. 보리스가 왜 모습을 보이지 않았는지 짐
작이 갔다. 굳이 자를 필요까지는 없었을 텐데…… 우리는 5

층으로 올라갔다. 셋이 되니 좀 더 조직적으로 움직일 수 있었다.

5층은 장이 맡은 곳이었다. 셋이 함께 움직이니 적을 제압하는 속도가 서너 배는 빨라졌다. 다행히 복도 끝에서도 총소리가 들려왔다. 장이 잘 버텨주고 있다는 얘기였다. 하지만 쉽사리 지원하러 갈 수가 없었다. 3, 4층에 비해 5층은 확실히 적군의 수가 더 많았다. 계단을 올라오자마자 처리한 적군의 시체만 해도 스무 구가 넘었다.

피아간에 총알이 난사될 때는 조그만 실수가 죽음으로 직결된다. 그렇다고 무한정 조심만 하고 있을 수도 없다. 난사가 멈추는 순간을 기다렸다가 그 찰나의 순간에 과감하게 고개를 내밀고 적을 사살해야 한다. 기둥 뒤에서 살짝 튀어나온 전투화 앞부분, 건너편의 아군에게 수신호를 보내는 적군의 손가락. 작은 것들이지만 총알이 스쳐 지나가는 순간 상대는 크게 흔들린다. 인간의 몸은 칼과 마찬가지로 총알에도 절대 단련될 수 없다. 발을 맞으면 몸이 기울기 마련이고 몸이 기울면 머리도 기운다. 팔을 맞아도 기울고, 다리를 맞아도 기울고 몸통을 맞아도 기운다. 어디를 맞건 일단 맞으면 기우는 게 사람이다. 중심이 무너진 표적을 맞추는 건 쉬운 일이다. 하지만 사살 포인트까지 끌어내기 위해서는 어지간한 훈련을 소화하지 않으면 안 된다. 비교적 사격 솜씨가 좋은 보리스가 적군을 사살 포인트로 이끌어내면 나와 에밀리가 과감하게 적들을 처리했다.

하지만 모두가 무사할 수는 없었다. 총소리가 멈추자 에밀리가 바닥에 털썩 주저앉았다. 왼팔에 한 발, 몸통에 두발, 오른쪽 정강이에 한 발. 가까운 방으로 에밀리를 끌고 들어갔다. 방탄복 덕분에 몸통의 상처는 치명타까지 이어지지 않았다. 정강이가 문제였다. 아무래도 총알이 정강이뼈를 산산이 부수고 지나간 것 같았다. 움직일 수 있는 상태가 아니었다. 보리스가 힐끗 보더니 다시 총을 세우고 앞으로 나아가기 시작했다. 포기하라는 뜻이었다.

그때 화장실 쪽에서 삐걱거리는 소리가 들렸다. 소리와 동시에 방아쇠를 당겼다. 권총을 들고 숨어 있던 적이 피를 흘리며 앞으로 고꾸라졌다. 다시 고개를 돌렸을 때 에밀리는 옆구리를 움켜쥐고 있었다. 총알이 방탄복 플레이트 사이의 옆구리를 관통한 것 같았다. 고통이 극심한지 에밀리가 이를 악물었다. 그리고 서서히 시야가 멀어져가는 듯했다.

"해서, 해, 서……."

툭, 에밀리의 고개가 꺾였다.

에밀리를 내려놓고 보리스의 뒤를 쫓았다. 총소리를 따라 복도를 전진했다. 끝 쪽에서 방을 향해 총격전을 벌이는 적군 둘이 보였다. 보리스가 머리를 조준하더니 단 두 발만으로 정확히 끝냈다. 잠시 후 장이 숨을 고르며 걸어 나왔다. 생각보다 멀쩡한 상태였다. 오른팔에서 피가 흐르긴 했으나 심각해 보이진 않았다. 우리 셋은 6층으로 올라갔다. 6층과 7층은 안나가 맡고 있었다. 아군도 가장 많이 배치했다. 여기가 뚫리면 남은 것은 부인의 방밖에 없었고 전투는 그것으로 끝나기 때문이었다.

6층은 5층보다 더 난전이었다. 내가 센 것만 열아홉이었다. 보리스와 장의 총도 쉴 틈이 없었다. 복도와 방에 시체가 넘쳐났다. 하지만 이 정도의 인원이 죽었다는 건 그만큼 끝이 가까워졌다는 얘기이기도 했다. 마침내 총소리는 산발적으로 잦아들었다. 복도 모퉁이를 돌자 피범벅이 된 안나가 서 있었다. 말짱하게 걷는 걸 보니 본인의 피는 아닌 것 같았다.

"저지한 건가?"

내가 물었다.

"아니. 방금 몇 놈이 7층으로 올라갔어."

7층으로 발걸음을 서둘렀다. 부인의 방으로 가기 위해서는 엘리베이터에서 내려 10미터 정도 복도를 가로질러야 했다. 계단을 통하면 15미터 정도였고. 7층에서 우리를 맞이한 건 놀랍게도 집사였다. 아니, 사실은 놀라지 않았다. 집사의 표정이 너무도 평화로웠기 때문이다. 표정과 달리 집사의 하얀 셔츠와 얼굴은 피로 물들어 있었다. 양쪽 어깨에 걸친 숄더 홀스터는 빈집이었다. 총알을 다 소진한 것 같았다. 대신 그의 손에 롱소드가 들려 있었다. 바닥에 세우면 집사의 가슴까지 닿을 것 같았다. 롱소드치고도 긴 칼이었다.

집사 주위에는 시체가 열 구 있었다. 다섯은 총상으로 보였고 다섯은 팔이나 다리, 목이 없었다. 아직 한 명은 살아 있었다. 그는 주춤주춤 뒤로 물러서며 미친 듯이 방아쇠를 당겼는데, 총알이 없었다. 집사가 좌우로 롱소드를 가볍게 휘두르며 앞으로 다가갔다. 전의를 상실한 적군은 얼어붙었다. 휙, 하는 소리와 롱소드의 칼날이 수평으로 공기를 갈랐다. 잠시 후 적의 몸통이 무너지면서 잘린 머리가 집사의 발 앞으로 떨어졌다. 집사와 눈이 마주쳤다. 그의 얼굴에 차가운 미소가 서려 있었다. 집사는 한동안 우리를 주시하더니 휙 돌아 부인의 방으로 들어갔다.

올 클리어.

집사를 처음 만났을 때, 그가 한 말이 생각났다.

'죽여버릴까요?'

그저 말버릇인 줄 알았다. 하지만 오늘 보니 진짜 먼치킨은 집사가 아닐까 하는 생각이 들었다. 칼을 휘두르는 속도와 적이 총알을 맞은 부위를 봤을 때 전투력이 상당했다. 무엇보다도 잠깐이었지만 등골이 오싹해질 정도의 살기와 광기가 느껴졌다.

둘째 해성이 말하지 않았던가? 먼치킨이라도 여기서 살아나간 사람은 없다고. 그때는 전투 중에 모두 죽는다는 말인 줄 알았다. 하지만 집사의 전투 장면을 보니 생각이 바뀌었다. 전투 중에 죽은 게 아니라 전투 후에 살해당했을 수도 있다. 부인이든 손자든 이곳의 일이 밖으로 새는 것은 원치 않을 테니까. 나중에라도 위협이 될 만한 존재는 미리 없애는 게 나을 테니까. 사실 저들이 제시한 돈은 처음부터 무용한 숫자였을 것이다. 그저 돈으로 움직이는 인간인지 아닌지를 확인하고 싶었을 뿐. 그렇다면 지금 우리를 살려두는 이유는 뭘까? 아직 쓸모가 있는 걸까? 안나도 나와 같은 생각일까?

"가지. 오늘 밤 일은 이것으로 끝난 것 같으니."

안나가 입을 열었다.

"먼저 가. 잠깐 살펴볼 게 있어."

"방에서 기다리지."

안나와 장, 보리스가 내려가는 모습을 확인한 뒤 나는 시체들을 살피기 시작했다.

방으로 돌아왔다. 전투 후의 술 한 잔. 세 잔을 마신 후에야 안나와 얘기를 나눴다. 전투 중에 떠오른 생각들. 말을 마치자 안나가 고개를 끄덕였다.

"나도 그렇게 생각해."

안나가 고개를 끄덕였다.

"준비를 해야 하지 않을까?"

"알고는 있어야겠지."

"대비책은?"

"우린 용병이야. 상대가 아직 계약을 어기지 않은 이상 우리가 먼저 칠 수는 없어."

안나다운 대답이었다.

"그래도 무장은 하고 있는 게 좋겠지."

"전투는 끝나지 않았나?"

"내일 오전에 7층 무도회장에서 모임이 있을 거야."

"가족 모임인가?"

"그것도 가족이라면."

안나가 자리에서 잔을 입에 털어 넣고 일어섰다.

"좀 자둬. 내일도 긴 하루가 될 것 같으니까."

안나가 성큼성큼 문을 나섰다. 한동안 안나가 떠난 문만 바라보았다.

26.   집사

정확히 다음 날 오전 10시에 전화벨이 울렸다.

"2층의 접견실에서 보지."

집사였다. 7층 무도회장이 아니었다.

"브런치인가?"

전화기 너머로 집사의 코웃음 소리가 들렸다.

"아마도."

"부인도 아시나?"

"아시게 되겠지."

"충직한 머슴인 줄 알았는데."

"충직하지. 너희들같이 돈에 팔려 다니는 놈들과는 다르니까."

"그래서 은쟁반을 준비했나 보군."

"그래."

"내려가지."

전화를 끊은 후, 무장을 했다. 문을 열었다. 시체는 없었다. 여기 온 첫날, 홀에서 본 사람들이 청소를 하고 있었다. 그들 중 뱀 문신의 헐크와 눈이 마주쳤다. 헐크가 먼저 얼굴을 돌렸다. 2층의 접견실로 갔다. 평소처럼 문은 열려 있었다. 집사의 옷차림은 어제와 같았다. 흰색 셔츠에 숄더 홀스터를 차고 롱소드를 짚은 채 꼿꼿이 서 있었다. 우리 사이의 거리는 12미터 정도였다.

"포크가 없나?"

롱소드를 가리키며 내가 말했다.

"사람 머리는 포크로 집어지지 않으니까."

집사가 코웃음을 쳤다. 농담에 반응하는 그만의 방법인 것 같았다.

"재밌는 걸 보여줄까?"

"그거 고맙군. 아직 입장료도 내지 않았는데 말야."

"정말이지 잠시도 입을 다무는 법이 없군."

집사가 다시 내 말은 무시한 채 뒤로 돌아섰다. 그러고는 벽에 걸려 있는 액자를 한 바퀴 돌렸다. 가로세로 1미터 정도 되는 그림은 라파엘로의 〈초원의 성모〉였다. 색상이 필요 이상으로 화려한 게 모조품이었다. 딸깍, 소리가 나더니 액자 아래 진열장이 옆으로 움직였다. 진열장 뒤에 가로 다섯, 세로 다섯 칸으로 짜여진 진열장이 또 있었다. 각 칸마다 사람 머리가 들어 있는 원형 유리통이 놓여 있었는데 맨

위 오른쪽 끝에 아링이 보였다.

"왜 반가운 사람이 있나?"

집사가 건조하게 물었다.

"공범으로 만드는 건가?"

집사의 얼굴을 보며 물었다.

"뭐야? 머리가 좀 돌아가는 건가?"

집사가 조금 놀랍다는 표정을 지었다.

"맞는지는 모르지."

"말해봐. 대답해줄 테니."

"요리사 A가 이런 말을 했지. 여기서는 두세 달에 한 번씩 하는 일을 바꾼다고. 처음에는 이해가 되지 않았지. 하지만 이제 보니 짐작이 되는군. 마을 주민들의 입을 막는 데는 한계가 있어. 하지만 살인의 공범이 되면 누구도 입을 열 수 없지. 그래서 모두 요리사를 거치는 거야. 주방에서 시체를 처리할 테고. 목을 올려다 놓는 건 함부로 입을 놀리지 말라는 경고의 뜻일 테고. 발굴까지 시키는 건 뼛속까지 두려움을 느끼라는 얘기겠지. 한 번도 아니고 마을 주민 모두가 돌아가면서 그런 일을 계속 당한다면 어느 누가 입을 열겠어. 그래서 요리사 A가 이런 말도 한 거야. 여기서는 살아도 지옥, 죽어도 지옥이라고."

"그 녀석도 너처럼 입만 살았었지."

"어젯밤에 네가 죽인 사람들의 시체들을 살펴봤더니 절 단면이 아주 깨끗하더군."

"자비를 베푸는 거지. 빠르게, 고통을 느끼지 않게."

집사의 말에 쓴 웃음이 나왔다.

"그래서 사람 머리를 트로피로 취급하나?"

"트로피? 하긴 너 같은 녀석이 이런 걸 이해할 수 있을 리가 없지. 이건 트로피가 아니야. 충성심이지."

한동안 나와 집사는 서로를 노려보았다.

"왜 죽는지는 알겠지?"

집사가 먼저 입을 열었다.

"이 방의 비밀을 알아서?"

"바닥을 봤지?"

"봤지."

"그건 부인의 손자들도 몰라."

"내가 몰랐다 해도 죽일 생각 아니었나?"

"그건 그렇지."

아링의 마지막에 대해서는 묻지 않았다. 대충 짐작이 갔다.

"칼을 좀 쓴다고?"

집사가 물었다.

"그래서?"

"총보다는 칼이 낫지. 목숨이 끊어질 때의 감촉을 손으로 느낄 수 있거든."

"이상한 곳에 성감대가 있군. 그럼 손가락이 두 배쯤 늘어나나?"

"그래, 그래. 죽기 전에 더 재미있는 농담을 생각해보라고."

권총이 들어 있는 숄더 홀스터를 벗어 던지고 허리춤에서 쿠크리를 빼어 왼손으로 들었다.

"쿠크리는 처음인데? 재밌겠어."

집사가 내 쪽으로 한 발 다가서더니 롱소드를 들어 자세를 잡았다. 오른발을 앞에 두고 선 다음, 손잡이를 머리 앞까지 올렸다. 칼은 왼쪽 측면으로 두었고 칼날은 상대를 향하고 있었다. 옥스. 검도로 치면 중단. 상대를 견제하는 기본적인 동작이었지만 모든 것이 물 흐르듯 부드러웠다. 고수가 분명했다. 이어서 봄탁. 검도의 상단. 역시 부드러웠다. 대결에 임하기 전에 폼을 좀 잡아볼 모양이었다. 상대를 우습게 본다는 뜻이기도 했고.

탕.

총소리와 함께 집사의 오른쪽 무릎이 꺾였다. 악. 단발마의 비명이 울렸다. 그래도 용케 쓰러지지 않고 균형을 잡고 서 있었다.

탕, 탕.

이번에는 집사의 양쪽 팔꿈치가 흔들리더니 칼을 떨어트렸다. 집사가 고통을 참으며 내 오른손에 들린 권총을 노려보았다.

"허리 뒤춤에 두 자루 더 있었거든."

"칼을 쓰는 놈이라 명예 정도는 알 줄 알았는데."

다시 탕.

집사의 왼쪽 무릎이 꺾였다. 집사는 더 이상 버티지 못하고 철퍼덕 주저앉았다. 그래도 고개는 여전히 빳빳이 들고 있었다. 권총을 허리춤에 끼우고 쿠크리를 오른손으로 바꿔 잡았다.

"넌 쓰레기야."

집사가 경멸의 눈빛으로 나를 쏘아보았다.

"그러니까. 너 같은 쓰레기를 죽이는 데 딱이지."

집사의 머리가 조금씩 아래로 내려가기 시작했다. 머리채를 잡아 뒤로 젖혔다.

"한 번에 끝내."

집사가 말했다.

"미안. 난 항상 분리수거가 어렵더라고. 한 번에 안 되더란 말이지."

아링을 한 번 바라본 뒤, 쿠크리를 머리끝까지 치켜들었다.

셔츠를 갈아입는데 안나가 노크도 없이 방으로 들어왔다.

"가지."

안나가 위아래로 나를 훑었다.

"피비린내가 나는군. 또 한바탕했어?"

"집사."

"그래서?"

"저녁에 돼지들의 회식이 열리겠지."

"거기까지 가는 게 더 일이겠어."

"부인은 어떻게 할 생각이야?"

"봐서."

"집사 일로 이미 계약은 깨진 거야."

"네게는 그렇지."

안나가 무표정한 얼굴로 말했다. 우리는 문을 나섰다.

7층 무도회장에는 차이콥스키의 〈피아노 협주곡 1번〉이

울려 퍼지고 있었다. 청소는 이미 깨끗이 되어 있었다. 벽과 기둥에 총탄의 흔적이 남아 있긴 했지만 핏자국은 보이지 않았다. 무도회장은 넓고 멋졌다. 반짝이는 대리석과 화려한 샹들리에, 입구에서부터 부인의 의자까지 길게 뻗은 붉은 양탄자와 단상으로 올라가는 반원형의 계단. 대관식이 열려도 괜찮을 것 같았다. 다만 테이블도 의자도 없고, 있는 것이라곤 부인이 앉은 거대한 옥좌뿐이었다. 이 공간에서 앉을 수 있는 사람은 오직 자신밖에 없다는 듯이.

해서는 부인의 의자에서 한 계단 아래에 내려와 서 있었다. 딱히 어떤 감정도 생각도 드러나지 않는 표정이었다.

"수고했어요."

우리가 들어서자, 정원 손질이 끝났다는 하인의 말에 알았다고 고개를 끄덕이는 투로 부인이 말했다. 하긴, 부인에게 우리의 일이란 그 정도의 가치일지 모른다는 생각이 들긴 했다. 그것이 용병이 받는 대우다. 장과 보리스가 먼저 와 있었고 입구의 문 근처에 서 있었다. 우리는 그 옆에 섰다. 부인이 내게 말을 걸었다.

"당신이 올 줄은 몰랐네요."

집사가 아닌 내가 나타나서 의외인 듯했다. 대답하지 않았다.

"오늘 회의가 끝나면 당신과 얘기를 좀 나눠야겠군요. 생각 있어요?"

"생각해보죠."

없었지만 그렇게 대답했다. 안나에게 배운 대로.

손자들이 나타난 건 그로부터 10분쯤 뒤였다. 입장 순서를 정한 듯 첫째 해왕, 둘째 해성, 셋째 해창이 나란히 들어왔다. 다른 형제들은 혼자였는데 둘째 해성 옆에만 장발에 카타나를 든 남자가 붙어 있었다. 첫째와 셋째의 표정이 벌레를 씹은 듯 구겨져 있었다. 반대로 둘째는 약간 들뜬 표정이었다.

"할마시. 정말 이렇게까지 할 거요? 이제 고마 물러나면 안 돼?"

셋째가 역정을 내며 말했다.

"네 녀석은 그 천박한 말투를 평생 못 버리겠지?"

부인이 상대할 가치도 없다는 뉘앙스로 조용히 말했다.

"손자들하고 밥그릇 싸움하는 할마시가 천박하지 내가 왜? 먼 잘못을 했다꼬?"

둘째가 손을 들어 셋째를 제지했다.

"할머니. 이제 다 끝났다고 생각하십니까?"

둘째의 눈빛이 어딘가 묘했다.

"아직 여력이 남아 있나 보지? 이 사람들을 다 이길 수는 있고?"

부인이 미소를 지으며 우리 쪽을 쳐다봤다.

"있다면요? 할머니는 이 사람들이 다 할머니 편이라고 생각하십니까?"

부인이 둘째를 지그시 내려다보았다. 해성이 한 걸음 앞으로 다가섰다.

"안나에게 사실은 말해줬습니까?"

둘째가 턱으로 안나를 가리켰다. 안나는 미동도 하지 않았다.

"할머니에게서 들은 얘기 없지요?"

이번에는 몸을 돌려 안나를 정면으로 바라보며 말했다. 안나는 역시나 미동도 하지 않았다.

"이레나를 저택에서 데리고 나올 때 너무 쉬웠다는 생각이 계속 들더란 말이죠. 여기 사람들이 그렇게 녹록한 사람들도 아니고. 할머니가 자신에게 필요한 사람을 그리 쉽게 데려가게 둘 사람이 아닌데 말입니다. 이레나를 잡아두면 당신을 더 쉽게 조종할 수 있는데 왜 놓아주었을까? 결론은 우리가 이레나를 데리고 간 게 아니라 할머니가 이레나를 내보낸 겁니다. 궁금하지 않아요? 그 이유가."

안나의 표정이 조금 어두워졌다. 부인이 흥미롭다는 듯 턱에 손을 괴고 둘째 손자의 이야기에 귀를 기울였다.

"이레나가 당신의 동생이 아니기 때문입니다."

안나의 표정이 일그러졌다.

"처음에는 할머니도 이레나가 당신의 동생인 줄 알았죠. 이레나를 통해 당신을 알게 됐으니까. 하지만 이레나도 할머니가 자기를 인질로 잡을 줄은 몰랐습니다. 그 정도로 피도 눈물도 없는 사람이라고는 생각하지 않았으니까. 그제야 할머니한테 모두 털어놓은 겁니다. 자신은 이레나가 아니고 올가라고."

안나는 도무지 뭐가 뭔지 모르겠다는 표정이었다.

"당신 동생은 한국에 오기 전에 이미 죽었어요. 음주 운전으로. 그 비자를 가지고 대신 한국으로 들어온 게 이레나 행세를 한 올가. 둘은 한 마을 친구고 외양도 비슷해서 친하게 지냈어요. 당신에 대해서도 올가는 모르는 게 없었죠. 당신이 보내준 돈으로 사이좋게 마약을 사던 사이였으니까요."

안나는 금방이라도 울음이 터질 것 같았다. 동생이 아니란 사실도 충격이었지만, 이미 예전에 죽었다는 게 믿기지 않는 것 같았다.

"그 뒤로 당신에게 연락하고 돈을 받은 것도 모두 올가였습니다. 당신이 전쟁터에서 목숨을 걸고 번 돈은 피 한 방울 섞이지 않은 올가가 마약을 사는 데 모두 써버렸죠."

첫째는 여전히 화가 난 표정이었고, 셋째는 안나가 불쌍

하다는 듯 쯧쯧 혀를 찼다.

"그러니까 당신이 이 일을 하는 목적, 조카와 이레나를 데리고 나간다는 건, 당신에겐 아무 의미 없는 짓이에요. 이레나가 당신의 동생이 아닌 것처럼 마리도 당신의 조카가 아니니까. 할머니는 그 사실을 알아서 내가 이레나를 빼 가도록 내버려둔 거고. 하지만 뭐 너무 억울해하지는 말아요. 올가도 며칠 전에 마약 과다 복용으로 세상을 떴으니까."

그때였다. 안나가 비명을 지르며 머리를 두 손으로 감싸더니 바닥에 뒹굴었다. 머리에 장착된 폭탄이 터지려는 건지, 둘째의 말 때문에 충격을 받은 건지, 아니면 둘 다인지 가늠이 되지 않았지만 일단 안나를 감싸 안았다. 내 품속에서 안나는 한참 동안 경련을 일으키다가 정신을 잃고 말았다. 다행히 맥은 뛰고 있었다.

둘째가 한숨을 쉬며 말을 이었다.

"할머니, 전 이번에 생각을 좀 바꿔봤어요. 이렇게 계속 싸우는 거 지겹잖아요. 그래서 미리 내 편을 좀 만들어놓아야겠다고. 안 되면 계속 이 짓거리를 반복해야 되잖아요. 그래서 안나는 자의적으로 손을 떼게 할 생각이었는데 저 상태면 뗀 거나 진배없고……"

둘째가 우리 쪽으로 고개를 돌렸다. 나를 보는 건 아니었다. 장도 아니었고. 보리스가 갑자기 성큼성큼 해왕에게 다가갔다. 갑작스런 상황에 첫째가 놀라서 뒷걸음질을 쳤다. 하지만 보리스는 이미 첫째의 코앞에 가 있었다. 보리스의 카바가 그대로 첫째의 심장을 찔렀다. 첫째는 제대로 소리도 내지 못했다. 다시 목을 찔렀다. 그에게 다행스러운 점은 고통을 느낄 사이도 없이 모든 것이 순식간에 일어났다는 것이었다. 보리스는 피 묻은 칼을 한 번 털고는 소매에 닦았다.

부인은 그 광경을 말없이 바라보고만 있었다. 놀랐다기보다는 의외라는 표정이었다.

"네게 이런 배포가 있는 줄은 몰랐는데?"

도저히 손자의 죽음을 앞에 두고 할머니가 할 소리는 아닌 것 같았다.

"글쎄. 제 배포가 이것뿐일까요?"

둘째가 차갑게 웃었다. 그러고는 쓰러져 있는 첫째를 보았다.

"하버드를 나오면 뭐 합니까? 성질 급하지, 머리 나쁘지, 거만하지. 꼴에 장남이라고 유세 떨지. 자기가 형제들에게 뭘 해줬다고."

남다른 형제애를 가진 집안이었다.

"그래서 이제는 누구를 또 해칠 생각이지?"

부인의 얼굴은 이제 재미있다는 표정으로 바뀌어 있었다. 둘째가 어깨를 으쓱하더니 셋째를 쳐다보았다. 보리스가 둘째를 지나 성큼성큼 셋째 쪽으로 걸어갔다. 그때 둘째 뒤에 서 있던 장발이 보리스 옆으로 빠르게 접근하더니 칼을 빼어 들었다. 순식간에 날이 번쩍였다. 카바를 잡고 있던 보리스의 오른손이 툭 떨어졌다. 동시에 다시 한번 카타나가 보리스의 오른쪽 어깨부터 왼쪽 옆구리까지 쭉 내려왔다. 보리스는 외마디 비명도 지르지 못한 채 그대로 앞으로 고꾸라졌다. 동시에 장발이 뒤로 몸을 돌리면서 둘째의 머리를 베었다. 둘째는 자기에게 무슨 일이 일어났는지도 모르는 표정이었다. 한동안 가만히 서 있던 둘째의 머리가 떨어지고 주인을 잃은 몸뚱이가 뒤로 넘어졌다.

"시발, 동생 마누라 데리고 노니까 좋았제?"

셋째가 카악, 침을 모으더니 둘째의 얼굴에 뱉었다.

"니만 머리 쓸 줄 안다고 생각하더니 꼴좋다. 그 머리 저승에 가서도 실컷 굴리바라. 지 옆에 저승사자가 있는 줄도 모르는 기."

셋째가 둘째의 머리를 걷어차더니 부인을 향해 소리쳤다.

"할마시 니는 악당이야. 우리보다 더한 악당. 세상에 어느 할마시가 손자들을 서로 죽이게 만드노?"

셋째의 눈은 증오로 끓고 있었다. 하지만 부인은 여전히 이 상황이 재미있다는 듯한 표정이었다.

"넌 정말 상상을 깨는 아이구나. 네게도 이런 재능이 있는지는 몰랐는데?"

"지랄을 한다 지랄을. 이게 재밌나? 이 미친 할마시야?"

"형들을 죽인 너는 안 미쳤고?"

"미쳤지. 미치도 오지게 미쳤지. 안 미치면 내가 죽게 생겼는데 할마시 같으면 안 미치겠나?"

셋째가 찍, 하고 옆으로 침을 뱉었다.

"세상에 어데 이런 가족이 있노? 행님들은 동생을 죽일라 안 카나? 할마시는 손자들 죽는 거 구경이나 하고 앉았고? 집안 꼴 참 잘 돌아간다. 이 무신 콩가루 집안이고? 콩가루 집안도 이 정도 콩가루는 없을 기다. 아, 시발, 행복해서 내가 마 팍, 디지뿌겠네."

셋째는 다시 한번 찍, 하고 침을 뱉었다. 그러고는 우리 쪽을 향해 손사래를 쳤다.

"보소. 내 마 열도 받고 여는 마 싹 쓸어뿔라카니까 이제 상관없는 당신들은 갈 길 가소. 괜히 애먼 데 껑기가 장의사한테 견적 받지 말고. 내 가는 놈 안 막을 기니까. 알아들었소?"

그러고는 주변을 두리번거리며 쩌렁쩌렁한 목소리로 소리쳤다.

"야, 영감탱이 나온나. 이번에는 끝장을 봐야 안 되것나?"

귀가 아플 정도였다.

"안 나오나? 맨날 할마시 옆에 있던 게 오늘은 어데 갔노?

내 니 때문에 비싼 돈 주고 칼잡이 하나 데려왔다 아이가. 빨리 나온나."

"저 친구한테 물어봐."

부인이 나를 손으로 가리켰다.

"아따, 당신이 처리했소? 디아블로 뭔가 하드만 소문이 허풍이 아니었는가베?"

짝짝짝, 셋째가 박수를 세 번 쳤다.

"참 잘했네. 잘했어. 근데 이거 우짜지? 한 년은 뺄었뿆고 니만 죽이면 이 판 다 내가 싹 쓰네? 아 시발, 내 당신들은 살려줄라했는데 고마 생각 팍 바뀌뿌네."

셋째의 말에 총을 뽑으려는 순간 등 뒤에서 한기가 느껴졌다. 장이었다. 장이 고개를 옆으로 흔들고는 내 허리춤에 있던 총과 쿠크리를 뽑아서 장발 쪽으로 던졌다. 능숙하게 몸수색까지 마치더니 조용히 셋째를 향해 말했다.

"없습니다."

"와? 놀랐어요? 쟈도 내 편이라가? 다들 내가 머리가 억수로 나쁜 줄 알거든. 뭐 나쁘기야 하지. 근데 돈 처발라가 안 되는 기 어딨노? 될 때까지 처바르면 넘어오는 게 사람이지."

셋째가 자신의 머리를 손가락으로 툭, 툭, 치며 말했다.

"아, 참 아쉽네. 내가 이번에는 판 한번 쓸어볼라꼬 준비

마이 했는데. 마, 날로 묵게 생기뿟네."

셋째가 장발 쪽으로 시선을 돌렸다. 장발은 셋째의 말에
아랑곳없이 나만 바라보고 있었다. 나 역시 장발을 바라보
았다. 장발이 천천히 걸어오더니 장이 던진 쿠크리를 집어
내 쪽으로 밀었다. 오른발로 밀어준 쿠크리를 잡았다.

"아 새끼. 똥폼은. 와 한판 붙어 볼라꼬?"

장발은 대답하지 않았다.

"하여튼 돈 받고 시키는 대로만 하면 될 낀데 꼭 죽을라고
말을 안 듣는 기라. 내가 느그 쇼하라꼬 돈 준 줄 아나? 장
니가 처리해뿌라. 나는 할마시하고 오늘 끝을 볼 끼니까."

탕, 권총 소리가 들렸다. 등이 화끈거리지는 않았다. 뒤를
돌아보았다. 장이 왼손으로 옆구리를 움켜쥐고 있었다. 재
빨리 장의 손에서 권총을 빼앗아 장의 머리를 쐈다.

철컥.

빈 총이었다. 장이 옆구리를 잡은 채 무릎을 꿇었다.

"마리…… 마리……."

장이 정신을 잃고 앞으로 고꾸라졌다. 그제야 총소리가
난 곳을 보았다. 안나였다. 쓰러져 있던 안나가 정신을 차렸
는지 누운 채로 힘겹게 총을 잡고 있었다. 장발이 안나에게
다가가더니 발로 권총을 차버렸다.

"야 이 새끼야. 빨리 쏴 죽여야지 권총을 차버리면 우짜

노?"

셋째가 신경질을 내며 자신의 허리춤에서 권총을 꺼냈다. 장발이 품속에 있던 단도를 셋째에게 던졌다. 단도는 셋째의 손등을 관통했다. 셋째가 놓친 총이 굴러서 내 앞으로 떨어졌다. 장발이 물끄러미 나를 쳐다보았다. 나 역시 총을 발로 차서 한쪽 구석으로 밀어버렸다.

철컥. 장발의 칼이 칼집에서 빠지는 소리가 났다. 한 발, 한 발, 천천히 내게로 다가왔다. 나도 쿠크리를 집어 들었다.

스르렁. 장발이 칼을 빼고는 칼집을 버린 뒤 중단 자세를 잡았다. 칼끝이 한 치의 흔들림도 없이 나를 노려보고 있었다. 우리 사이에는 아직 여섯 걸음 정도가 남아 있었다. 서로가 한 발씩만 내디디면 카타나의 살상 반경 안에 들어갈 것이다. 초근접이라면 단도가 유리하다. 하지만 근접이라면 카타나가 유리하다. 얼마나 빨리 장발의 칼을 피해 품으로 파고드느냐가 승부의 관건이 될 터였다.

장발이 한 발 다가왔다. 땅에서 몇 밀리 정도 떨어져 스르륵 끌듯이 발을 움직였다. 한 발 뒤로 물러섰다. 아직 장발의 보폭이 선명하게 잡히지 않았다. 다시 장발이 한 발 앞으로 왔다. 한 걸음 더 물러섰다. 보폭은 잡혔다. 공격의 보폭은 이동 보폭보다는 훨씬 넓을 것이다. 하지만 칼의 살상 범위는 정확히 가늠하기 힘들었다. 칼자루의 끝단까지 활용하면 지금의 거리도 안심할 수는 없다. 다시 장발이 한 발 앞으로 다가왔다. 더 이상 물러서진 않았다.

챙. 아주 가볍게 칼끝이 부딪쳤다. 권투의 잽. 작은 접촉만으로도 상대의 내공을 확인할 수 있었다. 얼마나 수련했는지, 얼마나 심오한지. 나와 장발의 눈은 상대의 동작을 감지하는 데 온 신경을 집중하고 있었다. 누구든지 먼저, 아주 약간의 호흡이 흐트러진 틈새를 노려 공격이 들어갈 것이다. 장발은 여전히 중단 자세였다. 그대로 찌르기로 들어올 것인가? 아니면 팔목? 몸통?

다시 한번 대치의 시간이 흘렀다. 장발의 이마에서 땀이 흐르는 게 보였다. 한 방울, 정말이지 딱 한 방울의 땀이 장발의 오른쪽 눈으로 스며들었다. 장발은 오른쪽 눈이 깜빡이는 걸 필사적으로 참아내고 있었다. 하지만 나는 장발의 집중력이 흐트러지는 그 순간이 유일한 기회라고 생각했다. 온 힘을 다해 장발의 품으로 뛰어들었다. 동시에 카타나가 나의 목을 찔러왔다. 역시 목이었나, 라고 생각하는 순간 칼끝이 나의 명치 쪽으로 내려왔다. 부지불식간에 옆구리를 최대한 틀며 장발의 가슴을 베고는 다시 목을 그었다. 동맥까지 깊숙이 베었는지 장발의 목에서 피가 솟구쳤다. 장발의 칼이 내 옆구리를 얼마간 베고 지나갔다. 옷이 쭈욱 찢어졌다. 피가 많이 나지 않는 걸 보니 치명타는 아닌 것 같았다. 챙그랑, 카타나가 대리석 바닥 위로 떨어졌다.

"아이, 시방새. 왜 똥폼을 잡고 지랄이고."

장발이 쓰러지자 셋째가 홀이 떠나갈 듯이 소리쳤다.

"돈을 처발랐으면 돈값을 해야지 돈지랄을 하면 내보고 어쩌자는 기야. 참말로 속에서 천불이 나네 마."

그때 탕, 하는 소리가 홀에 울렸다. 셋째가 발라당 뒤로 넘어갔다.

"상스럽기는."

부인이었다.

"이래서 남자들은 쓸모가 없어. 머리도 나쁘고 호들갑스럽고 단순하고."

부인이 쓰러져 있는 셋째를 바라보며 말했다. 셋째가 어깨를 잡고 끙끙거리며 일어났다.

"아이 시발, 할마시 지금 내를 쏜 기요? 와, 진짜 갈 데까지 가보자는 거지요?"

"네 형제들은 누가 죽였는데?"

"그거야 할마시가 부채질을 하이 그렇지. 부채질만 안 했어 봐. 내가 왜 죽이겠어? 지금 똥 묻은 개가 겨 묻은 개 나무라는 거야? 누가 누구한테 죽였네 마네 하는 거야?"

셋째가 부인에게 삿대질을 하더니 내 쪽을 보았다.

"어이, 형씨, 내가 돈 줄 테니까 저 할마시 어째 해뿌라. 10

억? 20억? 내 달라는 대로 다 줄게."

"줄 생각은 있고?"

부인이 비웃었다.

"준다 하잖아. 지금 내 입으로."

"방금 저 사람들을 죽이려고 한 건 생각 안 하고?"

"사람 생각이야 바뀔 수도 있는 거지? 형씨, 아까는 내가 실수했소. 이번에는 내 진짜 약속할게. 저 할마시만 죽여주면 형씨 원하는 대로 내 줄게."

셋째가 간절한 표정을 지었다. 무시하고 안나의 옆으로 갔다. 정신을 거의 차린 것 같았다. 고통 때문에 얼굴을 찌푸리고 있었지만 혼자 힘으로 일어설 정도는 되었다.

"어이, 형씨. 내 진짜 준다니까. 이번에는 진짜라니까."

대답하지 않았다. 이번에는 부인의 목소리가 들려왔다.

"호들갑 좀 그만 떨어. 설마 할미가 널 죽이겠니?"

"진짜요?"

셋째 반색했다.

"안나 씨? 마무리하셔야죠?"

부인이 안나를 바라보았다.

"아이 시발. 결국은 날 죽이겠다는 소리잖아?"

셋째가 주위를 두리번거렸다.

"그건 당신이 알아서 하시죠."

"당신은 나와 계약을 했어요."

비로소 부인의 얼굴에 감정이라는 것이 떠올랐다. 역정말이다.

"그랬죠."

"그렇다면 내 말을 들어요."

대답하지 않았다.

"안나 씨 저 녀석을 처리해요. 보수는 5억을 더 얹어주겠어요."

안나는 여전히 묵묵부답이었다.

"이건 계약 위반이야."

부인이 처음으로 소리를 질렀다.

"그건 당신이 먼저겠죠. 당신은 이레나가 아니라는 사실을 내게 숨겼죠?"

안나가 무심하게 말했다. 용병이 등에 칼을 맞는 경우는 흔한 일이다. 안나와 나 역시 여러 번 당했고. 하지만 계약한 이상 지킨다. 정보가 부족해서 속았건, 바보라서 속았건 고용주를 탓할 일은 아니다. 하지만 깰 증거가 생겼다면 지킬 이유가 없다.

"무슨 소리야? 당신 일은 아직 끝나지 않았어. 나머지 금액을 받으려면 내 명령을 들어."

부인은 여전히 소리를 지르고 있었다. 안나가 미소를 지었다.

"당신 돈이니 당신이 가져요."

부인이 안나를 가는 눈으로 보더니 나를 보았다. 시선을 마주치자 나는 고개를 저었다. 눈이 더욱 가늘어졌다. 자신의 말이 먹히지 않는 걸 못 참는 성격인 것 같았다.

"너희들은 다 악당 버러지야. 날 때부터 그런 년놈들이었겠지."

부인이 의자의 팔걸이를 쾅, 치면서 일어나 말했다. 안나는 그런 부인을 물끄러미 바라보다 잠시 후 입을 열었다.

"맞아요. 우린 나면서부터 악당일지 몰라요."

안나가 말을 끊고는 숨을 한 번 골랐다.

"당신은 스스로 선택해서 악당이 됐고."

말을 하는 안나의 표정은 무표정했지만 부인의 얼굴은 분노로 빨갛게 달아올라 있었다. 순간, 옆의 해서가 부인에게 빠르게 다가갔다. 부인이 윽, 하는 신음을 냈다. 부인이 자신의 옆구리를 바라보곤 해서를 바라보았다. 해서가 두 손으로 칼을 쥐고 부인을 찌른 것이었다. 상황을 파악한 부인의 얼굴은 '이게 대체 무슨 일이지?' 하는 표정이었다. 그러더니 뒤로 한 걸음 물러서다가 의자에 털썩 주저앉았다. 얼굴은 여전히 해서를 향하고 있었다.

"이제 그만 끝내요."

해서의 목소리는 떨리고 있었다. 하지만 울고 있지는 않았다. 대신 처연한 얼굴이었다. 해서는 부인에게 다가가 반쯤 들어간 단도의 칼날을 손잡이까지 밀어 넣었다. 부인은 고통을 참기 힘든지 이를 악물었다. 부인이 손을 가만히 해서의 손 위에 올렸다. 날숨과 들숨의 간격이 점점 짧아졌다. 부인이 입술을 달싹였다.

"다…… 컸네."

부인의 호흡이 멈췄다. 비로소 해서가 칼에서 손을 떼고 한 발 뒤로 물러섰다. 뒤에서 킥킥거리는 웃음소리가 들렸다.

"와, 이거 집안 꼬라지 바라. 폼 난다 폼 나. 이기 다 무신 일이고?"

셋째가 해서 쪽으로 다가갔다.

"잘됐다 마. 나머지는 이 오빠야가 알아서 할 기니까 해서 니는 내만 믿고 있어라."

셋째가 해서의 등을 토닥였다. 그러고는 언제 챙겼는지 안주머니에서 권총을 꺼내 해서의 머리를 겨냥했다.

탕.

셋째의 머리가 휘청거리더니 옆으로 쓰러졌다. 안나였다.

"여자는 건드리지 마."

해서가 눈도 깜빡이지 않고 쓰러진 셋째를 바라보았다. 무슨 생각을 하는지는 알 수 없었다.

28.   마리

오후에 안나에게 차를 빌려 곡괭이와 삽, 그리고 꽃을 샀다. 무덤을 두 개 만들 요량이었다. 돌아오는 길에 마을에서 마리를 만났다. 마리는 길가에 앉아 울고 있었다. 앞에는 네 다리를 쭉 뻗고 누워 있는 흰 염소가 있었다. 차를 세우고 마리에게 다가갔다.

"무슨 일이냐?"

마리는 대답 대신 내 품에 와락 안겼다. 한참을 그렇게 있었다.

"염소가 죽었어."

눈물을 닦으며 마리가 말했다.

"염소는 검지 않았어?"

염소를 흘깃 본 후 마리에게 물었다. '염소도 알비노가 있나?' 싶었지만 속으로만 삼켰다.

"아침에 일어나 보니 염소가 하얗게 변해 죽어 있었단 말이야."

마리가 내 가슴을 주먹으로 마구 쳤다. 손이 제법 매웠다.

"내가 소원을 너무 많이 빌어서 그래. 너무 많이 빌어서 힘들어 죽은 거라고."

할 수 없이 마리를 꼭 껴안아주었다.

"장 아저씨가 그랬어. 소원을 너무 빌면 내가 자는 사이에 유니콘이 날아가버린다고. 장 아저씨 말을 들었어야 했는데……."

마리의 등을 토닥였다.

"무슨 소원을 빌었는데?"

"장 아저씨가 그랬어. 다시 못 볼지도 모른다고. 안나도 아저씨도. 그래서 빌었단 말이야. 모두 다시 보게 해달라고. 밤새도록 빌었단 말이야. 내가 자지 않았으면 염소는 안 죽었을 건데. 내가 자서 염소가 죽은 거란 말이야."

마리는 이제 꺼이꺼이 울고 있었다. 한참을 그렇게 울게 두었다. 마음이 무거울 땐 애나 어른이나 억지로 참기보단 차라리 펑펑 우는 게 낫다.

"아저씨 말을 잘 들어봐. 유니콘은 죽지 않아. 넌 그걸 몰랐구나?"

들썩들썩하던 마리의 어깨가 조금씩 잦아들었다.

"하지만 움직이지 않잖아?"

"유니콘은 아이의 소원을 다 들어주면 어딘가 다른 염소에게로 옮겨 가. 세상에는 소원을 비는 아이들이 많으니까. 마리 혼자만 독차지하는 건 나쁘다고 생각하지 않아?"

"그럼 얘는 누구야?"

"작별 인사. 모습도 없이 갑자기 사라지면 마리는 슬프겠지?"

"응."

"그래서 마리와 함께 있었던 모습은 놔두고 간 거지."

"하지만 같이 다닐 수는 없잖아?"

"그래서 이제는 묻어줘야 해. 푹, 쉬라고."

"묻으면 쉴 수 있는 거야?"

"그렇지. 하지만 같이 있던 사람이 마지막 인사를 해줘야 해. 그래야 편히 쉴 수 있어."

"어떤 인사?"

"염소에게는 뿔이 있지?"

"응."

"그 뿔을 잡고 네가 말하면 돼. 그동안 정말 고마웠다고."

"정말이야?"

"응. 그러면 아저씨가 햇빛이 잘 드는 곳에 묻어줄 거야."

마리는 울음을 그치고 눈물을 닦았다. 잠시 머뭇거리더니 염소에게 다가가 뿔을 잡고 말했다.

"염소야 고마워. 정말 고마워. 안녕."

마리의 손을 잡았다. 따스했다. 마리가 손을 떼자 놀랍게
도 염소의 이마 가운데에 아주 작은 원뿔이 보였다. 가만히
보니 염소라기보다 아주 작은 조랑말처럼 보이는 것도 같았
다. 아이의 상상력이 전이된 거지 싶었다.

　트렁크에 염소를 실었다. 저택에 차를 세우고 뒷산 양지
바른 곳을 찾아 무덤을 세 개 팠다. 보리스의 부탁대로 칼은
같이 묻었다. 다음으로 염소를 묻고, 마지막으로 아링을 묻
었다. 아링의 무덤에 안개꽃을 얹은 뒤 약간 남은 것을 마리
에게 주었다.

　"무덤 위에 올려주면 친구가 좋아할 거야."

　"정말?"

　마리가 환하게 웃었다.

　"응. 아름답고 착한 친구들은 모두 꽃을 좋아해."

　마리가 염소의 무덤에 꽃을 얹었다. 그렇게 한참을 있었
다. 지겨운지 마리가 말을 걸었다.

　"옆에 무덤은 누구야?"

　"친구."

　"장 아저씨는 아저씨가 굉장히 강하다고 했어. 아저씨 친
구도 그래?"

　"응."

"얼마나 강했어?"

"나보다 백만 배 정도."

"우와. 진짜 세다."

마리의 말에 미소를 지었다.

'그래. 강한 사람이었지. 세상에서 가장 외로운 사람이었
고.'

마리의 손을 잡고 산을 내려왔다. 산 너머로 해가 떨어지
고 있었다.

"당분간 아저씨와 함께 있지 않을래?"

"왜?"

"엄마가 좀 늦게 올 것 같거든."

"얼마나?"

"한 달 정도?"

마리가 거칠게 발을 굴렀다.

"벌써 세 달 기다렸는데."

"한 달은 짧아."

"어디로 가는데?"

"마리가 좋아하는 곳. 엄마가 찾아오기 쉬운 곳으로."

"나 놀이동산 가고 싶은데. 아직 한 번도 못 가봤거든."

"그럼 거기부터 가자."

"진짜?"

"응."

"안나도?"

"응."

"장 아저씨도?"

"응."

이렇게 거짓말을 해도 되나 싶었지만 나중에 어찌 되겠지, 생각했다.

"언제 가?"

"아저씨 짐만 챙기면 돼. 마리는 챙길 짐이 있어?"

마리가 고개를 저었다.

"그럼 차에 타고 있어. 금방 올게."

가방을 챙겨 내려오니 냉동차 한 대가 입구에 바짝 붙어 있었다. 건장한 남자들이 땀을 흘리며 하얀색 통을 냉동차에 실었다. 안나와 같이 냉동고에서 봤던 통이었다. 날이 무더워서 그런지, 아니면 통이 너무 많아서 그런지 남자들은 신경질이 난 것 같았다. 장도, 스콧도, 이언도, 에밀리도, 모두 저렇게 실려 어디론가 사라질 것이다. 어딜지도 대충 짐작이 됐다. 용병의 죽음이라는 게 다 그런 거지 싶었다. 하나 위로가 되는 게 있다면 저 통 안에 집사도 섞여 있을 것이라는 사실이었다.

"이제 어디로 갈 거야?"

어느새 다가온 안나가 물었다.

"글쎄."

"대책 없는 사람이네."

"뭐 그렇지."

"어디에 내려줘?"

"놀이공원."

안나가 차에 앉아 있는 마리를 힐끔 보았다.

"계약은 끝났어."

"알아. 너와의 약속이 안 끝났을 뿐이지. 나는 마리를 여기서 데리고 나가겠다고 했어. 아직 데리고 나가지 못했고."

안나는 다시 한번 마리를 보았다. 자세히 보니 마리는 곤히 잠들어 있었다. 어린아이에게는 가혹한 하루였을 것이다.

"아직 5억을 지불하지 않았어."

"잊어. 너의 부탁은 사라졌으니까."

"부탁은 사라져도 내가 한 약속은 남아."

안나가 차에 올라 시동을 걸었다. 조수석에 탔다. 안나가 멈칫하더니 대단한 사실을 발견했다는 듯이 물었다.

"그런데 왜 항상 나만 운전하는 거지?"

"나 운전 싫어해."

안나가 절레절레 고개를 흔들었다.

"일거리 좀 구해봐."

안나가 혼잣말하듯 말했다.

"내가 왜?"

"나 구직 싫어해. 5억도 갚아야 하고."

"두 번째 부탁인가?"

안나는 대답하지 않았다.

차가 움직이기 시작했다. 조금씩 어둠이 내리기 시작하더니 입구의 초소에 이르자 완연한 밤이었다. 저택은 밤에 잠겨 있었고 조그만 불빛 하나 보이지 않았다.

작가의 말

    다른 작가분들은 만나 뵙지 못해서 모르겠지만, 제 경우에는 하루에도 천국과 지옥을 몇 번씩 왔다 갔다 합니다. 한 문장을 쓰곤 막혀서 아, 역시 난 바보가 아닐까? 하다가 몇 문장이 풀리면 신이 나서 아, 역시 난 천재가 아닐까? 하다가 또 다시 막히면 아, 역시 난 바보가 맞는 것 같아, 의 반복입니다. 그렇게 한 챕터를 끝내면 음, 잘 빠졌군. 역시 난 천재인 것 같아, 했다가 다음 챕터에서 앞의 짓을 똑같이 반복하죠. 20챕터 정도 쓴다고 하면 곱하기 100 정도 그 짓을 반복합니다. 어느 작가의 말씀처럼 모두 울면서 쓰는 거죠.

    그래도 피를 토하는 심정이니, 혼을 담아내니, 어쩌니 하는 과장된 말은 하고 싶지 않습니다. 흘릴 피도 담아낼 혼도 없는 저이지만, 아무리 그래도 생계를 위한 노동보다는 자기가 좋아하는 일을 하는 것이 백만 배 즐거운 일이니까요.

    일하면서 틈틈이 쓴 첫 소설과 달리 이 책은 일을 관두고 삼 개월 동안 집중적으로 초고를 집필했습니다. 12월 말부터 2월 말까지. 첫 문장 하나와 어렴풋한 구성만 가지고 시작했는데 어찌저찌 써낸 게 조금 놀랍기는 합니다. 삶이란, 일단 시작하고 엉덩이에 불이 붙으면 대충 어떻게 흘러가는 것 같습니다. 지금은 다시 일을 하며 세 번째 책을 쓰고 있습니다.

한 작품을 끝내면 다음 작품을 쓸 수 있을까? 하는 두려움에 빠집니다. 문장 한 줄 쓸 수 없을 것 같고, 내게 남은 이야기는 아무것도 없는 것처럼 느껴집니다. 하지만 뭐, 또 불현듯 한 문장이 떠오르겠지요. 그럼 또 한 줄 한 줄, 쓰기 시작하겠지요. 엉덩이에 불이 붙어 있으면 아무튼 대충 어떻게든 흘러가게 되는 게 인생이니까요.

이 소설에는 많은 영화와 드라마에 대한 오마주가 있습니다. 알아보는 재미도 있으리라 생각합니다.

아무튼, 어찌저찌 두 번째의 책이 나왔습니다. 재미있게 읽으셨다면 작가로서 더 바랄게 없습니다. 감사합니다.

아내에게

파괴자들

초판 1쇄 인쇄 2021년 9월 27일
초판 1쇄 발행 2021년 10월 1일

지은이 정혁용
펴낸이 김선식

경영총괄 김은영
책임편집 이호빈 **디자인** 박수연 **크로스교정** 조세현 **책임마케터** 박태준
콘텐츠사업6팀장 이호빈 **콘텐츠사업6팀** 임경섭, 박수연, 한나래, 정다움
마케팅본부장 이주화 **마케팅3팀** 이미진, 박태준
미디어홍보본부장 정명찬 **홍보팀** 안지혜, 김재선, 이소영, 김은지, 박재연, 오수미, 이예주
뉴미디어팀 허지호, 임유나, 배한진 **리드카펫팀** 김선욱, 염아라, 김혜원, 이수인, 석찬미
저작권팀 한승빈, 김재원
경영관리본부 허대우, 하미선, 박상민, 김민아, 윤이경, 김소영, 이소희, 이우철, 김재경, 최완규, 이지우, 김혜진, 오지영
외부스태프 일러스트 제이비(JB)

펴낸곳 다산북스 **출판등록** 2005년 12월 23일 제313-2005-00277호
주소 경기도 파주시 회동길 490
전화 02-704-1724 **팩스** 02-703-2219
이메일 dasanbooks@dasanbooks.com
홈페이지 www.dasan.group **블로그** blog.naver.com/dasan_books
용지 IPP **인쇄** 영진문원 **코팅 및 후가공** 제이오엘앤피 **제본** 정문바인텍

ISBN 979-11-306-4126-3 (03810)

다산북스(DASANBOOKS)는 독자 여러분의 책에 관한 아이디어와 원고 투고를 기쁜 마음으로 기다리고 있습니다.
책 출간을 원하는 아이디어가 있으신 분은 다산북스 홈페이지 '투고원고'란으로 간단한 개요와 취지, 연락처 등을 보내주세요.
머뭇거리지 말고 문을 두드리세요.